人間豹

江戸川乱歩

春陽堂

目次

人間豹

人間豹

猫属の舌

神谷芳雄はまだ大学を出たばかりの会社員であった。しかも父親が重役を勤めている商事会社の調査課員で、これという定まった仕事もない暢気な身の上であったから、飲み覚えた酒の味、その酒を運んでくれる美しい人の魅力が忘れがたくて、つい足しげくその家へ、京橋に近いとある裏通りの、アフロディテというカフェ[注1]へ通ったのは決して無理ではなかった。

しかし、若し彼がもっと別のカフェを選ぶか、そこのウエートレスと恋をするほども足しげく通わなかったなら、あのような身の毛もよだつ恐ろしい運命にもてあそばれなくて済んだに違いない。彼がこの物語の主人公、怪物人間豹を知ったのは、実にカフェ・アフロディテにおいてであったのだから。

ある冬の、殊さら寒い夜更けのことであった。神谷はまたしてもカフェ・アフロディテの片隅のテーブルに腰をすえて、ウイスキーをチビチビとなめながら、ウエートレスの弘子とさし向かいで、もう三、四時間ほども、意味もない会話を取りかわしていた。

「今日は変だね、まだ十一時だのに、僕のほかには一人もお客さんがいないじゃないか」

ふだんから、なんとなく陰気な、客の少ない、その代わりにはゆっくりと落ちつきのあるカフェであったが、今晩は殊に、まるで空家にでも坐っている感じで、薄暗い電燈といい、シーンと静まり返った様子といい、なんだかゾッと怖くなるほどであった。

「魔日って云うんでしょう、きっと。外は寒いでしょうね。でも、邪魔がなくって、この方がいいわね」

弘子は恰好のよい唇をニッと開いて、神谷の好きな八重歯を見せて甘えるように笑った。

すると、ちょうどその時、入口のボーイが客を迎える声がして、コツコツと靴の音をさせながら、一人の男がはいって来て、一ばん隅っこの棕梠の鉢植えの蔭のボックスへ、人目をさけるように腰をおろした。

神谷はその男が歩いているあいだに、風采や容貌を見てとることが出来たが、彼は真っ黒な背広を着た、ひどく痩せ型の、足の長い男で、その顔はトルコ人みたいにドス黒く、頰が痩せて鼻が高く、びっくりするほど大きな、何かの動物を連想させるような両眼が、普通の人よりはずっと鼻柱に近く狭まって、ギラギラと光っていた。年配は三十歳ほどに見えた。

神谷はそれからまたしばらく、弘子と楽しい密語を囁きかわしたが、その間も、棕梠の葉蔭の客が、なんとなく気になって仕方がなかった。彼はあんな変てこな感じのする人間を、まだ見たことがなかった。

弘子も同じ心と見え、話しながら、絶えずその方をジロジロと見ていたが、とうとう我慢が出来なくなったように囁き声で訴えた。

「いやだわ、あの人、さいぜんからあたしの顔ばかり見ているのよ。ほら、あの葉蔭から、大きな目で、あたしの方をじっと見つめているのよ。気味がわるいわ」

何気なくその方を見ると、なるほど、棕梠の葉の隙間に螢火のように異様に光る目が、猫が鼠を狙う感じで、射るように弘子に注がれている。

「あれ初めての人?」

「ええ、そうよ。あんな人見たことないわ」

「失敬なやつ」

神谷は聞こえよがしに舌打ちして、相手の目を睨みつけたが、すると、先方でもそれに気づいて、鋭い視線を神谷に向けた。

「なにくそ、まけるもんか」

と彼は酔っていたので、睨みっくらでもする気になって、じっと眼をすえて、しばらく睨み合っていると、不思議なことには、相手の眼中の螢火がだんだん強く輝きだし、しまいには眼の前一杯にえたいの知れぬ妖光がひらめき渡って、クラクラと眩暈を感じないではいられなかった。そして何とも云えぬ悪寒が頸筋をゾーッと這いまわった。

「あんなやつ、気にするの止そうよ、君も向こうを見ないでいる方がいい、あいつどうかしているんだよ。あたり前の人間じゃないよ」

「ええ、じゃもう見ないわ」

しかし、やがて、無関心を装っているわけにはいかないことが起こった。

「ねえ、弘ちゃん、あたし困っちゃったわ」

怪しい客の相手をしていたウエートレスが、真っ赤に酔った顔をして、二人のテーブルに近づくと、声を落として云った。

「あの人がねえ、どうしてもあんたに来てほしいって云うのよ」

「いやよ、そんな失礼な。あたしは、芳っちゃんのお相手をしてるんじゃありませんか」

「ええ、そりゃわかってるわ。だから番が違うからってお断わりしたんだけれど、聞かないのよ、酔っぱらっちゃって、乱暴しかねないのよ。ちょっとでいいから、顔を出してくんない？」

それを聞いていると、神谷はムカムカと癇癪が起こって来た。

「駄目だって云いたまえ。人の話している相手を横取りするやつがあるか。グズグズ云ったら僕が行ってやるよ」

すると、ウエートレスは一度帰って行ったが、すぐ引っ返して来て、

「じゃ、そのお客さんに会いたいって云うのよ。こちらへ押しかけそうにするのを、やっととめて来たの、弘ちゃん後生だから……」

と泣きそうに云う。

「よし、じゃ僕が行ってやる」

神谷は立ち上がって、「あらいけませんわ」と二人の女がとりすがるのを、つきのけるようにして、ツカツカと、棕梠の蔭のボックスへはいっていった。

「僕に用事があるそうですが」

と、酔っているものだから、少しばかりウルサ方に詰めよった。

男は、グラスも、ウイスキーの瓶も、テーブルの上に倒してしまって、恐ろしい目をすえて、皿のビーフステーキを、滅茶滅茶に切りきざんでいたが、神谷の声を聞くと、ヒョイと顔を上げて、ニヤニヤと笑った。

「ええ、用事があるんです。用事というよりはお願いなんです。僕、あの子が好きになっちゃったんです。会わせていただけませんか」

案外おとなしく云われたので返事に困っていると、

「会わせて下さい。でないと、僕、自制力を失ってしまうかも知れません。僕を怒らしちゃいけないのです。ごらんなさい。僕の口を、僕の口を」

見ると、彼は歯ぎしりを噛んでいるのだ。奥歯をギリギリ云わせて憤怒をかみ殺しているのだ。そして、じっとこちらを見つめている目が、大きく大きく開いて、また異様な燐光が燃えはじめた。

「だって君、それは無理じゃないか。あの子は僕の馴染なんだぜ。それを横取りしようなんて」

神谷は虚勢を張った。

「いけませんか。いけませんか」

男はせき込んで尋ねる。

「ええ、困りますね」

「ああ、僕を救って下さい。僕は自制力を失いそうです。若し自制力を失ったら……」

彼は歯を気味わるく鳴らしながら、何を思ったのか、拳骨を作っていきなりテーブルをなぐりつけた。幾度も幾度もなぐりつけているうちに、指の関節が破れて、血が流れはじめた。そのテーブルをしたたった血の上を、無残にも更になぐりつづける。

彼は彼自身の心と戦っているのだ。歯を食いしばったり、指を傷つけたりして、何かしら兇暴な衝動を圧えつけようとしているのだ。だが、それにもかかわらず、ともすれば、こみ上げて来る獣物のような怒りが、彼の全身をワナワナと震わせ、両手の五本の指が何かに摑みかかるように、醜くキューッと曲って来るのだ。そして、目は一そう青く燃えたち、歯はガチガチと鳴る。

神谷はそれを見ていると、我慢にも虚勢が張っていられなくなった。酔いも醒めきって、心の底まで冷えわたるような、なんともえたいの知れぬ恐怖に、震えあがった。

「弘ちゃん、ちょっとここへ」

思わず知らず呼んでしまった。

「なによ」

すぐうしろで、弘子の声が答えて、彼女は、やけな調子で、ボックスへのめり込むと、男の隣へ腰かけた。

「ああ、君、君は弘ちゃんって云うの？」

男の相好が、実に突然に、ガラリと変ってしまった。彼は弘子の肩を抱いて、ニヤニヤしながら、お詫びでもするように話しかけるのだ。

「僕ね、恩田っていうんだ。君に、贈り物がしたいのだがね、うけてくれるかい」

彼は前に頑張っている神谷の方を、気まずそうに盗み見ながら、大きな口をペタペタ云わせて囁いた。そうだ、この恩田という怪人物の口は、実に大きかった。若し思い切って開いたら、耳まで裂けて、あの骨ばった顔じゅうが、口になってしまうのではないかと疑われた。唇はそんなに厚ぼったくなかったが、非常に赤くて、絶えずヌメヌメと濡れているように見えた。

恩田は自分の指から奇妙な形の指環を抜きとり、辞退する弘子の手を無理にとって、その指にはめてしまった。

「美しい弘ちゃんに初めて会った記念です。大切にして下さい」

彼は指環をはめたついでに、弘子の手をギュッと握りしめながら、実に独りよがりな我儘な調子で云うのだ。

神谷はムッとしたが、恩田のさいぜんの形相を思い出すと、恐ろしくて手出しが出来なかった。狂人の痴態として見逃すほかはなかった。

狂人は、転がっていたウイスキーの瓶を取って、こぼれ残りの酒をグラスにつぐと、

「弘ちゃんのために、プロージット！」

と叫んで、それをグッと飲みほして、長い舌をペロペロと舐めまわした。異様に長い真っ赤な舌であった。だが彼の舌は、長いばかりではなかった。赤いばかりではなかった。そのほんとうの恐ろしさは、やがて、彼がビーフステーキを口に持っていった時に、ハッキリとわかった。

それは決して、酔った神谷の幻覚ではなかった。弘ちゃんともう一人のウエートレスも、ちゃんとそれに気づいていて、あとで真っ青になって話し合ったことであった。

恩田はフォークで、ポタポタと赤い血のしたたる、厚ぼったい牛肉の一片をつき刺すと、口をグワッと開いて、赤い舌をヘラヘラと動かして、それをさも旨そうにたべたのだが、その時、敏捷に動く舌の表面が、電燈の光を受けてまざまざと眺められた。

ああ、あれが人間の舌であろうか。真っ赤な肉の表面に、針を植えたような一面のささくれ。それが、舌を動かす度に、風に吹かれた草叢の感じで、サーッと波打って逆立つのだ。決して人類の舌ではない。猫属の舌だ。神谷は猫を飼ったことがあるので、そういう舌の恐ろしさをよく知っていた。兇暴な肉食獣の舌、猫か虎か、でなければ豹の舌だ。

巨大な両眼に燃える螢光といい、黒ずんだ骨ばった顔といい、真っ赤な猫舌といい、敏捷な身のこなしといい、黒い豹！　そうだ、この男を見ていると、熱帯のジャングルに棲む、あの孤独で兇暴な陰獣を、まざまざと連想しないではいられぬのだ。

俺は果して正気なのだろうか。この怪物は酔眼をまどわす幻影なのではあるまいか。それとも俺は今、悪夢にうなされているのかしら。

神谷は見ているのも恐ろしくなって、目を外らそうとしたが、外らそうとすればするほど、かえって、目に見えぬ絲で引き戻されるように、いつの間にか、相手の獣物のような口辺を凝視しているのであった。

闇にうごめく

恋人を保護したいばかりに、恐ろしい思いをこらえこらえて、怪物と同じボックスに対坐していたあいだが、どんなに長く感じられたことか。だが、恩田はやっぱり、時々ギリギリと歯を嚙み鳴らしてはいたけれど、これという兇暴なふるまいもせず、一時頃まで、弘子の顔に見とれながら、飲んだりたべたりしていたが、もう看板だからと断わられると、さも残り惜しそうにして、弘子に繰り返し繰り返しサヨナラを云って、案外おとなしく立ち去った。神谷はホッとして、青ざめている弘子をなぐさめておいて、一足遅れてカフェを出た。

人通りのまったく途絶えた、夜更けの裏町には、氷のような黒い風が、悲しげな音を立てて吹きすさんでいた。神谷は突然砂漠の中へほうり出されたような淋しい気持になって、帽子をおさえながら、タクシーを拾うために、近くの大通りへと歩いて行ったが、ヒョイと、その町角を曲ると、大通りの青白い街燈の下に、さいぜんの恩田が立っているのが見えた。

カフェでは、丸めて脇の下にかかえていたので、それとはわからなかったが、今見ると、彼は背広の上には不似合いな、黒のインバネス・コートを着て、巨大な夜の怪鳥の姿で立っているのだ。風が吹きすぎる度毎に、そのインバネスの裾や袖が、ヒラヒラと、蝙蝠の翼のようにひるがえっている。

神谷は怖いもの見たさに、じっと立ち止まって、西洋の古い物語に出てくる魔法使いみたいな、恩田の姿を見つめていると、彼は突然、黒い風に向かって、妙な叫び声を立てながら、駄々っ子のようにじだんだを踏みはじめた。ただの寒さしのぎではない。気が違いそうに昂奮しているのだ。どうにもならない衝動を、そうしてまぎらしているに違いない。

神谷は、不思議な引力のようなもので、怪人に引きつけられていた。どこまでも、この男の跡をつけて見たいという気持ちを、おさえることが出来なくなった。怖ければ怖いほど、その正体が見届けたかった。間もなく恩田は一台の空き車を呼び止めて、その中に消えた。神谷もイライラしながら、あとから来た自動車に飛び乗った。

「あの前の車を、どこまでもつけてくれたまえ。なるべく先方に悟られないように。料金は君のほしいだけあげるから」

深夜の大道は、なんの邪魔物もなく、尾行にはおあつらえ向きであった。二台の車は風を切って矢のように走った。

新宿(しんじゅく)までは窓外(そうがい)の町並に見覚えがあったが、それから先はほとんど見当がつかなかった。車は場末(ばすえ)へ場末へと道を取って、いつの間にか人家もまばらな田舎道へはいっていたが、やがて四、五十分も走ったと思う頃、やっと前の車が停車した。

神谷は先方に気づかれないよう、半丁も手前で自動車を降りて、運転手にここはどこだと尋ねると、なんでも荻窪(おぎくぼ)と吉祥寺(きちじょうじ)の中ほどらしいとの答えであった。

「じき帰って来るからね。君はヘッド・ライトを消して、ここに待っていてくれたまえ」

と命じておいて、急いで恩田のあとを追った。

街道の両側には、大入道のように聳えた巨木の並木のあいだに、チラホラと人家があって、ところどころにボンヤリ常夜燈がついている。すかして見ると、恩田の黒い蝙蝠のような姿は、その街道の半丁ほど先を、大股に歩いて行く。

ちょうど彼の黒い影が、一つの常夜燈の下を通りかかった時であった。突然、行く手から一匹の犬が走り寄って、けたたましく吠え立てた。

恩田は足を上げて「シッ、シッ」とそれを追ったけれど、そうすればするほど、犬はますます吠え立てるのだ。犬とても、彼の異形の風体には、脅えないではいられなかったのであろう。

この小動物の執拗な攻撃に、怪人はまたしても激情のじだんだを踏みはじめた。足を交互に上げて、両手を胸の前で握りしめて、ここからは聞こえないけれど、恐らく例の歯ぎしりを噛んでいるのに違いない。実になんとも云えない不気味な気違い踊りを始めた。

それを見たら、人間ならたちまち震えあがって逃げ出すのであろうが、犬は逃げるどころか、かえってますます勢い烈しく挑みかかった。

すると、次の瞬間、ああ、実に恐ろしい事が起こったのだ。神谷はその時のすさまじい光景を、いつまでも忘れることが出来なかった。

怪人は、異様に鋭い叫び声を立てたかと思うと、パッとインバネスの羽根をひろげて、まるで一匹の猛獣のように、哀れな犬に飛びかかって行った。

薄暗い常夜燈の下に、人と犬とは黒い一つの塊(かたまり)となって、鞠(まり)のように転がりまわった。人も犬ももはや声さえ立てず、恐ろしい沈黙のうちに闘った。

だが、この段違いの争いは長くは続かなかった。黒い塊が、パッタリ動かなくなって、ソロソロと立ち上がったのは恩田の影であった。立ち上がると、そのまま振り向きもしないで、立ち去った彼のあとに、グッタリと横たわっているのは、可哀そうな犬の死骸だ。

神谷はその犬の死骸に近づいて見て、更に戦慄(せんりつ)を新しくした。犬は無残にも口を引き裂かれて、真っ赤な血の塊になって倒れていたのだ。ああ、なんという怪物だろう。あいつは人間ではない。人間がこんな残酷な真似(まね)をするものか。それにこの恐ろしい力はどうだ。あいつは犬の上顎(うわあご)と下顎に両手をかけて、メリメリと引き裂いたのに違いないが、並々の力でそんなことが出来るものだろうか。

神谷は相手の余りの残虐に怖気(おじけ)づいて、よほどそのまま引っ返そうかとも思ったが、彼の執念深い好奇心は、怖さに打ち勝って、両手に脂汗(あぶらあせ)を握りしめながら、またも怪人の跡を追った。

しばらく尾行して行くと、恩田は街道をそれて、雑木林(ぞうきばやし)の中の細道へ曲った。そのまばらな雑木林の遥(はる)か向こうに、星空(ほしぞら)をくぎって、一(ひ)とむらの森のようなものがある。その中にチラチラと燈火(あかり)が見える様子では、立木に囲まれた人家に相違ない。恩田はあの原中(はらなか)の一軒家へ帰るのであろうか。

街道の常夜燈を遠ざかるにつれて、雑木林の中は、だんだん闇が濃くなって、その闇の中に黒い影を尾行するのは、非常に困難であった。

だが、やがて、雑木林を出はずれると、どうしたことか、つい今しがたまで、おぼろげながらも見分けられた恩田の影を、パッタリと見失ってしまった。まぎれ易い林の中では、ちゃんと尾行していたのに、闇とはいえ眼界の開けた星空の下に出てから、突然彼の姿が消えてしまったというのは、実に異様に感じられた。

その辺は田や畑はなく、一面に荒れ果てた草叢になっていて、道らしい道もなく、夜霧に濡れた枯草が気味わるく足にまとい、ともすれば水溜(みずたま)りに踏み込みそうで、歩くのも難儀であったが、神谷は、折角(せっかく)ここまで尾行した怪物を、このまま見捨てて帰るのも残り惜しく、星空にすかして、四方を見廻しながら、向こうに見える木立の中の燈火を目標に、おぼつかなく進んで行った。

ふと気がつくと、二、三間(げん)向こうの草叢が、サワサワと鳴っていた。風かしら、風に枯草がなびいているのかしら。だが風にしては一箇所だけに音がするのは変だが。彼は少し不気味になって立ち止まって耳をすましたが、空にはやっぱり風が吹き渡っているのに、さいぜんの物音はパッタリやんでしまった。

　歩きだすと、また同じ方角から、サワサワと音が聞こえて来る。立ち止まると、パッタリやんでしまう。われとわが足音に脅えているのかしら。いや、どうもそうではなさそうだ。試みに、足音を盗んでソッと歩いてみたが、やっぱりサワサワと草叢を分けて風の吹き過ぎるような音がする。

　都会の雑沓から遠く離れた武蔵野の深夜は、冥府のように暗く静まり返っていた。音といっては空吹く風、光といっては瞬く星のほかにはなかった。その、この世とも思われぬ暗闇の草原に、風とは別の物音が絶えては続いているのだ。

　神谷は余りの不気味さに立ちすくんだまま、動けなくなってしまった。そして、音のした方角をじっと見つめていると、草叢のあいだに、燐のように青く底光りのする二つの玉が現われた。この寒い時分、螢がいるはずはない。蛇でもない。闇にも光る猫属の目だ。あの黒い豹の目だ。

　二つの光りものは、だんだん光を増しながら、じっとこちらを睨みつけて動かなかった。あいつだ。怪人はなぜか草叢に身を横たえて、神谷の姿を窺っているのだ。

実に長い長いあいだ、異様な暗中の睨み合いが続いた。神谷はもう気力が尽きそうであった。恐ろしさに失神せんばかりであった。

その時、ああその時、地上に伏した怪物が、人間の声で物を云ったのだ。まるで地獄の底から響いて来るような、陰気な声で物を云ったのだ。

「オイ、すぐに帰りたまえ。俺は君なんかに干渉されたくないのだ」

そして、燐光を放つ両眼が向きを変えて見えなくなると、黒い影が低く地上を這ったまま、サーッと草を分けて、遠ざかっていった。彼は一度も立ち上がらなかった。立って走るのではなくて、両手を地面につけて、獣物のように駈け去ったのだ。

神谷はわずかに残る気力を振い起こして、もと来た道へと、息の続く限り走った。十数年も忘れていた少年の心に帰って、何かに追っかけられでもするように、死にもの狂いになって逃げた。走っても走っても、逃げきれない悪夢の中のもどかしさに悶えながら。

怪屋の怪

神谷芳雄は、その翌日から一週間、風を引いて熱を出して寝込んでしまった。怪物を尾行して夜更けの寒い風に当たったためでもあったが、一つには、あのあやしい燐光に射られ、物の怪の魔気を感じたせいであったかも知れない。

会社を休んでしまったほどだから、むろんカフェ・アフロディテをおとずれることも出来ず、そのあいだに弘子の身の上にどのようなことが起こっているのか、少しも知らなかったが、やっと起きられるようになって、久し振りの弘子の笑顔を楽しみに、カフェに行って見ると、意外なことが起こっていた。

弘子は三日ほど前、銀座の資生堂まで買い物に行って来ると家を出たまま、それっきり行方不明になって、警察にも訴え、実家の方でも血眼になって探しているのだが、いまだに消息がわからないというのだ。

あの弘子が、神谷以外の男を愛して、駈落をしたなどとは想像出来ないし、他に家出をしたり自殺をしたりするような原因は、少しもなかった。

彼女は誘拐されたのにちがいない。だが、銀座のまん中で、女給を攫うと云うような無茶な真似をする男が、今の世にあるだろうか。余りに人間離れのした非常識ではないか。

しかし、獣類の世界では。……おお、そうだ、獣類の世界では、そんな事は日常茶飯事だ。本能の命ずるままに、何を仕でかすか知れたものではない。この犯人は、きっと、あいつに違いない。草叢を蛇のように這って行ったあの恩田のやつに違いない。

神谷はいつかの晩のウエートレスをとらえて、あいつはその後やって来なかったかと尋ねて見たが、一度も来ないという返事であった。いよいよ疑わしい。弘子に対するあれほどの執念を、指環まで与えたほどの愛情を、そのまま諦めてしまうなんて、あり得ないことだ。ここへ足踏みしなかったのは、それよりも、もっともっと貪慾な陰謀を企らんでいたからではないか。弘子をわが巣窟に連れ去って、完全に所有してしまおうとけだものらしい陰謀を企らんでいたからではないか。

神谷はもうそれに違いないと思った。だが、恩田を警察に訴える勇気はなかった。もしそうでなかったら、取り返しのつかぬ失策だ。もっと調べて見なければいけない。彼自身で、もう少しはっきりした証拠を掴まなければいけない。第一、恩田という人物の素性も、その住居さえも、ほんとうにはわかっていないではないか。

そこで、彼はその翌日、午後から会社を休んで、心覚えの武蔵野の森の中へ、怪人物の住居を確かめに出かけることにした。

幾度も迷った末、やっと、それらしい森を見つけて、車を降りると、細い枝道を、気味わるい草叢を踏み分けて、目ざす森へと歩いて行った。

　空は一面にどんより曇って、風もなく、寒さはそれほどでもなかったけれど、ソヨとも動かぬ草の葉、森の梢が、何かしらこの世のものならぬ感じで、思い出すまいとしても、先夜の恐ろしかった記憶が甦って、ともすれば逃げ出したい衝動にかられるのを、恋人のためなればこそ、やっとこらえて、遂に草叢を通り越し、薄暗い森の中へと踏み込んでしまった。

　そこには、高い常盤木に取り囲まれて、異様な建物がひろがっていた。青く苔むした煉瓦塀。今時こんなものが残っていたのかと驚くほど、古風な木造の西洋館、急な傾斜のスレート屋根に、四角な赤煉瓦の煙突がニョッキリ首を出して、さかんに煙を吐いている。朽ちかけたような陰気な建物に比べて、この煙だけがばかに威勢よく見える。ここの住人はよほどの寒がりに違いない。それとも何か特別の理由があるのかしら。

　門には赤錆びた鉄板の扉が、さも厳重に閉まって、覗いて見るような隙間もなく、広い邸内はヒッソリと静まり返って、人の気配もなかった。

　神谷は、煉瓦塀のまわりを一巡して見るつもりで、ジメジメした落葉を、気味わるく踏みながら歩き出したが、ちょうど建物の裏手まで来た時、突然妙な物音を耳にして、ギョッと立ち止まった。

それは物音と云うよりは、物の声であった。だが、人間のではない。人間があんなに恐ろしい唸り声を立てるはずがない。動物だ。犬なんかよりはずっと兇暴な猛獣の唸り声に違いない。この陰気な邸には、けだものが飼ってあるのだろうか。

ドキドキする胸を、じっと圧えるようにして、耳をすまして立ち止まっていると、しばらくして、またそれが聞こえた。「ウオーッ」という猛獣の唸り声だ。

と同時に、何かしら、煉瓦塀の内側から、飛礫のように彼の足元に飛んで来たものがあった。彼はハッと顔色を変えて、いきなり逃げ出しそうにしたが、よく見ると別に危険なものではない。投げ出されたのは、丸めたハンカチらしいものだ。

立ち戻って、足で蹴返して見ると、ハンカチの中から、コロコロと一箇の指環が転がり出した。おや、なんだか見たような指環だがと、拾い上げようと、しゃがむ拍子に、ヒョイと気がついたのは、ハンカチに赤くにじんでいる文字の形であった。

血だ！　こんな絵の具なんてあるものではない。確かに人間の血だ。血で書いた文字だ。

大急ぎでひろげて見ると、そこには濃淡不揃いな乱暴な文字で、

「助けて、殺されます」

と記してあった。咄嗟の場合指を噛み切って、その指を筆にして書きつけたもので

あろう。筆癖などはむろんわからなかったが、神谷は弘子の字に違いないと思った。邸内に監禁されていて、筆も紙もないものだから、こんな乱暴な真似をしたのであろう。

ああ、思い出した。弘子に違いない何よりの証拠はこの指環だ。これはいつかの晩、恩田が弘子の指にはめて帰った指環ではないか。

と思うと、神谷は気味わるさも怖さも忘れてしまった。弘子は今、あのけだもののために殺されようとしているのだ。救わなければならない。命を賭けても救い出さなければならない。

彼は幾度も落葉に踏みすべって転びそうになりながら、非常な勢いで門のところへ駈けつけると、いきなり拳をかためて、扉の鉄板を乱打しながら、

「開けて下さい。誰かいませんか」

と叫び続けた。だが、いくら叩いても叫んでも、邸内からはなんの応えもない。

神谷はもう、あとさきを考えている余裕がなかった。いきなり扉の桟に足をかけると、なんなくそれを乗り越して、建物の入口らしい箇所へ駈けつけ、そこのドアを叩いた。

すると、今度は、存外早く手ごたえがあって、

「誰だッ、騒々しい」

と怒鳴りながら、中からドアを開いたものがある。

檻の中

ドアを開いて顔をさし出したのは、頭も髯も真っ白な、折れたように腰の曲った、背広姿の老人であった。

相手が案外弱々しい老人だったので、神谷は拍子抜けがして、やや穏やかな口調で、

「こちらは恩田さんのお宅ですか」

と先ず尋ねてみた。

「ハイ、わしが恩田ですが、あんたはどなたですな」

老人は人殺しなどの行われる邸とも思われぬ、ゆっくりした調子で答えて、神谷と閉め切った門の扉とを、ジロジロと見比べた。

「いや、僕は若い方の恩田さんに会いたいのです。いつか京橋のカフェでお目にかかった神谷というものです」

「若い方というと、ハハア、倅のことですかな。倅なら今あいにく留守中じゃが」

老人は空うそぶいて取り合おうともしない。こいつ油断がならないぞ。ヨボヨボした親爺だけれど、目の色が唯者でない。

「じゃ、お尋ねしますが。お宅に若い娘が来ていやしませんか。弘子というカフェのものですが」

　思いきって、尋ねてみた。

「若い娘？　わしゃ知りませんな。……だが、立ち話もなんじゃ、こちらへおはいりなさらんか。ゆっくりお話を聞きましょう。門を乗り越したりして、けしからんお方じゃが、まあそれはそれとして」

　突然、老人がニヤニヤと愛想よくなった。変だ。何か訳があるのに違いない。だが、のぼせ上がった神谷は、それまで気がつかず、誘われるままに、老人のあとについて、家の中へはいって行った。

　通されたのは、窓が高く小さくて、まるで牢獄のように陰気な洋室であった。

「わしは老いぼれた学究でしてな。世の中の交際もして居らんので、お客をもてなす部屋もありませんじゃ」

　如何にも老人の云う通り、それは実に異様な部屋であった。一方には大きな本棚に、金文字の褪せた古ぼけた洋書がギッシリ詰まっているかと思うと、一方の棚には、薬剤であろう、レッテルを貼りつけた大小さまざまのガラス瓶が、ほこりまみれになって並んでいる下に、実験台のようなものがあって、沢山の試験管、フラスコ、ビーカー、蒸溜器などが、雑然と置いてある。

また別の一隅には、ガラス張りの棚があって、何かの動物の、人間のよりは平べったい髑髏が、三つも四つも、目の窪にほこりを溜めて転がっているかと思うと、その下の段には、外科医の使うような、不気味な銀色の道具類が、半ば赤錆びになって、ズラリと並んでいる。ガラス棚の横手には、大きな轆轤みたいな機械が据えつけてある。

まるで中世紀の煉金術師の仕事場だ。

部屋のまん中には、村役場にでもありそうな、ニスのはげた机があって、そのかたわらに二脚の毀れかかった椅子がほうり出してある。老人はその椅子に腰かけて、神谷にもかけるように勧めた。

「さア、お掛けなさい。伜も今に帰るでしょう。伜が帰らないと、わしには何もわかりませんのでな。ごらんの通り、こんな研究に没頭しとりますので」

神谷は、もっと奥の方へ踏み込んで見たかったけれど、そうもならぬので、セカセカとまた同じことを繰り返して尋ねた。

「ほんとうにご存知ないのですか。いくらなんでも、同じ家の中に、よその娘が閉じ籠められているのを、あなたが知らないはずはないでしょうが」

「エ、エ、なんとおっしゃる。娘が閉じ籠められている？　そりゃ何かの間違いでしょう。わしにせよ伜にせよ、そんな悪者ではありません。いったい何を証拠に、そんな云いがかりをなさるのじゃ」

老人は底光りのする大きな目で、睨みつけながら、きめつけた。

「証拠が見たいとおっしゃるのですか。証拠はこれです。今、お宅の中から塀の外へ、これを投げたものがあるのです」

神谷は云いながら、さいぜんの血染めのハンカチを取り出して、老人の目の前にひろげて見せた。

老人はそれを読み取ると、さすがにギョッとした様子であったが、何気なく笑い出して、

「アハハハハハ、これを家から投げましたと？　あんたは夢でも見たのじゃないか。この家には伜とわしと二人きりで、その伜が外出しているのじゃから、今はわしがたった一人です。わしがこんなものを投げるはずもなし……」

「では、これをごらんなさい。あなたの息子さんが弘子という女給にやった指環で

す。これも見覚えがないとおっしゃるつもりですか」

老人は指環を見ると、一そうギョッとしたように見えた。白髯にうずまった息子と同じようにドス黒い顔が、サッと赤らんだかと思われた。だが、彼はあくまでも白を切って、

「知らんよ。わしゃ、そんなもの。……だがね、お前さんが、そんなに疑うなら、一つ家探しをして見たらどうじゃ。わしが案内して上げてもよい」

と意外なことを云い出した。神谷は用心しなければならなかったのだ。老人の言葉の奥には、どのような恐ろしい企らみが隠されていたかも知れないのだ。しかし、彼は弘子の安否が確かめたさに、何を考えるゆとりもなかった。

「それじゃ、ご案内下さい。僕もこうしてお訪ねしたからには、すっかり安心して帰りたいのです」

神谷は立ち上がって、せわしく老人を促した。

「では、こちらへお出でなさい」

老人はさも渋々のように、ヤッコラサと椅子を離れ、二つに折れた背中に両手を組んで、ヨチヨチと部屋を出た。

薄暗い廊下を少し行くと、外側に閂のついた頑丈な板戸があった。

「先ずこの中を、見てもらいましょうかな」

老人は云いながら、閂をはずして、先に立ってその部屋の中へはいって行った。神谷も続いてはいったが、部屋の中は薄暗くて、少しも様子がわからない。

「窓が閉めてあるのですか」

「左様じゃ。今窓をあけますから、少し待って下さい」

老人は暗闇の中で、何かゴトゴト云わせていたが、やがて、バタンと大きな音がしたかと思うと、部屋の中が、突然真っ暗闇になってしまった。

「どうしたんですか」

驚いて声をかけると、老人がどこか遠くの方で笑い出した。

「ハハハハハ、どうもせんよ。お前さんに、しばらくそこでご休息を願おうと思ってね。まあ、ごゆっくりなさるがいい。ハハハハハ」

そして、彼の声はだんだん遠く聞こえなくなっていった。

ハッと気がついて、部屋の入口へ突進したが、もう遅かった。厚い扉がピッタリ閉まって、外から閂をかけたのであろう、押せども引けども、ビクとも動かなかった。

神谷は迂闊千万にも、罠にかけられたのだ。老人は薄暗がりを幸いに、窓をあける体に見せかけ、彼の油断している隙に、廊下に出て、外から閂をかけてしまったのだ。

彼は幾度も、全身で扉にぶッつかってみたが、何の効果もないことがわかったので、今度は手探りに、窓はないかと調べてみたが、まわりはすっかり板張りになっていて、窓らしいものは一つもなかった。三畳敷きほどのまったく採光設備のない物置のような部屋だ。いや、ただの物置にしては、余りに頑丈過ぎる。若しかしたら、これは動物を入れるための檻に類するものではないだろうか。どうもそうらしく思われる。ああ、彼はまるでけだもののように、檻の中へとじこめられてしまったのかしら。

猫と鼠

神谷は、まったく脱出の見込みがないとわかると、烈しい後悔にうたれて、闇の中にグッタリとうずくまってしまった。

早まったことをした。あせる前に、先ず自分の力を考えてみるべきであった。それに相手が老いぼれ親爺と油断したのが間違いだった。あいつは、老いぼれどころか、俺をこの密室に閉じ籠めた手際(てぎわ)は、若者も及ばぬすばやさではないか。

だが、俺はこれから、いったいどうすればいいのだろう。

若しこの檻のような密室を破る力がないとすれば、ほかに手だてはありはしない。

誰に知らせる術もなく、このまま餓え死にするばかりではないか。

ああ、それにしても、弘子はどこにいるのだろう。俺が彼女を救い出そうとしたばっかりに、こんな目に遭っているとも知らず、やっぱり同じ監禁の憂き目を見ていることであろうが、彼女の牢屋は、ハンカチをほうることが出来たほどだから、あの裏手の方の、どこか窓のある部屋に違いない。

だが、変だな、彼女が俺の姿を見るなり、足音を聞くなりして、あのハンカチを投げたのだとすると、そんな面倒な手数をかけないでも、ただ大声に救いを求めさえすれば目的を達したはずではないか。

　猿ぐつわでもはめられていたのかしら。いや、猿ぐつわをはめるほどなら、両手を縛っておくはずだ。縛られていて、あんな字を書くことは出来やしない。

では彼女は、別に誰にという当てもなく、あの文つぶてを投げたのだろうか。そして、通りがかりに拾ってくれる人を待つつもりだったのかしら。どうもそう考えるのが一ばんほんとうらしいようだ。それにしても、うまいぐあいに、ちょうど俺の通りかかる時、投げたものだな。いやいや、うまいぐあいではない。今になって思えば、かえってそれが悪かったのだ。恩田の家を知っているのは、俺ばかりだ。その俺が「木乃伊取りが木乃伊になった」のでは、もう弘子を救い出す見込みはまったく絶えてしまったと云ってもいい。ああ、どうすればいいのだ。

神谷がそうして、闇の中で、愚痴（ぐち）っぽく考え込んでいた時、突然、「ウオーッ」とけだものの唸り声が、今度は非常に近い所から聞こえて来た。どうやら、板壁のすぐ向こう側らしい。

やっぱり猛獣がいるのだ。ああ、そうだ。こんな檻のような密室があるのは、この家が猛獣を飼っているからに違いない。東京都内にだって動物園でなくても、個人で猛獣をやしなっている富豪がいくらもいる。ここにも、どんな恐ろしい獣物がいないとも限らぬのだ。

そこまで考えた時、あるギョッとする想像が彼を思わず立ち上がらせた。ああ、あの老いぼれめは、ひょっとしたら、その猛獣をここへ追い込むつもりではないのかしら。まさかそんなばかばかしいことが。いや、ばかばかしいといえば、この邸そのものがすでにばかばかしいのだ。あんな煉金術師の部屋が東京の郊外にあることだって、弘子や俺を監禁することだって、みんなありそうもないことばかりだ。そのありそうもないことが、現（げん）にこうして起こっているのだから、この先どんな気違いめいた変事が突発（とっぱつ）するか知れたものではない。

暗闇が果てしもない妄想（もうそう）を産んで、今にも気が狂いそうであった。神谷は彼自身が檻の中の猛獣ででもあるように、部屋の中を、あちこちと歩きはじめた。

そうして歩いているうちに、ふと板壁に隙間があることを発見した。それを見ると、たといその向こうにどんな恐ろしい猛獣が牙をむいていようとも、覗いて見ないではいられなかった。

彼は中腰になって、隙間に目を当てた。

ああ、夢ではないのか。そこには、果して猛獣が——一匹の大きな豹がいたではないか。

それはやっぱり頑丈な板壁の、まるで倉庫のような広い部屋であったが、一方の隅に本物の鉄の檻の一部分が見えて、その中に豹の上半身が横たわっているのだ。檻の外は一面の土間で、板壁がひどく頑丈なのを見ると、時には豹を檻から出して、部屋の中を散歩させるのかも知れない。

気のせいか、俄かに耐らない野獣の臭気が鼻をついた。臭気ばかりではない。このいやにむし暑いのは、なんであろう、今までは昂奮のあまり、それとも感じなかったけれど、隙間に目を当てていると、その暖かさは、隣の部屋から伝わって来るように思われる。それに、よく見れば、窓からの光線のほかに、かすかに赤い光が、チロチロと動いているように感じられる。ああ、わかった。ここからは見えぬけれど、寒さを嫌う豹のために、暖炉(ストーブ)が焚(た)いてあるのだ。さっき塀の外から眺めた煙突の煙は、この部屋から立ち昇っているのに違いない。

彼は中腰に疲れては、目を放してうずくまるのだが、しばらくすると、不安に耐えられなくなって、また隙間を覗く。そうして、うずくまったり覗いたりしながら、なんのまとまった思案もつかぬ間に、時間はドンドン経っていった。

やや一時間もたった頃、彼が疲れてうずくまっていた時、突如として、板壁の向こう側から、女の悲鳴が聞こえて来た。長く続く、死にもの狂いの悲痛な叫びであった。

神谷はそれを聞くと、たちまちその恐ろしい意味を悟(さと)った。そして、俄かに高鳴る心臓の鼓動を感じながら、ピョコンと立ち上がって、隙間に目を当てた。

そこには、予期していたものが、いや予期以上に恐ろしいものがあった。

豹の檻の前の土間に、一人の若い女が、髪を振り乱して、服は裂けて、肌もあらわに、両手で何かを防ぐ恰好(かっこう)をして倒れている。ここからは見えぬ入口から、駈け込んで来たのか、いや多分は、何者かにつき飛ばされて、われにもなくこの部屋へ倒れ込んだものであろう。

神谷は一目(ひとめ)見て、それが探し求めていた弘子であることを悟った。ああ、彼女は猛獣の部屋に投げ込まれたのだ。やがては、あの豹の檻が開かれるのであろう。そして、血に餓えた猛獣は、舌なめずりをして、彼女の上に這い寄ることであろう。

彼は声を立てる力もなく、ただ板壁にしがみついて、全身に脂汗を流していた。

だが、彼の想像は当たらなかった。弘子を襲うものは、豹ではなくて、むしろ豹よりも残酷な人間であることが、やがてわかった。彼女が両手を上げて防いでいたのは、その人間に対してであったのだ。

見る見る視界に現われて来た一人の男。恩田だ。息子の方の恩田だ。いつかの夜、草叢に二つの燐光を輝かせて、蛇のように這って行ったあの怪物だ。

見よ、彼はやっぱり両手をついて這っているではないか。この怪人にとっては、立って歩くよりも、けだもののように這う方が自然なのだ。人間ではない。あの弘子の方へ這い寄って行く不気味な身のこなし。あれが人間であろうか。獣類だ。獣類にしか見られぬ形だ。

怪物の両眼は、昼ながら、二つの青い燈光のように、爛々とかがやいている。彼が如何に昂奮しているかを語るものだ。ヌメヌメと濡れた唇は、息をするたびに、裂けるように開いて、真っ白な歯が気味わるく現われ、例の猫属のドス黒い舌が、歯と歯のあいだからチロチロと覗いている。

怪物は、ちょうど猫が鼠にたわむれる恰好で、脅える弘子の身辺に、あらゆる方角から、這い寄ってはパッと飛びすさり、今にも襲いかかろうとしては退きして、この残酷な遊戯を、さもさも楽しげに、出来るだけ長引かそうとしているかに見えた。

二匹の野獣

恩田は皺くちゃになった黒い洋服を着ていたが、それが彼の精悍な痩せた四肢にピッタリくっついて、そのまま一匹の巨大な黒豹であった。真っ赤な厚い唇が、ヌメヌメと光り、白い歯のあいだから、例のけだもののドス黒い舌が不気味に覗いていた。

それは窓の少ない薄暗い部屋であったから、彼の両眼の螢火のような怪光をハッキリ見てとることが出来た。青く黄色く燃える眼底の妖火は、彼が激すれば激するほど、その光輝を増して行くように思われた。

その目、その口、その四肢をもって、黒い人間豹は、今や彼の美しい餌食に飛びかかって行った。

二人の身体は、ただ見る黒白の鞠となって、広い土間を転がりまわった。黒い手と白い手とが、烈しくもつれ合った。弘子はけなげにも、叫び声さえ立てず、死にもの狂いの抵抗を続けているのだ。

神谷は、そのもつれ合った二人の姿が、隙見の眼界から消えるごとに、心臓の鼓動も止まる思いがした。彼はわが身の危険も忘れて、幾度も、危うく叫びだしそうになった。だが、この密室の中で叫んでみたところでなんの効果があろう。効果がないのみか、そんな真似をすれば、かえって事態を悪化させるばかりだ。彼は歯を喰いしばって、脂汗を流して、節穴にしがみついているほかはなかった。

怪人はまだ充分の力を出してはいなかった。ただ猫が鼠をもてあそぶように、相手をもてあそんでいるに過ぎなかったが、しかし、か弱い弘子の方では息も絶え絶えの力闘であった。

摑み合う度毎、つき倒される度毎、転がり廻る度毎に、服も下着も引きちぎられ、今はもう身を蔽うものも残り少なくなっていた。

彼女は少しも声を立てなかった。泣き叫んでも無駄なことを意識してか、それとも、恐怖と疲労のために、干からびた喉が、もう声を出す力も持たなかったのか。

この騒ぎに、檻の中の豹が、刺戟を受けないはずはなかった。野獣は恐ろしい唸り声と共に立ち上がって、檻の中を右に左に駈けまわりはじめた。そして、彼の昂奮は、二人の人間の格闘が激しくなればなるほど、異様に高まっていった。檻の鉄棒に飛びつき昇りつく狂態のすさまじさ。真っ赤に開いた口をほとばしり出る咆哮の恐ろしさ。

黄色い豹、黒い恩田、白い弘子、今、神谷の目の前には、この三つの生きものが、世にも恐ろしい巴を描いて、摑み合い、ぶッつかり合い、飛び上がり、打ち倒れ、転げまわり、狂い躍るのであった。彼はこの目まぐるしい色彩の交錯に、頭もしびれ、目もくらんで、もう恐怖を感じる力さえ失っていた。

弘子の白い肉体は、幾度となく、恩田のためにつき飛ばされ、或いは自ら逃げ倒れて、床の上に転がったが、最後に倒れかかったのは、偶然にも、豹の檻の扉の前であった。

彼女は、その扉の鉄棒に取りすがって、身を起こそうともがいていたが、ふと彼女の白い手が扉の掛金にかかった。そして、極度の激情の際にもかかわらず、彼女はその掛金が何を意味するかを理解したのだ。

弘子はヒョイと振り返って、またもや飛びかかろうと身構えている恩田を睨みつけた。真っ赤に血走った目、大きくふくれ上がった小鼻、鮒のように開いた唇、青ざめきって藍色に死相をたたえた顔、その顔で彼女はニヤニヤと笑ったのだ。

神谷は、咄嗟にその笑いの意味を悟って、思わず目をつむった。ああ、とうとう最期の時が来たのだ。何もかもおしまいになる時が来たのだ。

ガチャンと異様な音が聞こえて来た。

神谷はその物音に、ゾッと身震いしたが、見まいとしても見ぬわけにはいかぬ。再び目を開くと、すでに檻の扉は開かれていた。弘子が掛金をはずしたのだ。

豹はと見れば、もう檻の中には影もない。そして、一方の土間に、からみ合った黄色と黒との一塊。豹は一飛びに飼主恩田に飛びかかっていったのだ。

「ワーッ」という、悲痛な叫び声が、怪人恩田の口からほとばしった。さすがの彼も、この不意うちには、極度の驚愕にうたれた。だが、彼もまた人間の形をした野獣である。本物の豹に縮み上がりはしなかった。敵わぬまでも闘った。世にも恐るべき、野獣と野獣の戦いである。

嚙み合う赤い口。――おお、彼らは嚙み合ったのだ。人間の恩田までが、耳まで裂けた口を開いて、白い歯をむき出して、嚙み合ったのだ。――そして、燐の焔が燃えるかと疑われる爛々たる四つの目が薄闇に飛び違い、すさまじい咆哮が部屋の四壁をゆるがした。

だが、恩田はとうてい本物の猛獣の敵ではなかった。徐々に徐々に彼は部屋の隅へとおしつめられていった。猛獣の鋭い爪は、恩田の洋服を掻き破って、彼の肩口へしっかと喰い入っていた。恩田は両腕に精一杯の力をこめて、豹の顎を支えていたが、その力も衰えはじめた。猛獣の血に飢えた牙は、ジリリジリリと、相手の喉笛へ迫っていった。

もう一分間そのままにしておいたなら、怪人恩田はこの世のものではなかったに違いない。神谷と弘子との仇敵は亡びてしまったに違いない。そして、後日あれほど世を騒がし、人の生血を流した大害悪をも、未然に防ぐことが出来たであろう。

だが、幸か不幸か、いやいや、実もって不幸なことには、恩田の生命は死の一歩手前で喰いとめられた。最後の一瞬間に救い主が現われた。

息を止めて見入っていた神谷の鼓膜に、突如異様な衝動が伝わった。目の前の光景が、グラグラと揺れたように感じられた。――銃声だ。誰かが恩田の危急を救うために発砲したのだ。

立ち昇る白煙の下を、野獣は剝製の豹のようにピンと四肢を伸ばして、一転、二転、三転し、遂に長々と伸びたまま動かなくなった。

わずかに命を取り止めた怪人恩田は、さすがにグッタリとなって、急に起き上がる力もない。

すると、神谷の隙見の眼界へ、銃を片手にノッソリと現われたのは、さいぜん彼をこの密室へとじこめた白髪白髯の老いぼれ、恩田の父であった。息子の危急を救ったのはその父であったのだ。

「檻をあけたのは誰だッ、まさかお前ではあるまい。そこな娘さんか」

彼は鋭い目を光らせて、檻の前に倒れ伏している弘子の半裸体を睨みながら尋ねた。

「そうだよ。あいつだ。あいつめ、豹に僕を喰わせようとして、檻をあけやがった」

恩田が苦しい息遣いで、さも憎々しく怒鳴った。

「ウム、そうか。して見ると、この娘はお前の敵だな。いや、それよりも、大事な豹の敵だ。わしはこいつを撃ち殺す時、どれほど悲しく思ったか。どれほど残り惜しく思ったか」

云いながら、老人は豹の死骸の前にしゃがんで、悲しみに耐えぬものの如く、その背中を撫でながら、長いあいだ黙禱していたが、やがて、キッとして立ち上がると、烈しい語調で、

「よし、もうお前を止めはしない。思う存分にするがよい。わしの可愛い豹の敵討ちだ。どうともお前の思うようにするがよい」

と云い捨てて、そのまま眼界から消えて行った。

怪屋の妖火

神谷はほとんどもう気力が尽きていた。だが、彼は節穴から眼を放すことが出来なかった。[注2]「嫁おどし」の老婆の顔に般若の面がくッついてしまったように、彼の顔は板塀に密着して離れなかった。

怪人恩田は、間もなく元気を回復して、舌なめずりをしながら起き上がった。うす黒い顔がひん曲って、ゾッとするような笑いが浮かんでいる。彼は恐らく、天下晴れて、この可憐な餌食に復讐をすることが出来るのを、喜んでいるのだ。

弘子はと見ると、ああ、幸か不幸か、彼女はまだ失神もしないで、真底から恐怖に耐えぬまなざしで、恩田の方を見つめている。

怪物は、両眼の燐光を燃え立たせ、歯をむき出して、ジリジリと彼女の方へ進んで来た。

ああ、それから三十分ほどのあいだ、神谷は何を見、何を聞いたのであろうか。地獄の中の地獄であった。あらゆる恐ろしいもの、あらゆる醜いもの、あらゆる色彩、あらゆる動き、あらゆる音響が、彼の脳髄を痴呆にし、彼の目を盲にし、彼の耳を聾にした。

そして最後に、血に狂った怪人恩田が、激情の余波のやり場もなく、跳り狂うようにして眼界を消え去ってしまうと、あとには人間の形態を失ったギラギラした色彩が乱れ散っていた。一人の女性の魂が、かつて類例もない苦悩の中に昇天したのだ。かくして神谷は、その恋人の魂と、同時に肉体さえも、まったくこの世から失ってしまったのである。

彼はクナクナと密室の床に倒れ伏したまま、長い長いあいだ、死人のように動かなかった。身体じゅうを脂汗に浸し、もみくたになった紙屑のように動かなかった。だが、やっとして、彼の肩が波うちはじめた。虫の音ほどの歔欷が聞こえはじめた。そして、徐々に徐々にその声が高まり、しまいには、彼は身悶えをして、小児のように泣きわめくのであった。

いつの間にか夕闇があたりをこめ、ただでさえ暗い密室は文目もわかぬ闇となっていた。その暗黒に包まれたまま、彼の泣き声はいつまでも続いていた。

ふと気がつくと、誰かしら彼を声高く呼んでいるものがあった。その上に、暗闇とのみ思っていた密室に、どこからか、一条の赤い光が射している。彼は反射的にハッと身構えをしながら、声する方を振り向いた。

「オイオイ、君は何を泣いているんじゃ。何がそんなに悲しいのじゃ」

声と共に、その声の主の目と鼻とが、四角にくぎられて宙に浮いているのが見えた。

恩田の父親だ。入口の板戸に、小さな四角の覗き穴がこしらえてあって、彼は今その蓋を開いて、蠟燭をかざしながら、密室の中を覗き込んでいるのだ。神谷は、じっと老人の顔を見返しながら、一と言も物を云わなかった。何を云っていいのかわからなかった。口をきけば、みじめな震え声になりそうだった。そして、何かしら圧えつけるように、生命の不安が感じられて仕方がなかった。

「おや、君のその顔はどうしたのだ」

老人は蠟燭の光に神谷の面変わりした顔を認めたのだ。

「ハハア、するとなんだな。君は、あれを知っているんだな。だが、どうして？　あ、そうだ。壁の板に隙間があったんだな。そこから、君はあれを見たんだろう。それに相違ない。オイ、君、見たのか見ないのか」

だが神谷は答えなかった。答えずとも彼の表情がすべてを語っている。

「フン、見たんだな。見たとすると、気の毒だが、君は永久にここから出すわけにはいかぬ。いいか。なぜ出せぬか、そのくらいの事は説明せんでもわかるじゃろう。まあ観念したまえ。ハハハハハ」

そして、パタンと無慈悲に閉まる覗き穴の蓋、老人の立ち去る気配。室内は元の暗闇にかえった。

老人は、息子の殺人罪を目撃された上は、生かしておけないというのだ。今にも、あの人間豹の息子を彼の密室にさしむけて、弘子同様の目に遭わせるか、或いは老人の銃口が、覗き穴から首を出して、彼を狙いうちにするか。そうでなくても、このまま ほうっておかれたら、やがて飢え死にをしてしまうに違いない。

逃げ出そうにも、この厚い板壁、頑丈な板戸、道具とてない一人の力で、どう破ることが出来よう。

ああ、とんでもないことをした。たとい恋人を救うためであろうと、わが力も計らず、人にも告げず、単身この魔境へ踏み込んだのは取り返しのつかぬ失策であった。先ず警察へ告げるべきであった。そして有力な助勢を得て、弘子の救助に向かうべきであった。

だが、それはもう取り返しのつかぬ繰り言だ。ただこの上は、叶わぬまでも、この密室を脱け出す方法を考えなければならぬ。そして、彼らの悪事を警察に訴え、弘子の敵を討たねばならぬ。これが恋人へのせめてもの心尽しだ。このまま神谷までが死んでしまったのでは、彼らの悪事は誰知るものもなく、あの恐るべき半獣半人の怪物は、永久に罰せられる時がない。それでは余りに不合理だ。彼は当然の処罰を受けねばならぬ。どんなにしてでも、一度ここを脱出して、恋人の無残な死をつぐなわなければならぬ。

しかし、如何なる手段で、ああ、如何なる手段で、この密室を脱出したらいいのだろう。そんなことが果して可能であろうか。

考えながら、神谷はふと上衣のポケットへ手をやった。すると、突如として、インスピレーションのように、一つの奇妙な考えが浮かんで来た。

「おお、俺はマッチを持っていた。ここにマッチがある」

彼はそれをポケットから取り出して、軸木の数を調べた上、その一本をシュッとすった。たちまち闇を破る赤い光。その光で、密室の隅から隅を見まわしているあいだに、彼の考えはますます熟していった。

「そうだ、そのほかに方法はない。一か八かやッつけて見るのだ」

彼は大急ぎで服を脱ぎはじめた。そしてまっ裸体になると、シャツ、猿股、ワイシャツ、ネクタイ、ソフトカラアなど薄手のものばかり選り出して一まとめにし、再び素肌に背広を着、オーバーをまとった。それからポケットというポケットを探って、ハンカチ、古手紙、鼻紙、手帖の類に至るまで、燃え易いもの一切を集めて、シャツなどの布類と一緒にし、それを丸めて部屋の奥の板壁の際に置いた。

彼はそれに火をつけようと云うのだ。では彼は悪魔の巣窟を焼き払うつもりなのだろうか。だがそんなことをすれば、誰よりも先に神谷自身が焼け死んでしまうのではないか。なんという無謀なことを企てたものであろう。彼は引き続く激情に、気でも狂ったのではあるまいか。

いや、そうではない。彼は一つの冒険を思い立ったのだ。千番に一番という危ない芸当を目論んでいたのだ。

何本もマッチを無駄にして、やっと紙類が燃え上がった。ワイシャツの袖に火が移った。と見ると、神谷はいきなり地だんだを踏みはじめた、両の拳を握って烈しく板壁を叩いた。そして、何がおかしいのか、大口をあいて、出来るだけの声を立てて、気違いのように笑いだした。「ワハハハハハ」という不気味な笑い声が家じゅうに響きわたった。

しばらくそれを続けていると、案の定、板戸の外に足音がして、覗き穴を開いたものがある。神谷はそれを合図のように、たちまち沈黙して、すばやく、覗き穴から見えぬ入口にうずくまり、板戸の開くのを今や遅しと待ち構えた。

彼の笑い声に不審を抱いて、様子を伺いに来たのは、やっぱり恩田の父親であった。見ると、部屋の奥に炎々と燃え上がる火焔だ。打ち捨てておけば、今にも板壁に燃え移りそうに見える。慌てふためいた老人は、何を考える暇もなく、いきなり閂をはずして板戸を開き、火焔を揉み消すために、室内に駆け込んだ。

今だ。神谷は老人の腋の下をくぐるようにして、疾風のように廊下へと飛び出した。そして、満身の気力をふるい起こして、老人のうしろから、バタンと板戸を閉め閂をおろした。今や主客顛倒、老人の方が檻の中へとじこめられてしまったのだ。

そうしておいて、神谷は心覚えの廊下伝い、老人の書斎を通って、玄関を飛び出した。それから、例の締め切った門の鉄扉を攀じのぼり、飛び降り、暗闇の森を一目散に駆け抜けて、道もない草原へ出た。

空は一面に曇って星も見えず、寒い風が草叢をザワザワと波立たせている。振り返れば、真っ黒に目を圧して襲いかかるが如き魔の森林、その中にチロチロと瞬くは怪屋の燈火か、それとも若しや、彼の逃亡を知って追いかけてくる怪物の目の燐光ではないのか。

ふとそんな連想をすると、神谷は足もすくむほどの恐怖を感じた。そして、草叢のざわめくのも、風ではなくて、蛇のように這い寄る獣人の姿かと疑われ、果ては、見渡す限り、闇の草叢のここにも、あすこにも、無数の蛇のようにギラギラ光る燐光の幻さえも浮かんで来るのであった。

彼は走った。無我夢中で走り続けた。咽はカラカラに干からびて、舌が石のように干し固まり、心臓は咽のあたりまで飛び上がって感じられた。

道であろうと、なかろうと、方角さえもわからず、ただ走りに走って、しかし、ついに街道に出た。まばらに立ち並ぶ街燈、並木のあいだにチラチラ見える一軒家、その駄菓子屋らしい藁葺きの一軒家までたどりつくと、彼はいきなりガタピシと障子をあけて、そこの土間へのめり込んだ。

×　　×　　×　　×

このことが土地の警察署に伝わり、数名の巡査が、やや気力を回復した神谷を案内に立てて森の中の怪屋に向かうまでには、可なりの時間が経過した。そして、彼らが手に手に懐中電燈をかざして、街道から抜け道を伝い、雑木林を抜け出た時、先頭に立つ神谷が、何を見つけたのか、ハッと立ちすくんでしまった。

「どうしたんだ、君、何かいるのか」

警官の一人が怒鳴った。彼らも怪人の話を聞いて、この捕物を少なからず不気味に思っていたのだ。

「あれ、あれをごらんなさい。あの火はいったいなんでしょう」

神谷の言葉に彼方を眺めると、如何にも、森の中の怪屋のあたりとおぼしく、一団の火焔が、大きな狐火のようにメラメラと燃えている。

「おや、火事じゃないか」

「ウン、そうだ。オイ君、君が逃げ出す時に、シャツやなんかに火をつけて来たと云ったね。それが燃えひろがったんじゃないか」

警官が口々に云う。

「いや、そんなはずはありませんよ。高が一と塊の布切れですもの。老人が踏み消してしまったに違いありません。それに若しあれが基だとすると、もっと早く燃えひろがっていなければなりません」

神谷は不思議に耐えなかった。

ともかくも行って見ようと、歩き出して、だんだん森に近づくにつれ、刻一刻火焔は大きくなりまさり、彼らがそこに到着した時には、もう手もつけられない本物の火災になっていた。

パチパチと物のはぜる音、窓という窓から吹き出す赤黒い火焔の舌、ムクムクと舞い上がる黒けむり、早くも棟の一部のくずれ落ちる大音響、パッと立ち昇る火の粉、森全体が白昼のように明るく、立ち並ぶ木の幹が、みな半面を朱に染めて、クッキリと浮き上がって見えた。

「ウム、彼奴(あいつ)らは罪跡をくらますために、自分で火をつけたのだ。もう今頃はどっかへ行方をくらましてしまったに違いない。オイ、誰か署へ帰って、非常線の手配を頼んでくれたまえ。それから消防だ。もうこうなってはわれわれの出る幕じゃない。ともかくも火を消すことが第一だ」

主(おも)だった警官の命令に、一人の巡査が懐中電燈をふり照らしながら、駈け出していった。

残った人々は、火焔を遠巻きにして、怪屋の周囲をグルグル歩きまわり、怪しい人影もやと目をくばったが、悪人たちがその頃まで現場にうろうろしているはずはなく、明々(あかあか)と照らし出された森の中には、なんの怪しい気配もなかった。

かくして、恩田父子(おやこ)は、殺人罪目撃者に逃げ出された窮余(きゅうよ)の一策、わが巣窟に火をかけて、あらゆる罪跡を湮滅(いんめつ)し、いずれともなく姿を消してしまったのだ。

彼らが、処罰を恐れて姿をくらましたことは云うまでもない。だが、如何に処罰を恐れたからと云って、あの血に飢えた獣人が、これ限りその爪牙(そうが)を隠して一生を終わることが出来るであろうか。いや、それよりも、彼らの大切な巣窟を焼かしめ、彼らの犯罪をその筋に告げ知らせた神谷に対する深讐(しんしゅう)を、果して忘れ去ることが出来るであろうか。一匹の野獣を失ったばかりに、平然と弘子の命を断った彼らだ。それに比べては幾層倍のこの恨み、ただ単純に神谷の生命を狙うだけで満足しようとは考えられぬではないか。

神谷は果して安全でいることが出来るであろうか。たとい彼自身の生命は安全であっても、何かしらそれ以上に彼を苦しめ悩ますようなことが起こりはしないであろうか。

又神谷の側から云えば、恩田父子は、憎んでも憎み足りない仇敵であった。彼は、草の根を分けても彼らを探し出し、この恨みをはらしたいと願った。

深讐綿々（めんめん）たる対立、ああ、彼らの行く手には、果してどのような運命が待ち構えていたことであろう。

江川蘭子（えがわらんこ）

神谷芳雄が、かつて何人（なんぴと）も経験しなかったような、奇怪残虐（きかいざんぎゃく）な恋人の最期を、マザマザと見せつけられた、あの呪（のろ）うべき日から、一年余りが過ぎ去った。

その当座は、余りにも烈しかった衝撃にうちのめされて、生まれつきの明るく快活な性格が、まったく一変したかと思われた。昼は幻に、夜は夢に、恋人弘子の断末魔(だんまつま)の形相が、あの人間だか野獣だかわからぬ怪物の顔と重なり合って、ありとあらゆる地獄の構図をもって、彼をおびやかしつづけた。若しやあの獣人父子(じゅうじんおやこ)が、ねぐらを奪われた恨みに燃えて、復讐の爪を研(と)いでいるのではないかと、彼は絶えず生命の危険をさえ感じなければならなかった。

だが、時の力は恐ろしい。月日の流れは、如何なる悲しみも、恐れも、憤(いきどお)りも、いつとなく洗い薄めて行くものだ。

その後、人間豹の親子は、警察のあらゆる捜索にもかかわらず、杳(よう)として消息を断ってしまった。外国へ逃亡したのではないかと云うものもあった。もう彼らの復讐を恐れるには及ばないように思われた。

神谷の脳裡(のうり)から、一日一日と、野獣の記憶が薄らいでいった。いや、薄らいだのはそればかりではない。あれほど熱愛した恋人弘子の俤(おもかげ)さえも、その恋人を失った心の痛手さえも、今はおぼろに消えていった。

それと云うのが、神谷には新しく、第二の恋人が出来たからだ……いや、彼の薄情(はくじょう)を責めてはいけない。彼がその人を恋したのは、実はかつての弘子を忘れねばこそであった。

その頃都では、相対立する二大レビュー劇場が、あらゆる興行物を圧倒して、若人の人気を独占していた。その一方のレビュー団の女王と讃えられる歌姫に、江川蘭子[注3]という美しい娘がある。

日本人向きの色っぽい声、ずば抜けて美しい顔、全都の青年男女を夢中に昂奮させる、不思議にも甘い微笑、十九の春のふっくらと成熟した肉体、その満都渇仰の人気女優が、神谷の第二の恋人であった。

それまではレビューというものにほとんど興味を持たなかった神谷が、ある日何気なく演芸画報のページを繰っていた時、江川蘭子の大写しが、ハッと彼の注意を惹いた。一刹那、死んだ弘子の写真ではないかと感じたほど、この歌姫は、彼のかつての恋人と瓜二つであった。

彼は俄かにレビュー・ファンとなって、毎日のように大都劇場のボックスへ通った。そうして蘭子の舞台姿を見ることが度重なるに従って、彼の新しい情熱は、加速度に燃え上がっていった。

歌姫江川蘭子には、かつての弘子の、あらゆる美しさ、あらゆる魅力が、十倍に拡大されて備わっていた。神谷の生得のあこがれについて、弘子はその影、蘭子こそ、やっと見つけたその本体ではないかと思われた。

神谷は多くの青年たちの競争者として、蘭子を誘い出して一緒にお茶を飲むことを楽しんだ。二人きりのドライブも、二度三度と度重なっていった。もう青年たちは、神谷の敵ではなかった。

神谷は醜い青年ではなかった。会社員とは云え、前途を約束された重役の息子さんであった。お小遣いにも事は欠かなかった。その上、彼には気まぐれでない情熱があった。蘭子の方からも、彼にただならぬ好意を見せはじめたのは、なんの不思議もないことであった。

神谷はもう、彼女のフィアンセの如く振舞って、楽屋も訪問すれば、自宅への送り迎えもする間柄になっていた。こっそりと、郊外の料亭などで、夜を更かしたことも、一度や二度ではなかった。

彼にとって、今の蘭子は、いわば昔の弘子の再生であった。それゆえに、弘子の事は、忘れねばこそ思い出しもしなかったのであるが、それと一緒に、あの人間獣恩田の恐ろしい記憶までが、ひとしお薄らいでしまったのは、不思議なほどであった。彼は今では、そういう怪物がこの世にいたということが、何か荒唐無稽なお伽噺のようにさえ思いなされるのであった。

時は花咲く春であった。人は恋を得て、心も空に浮き立っていた。だが、咲きほこる花の蔭にこそおどろおどろしきあやかしの黒い風が待ち構えているものだ。彼がその存在をふと忘れた時にこそ魔性のものは、彼のすぐうしろにたたずんでいるのだ。

やがて或る日のこと、神谷は、とうとう、あの恐ろしい人間豹の目を、ゾッと思い出さなければならなかった。

「昨夜はどうして、僕をすっぽかして帰ってしまったんだい。あんなに約束しておいたのに。楽屋番のおじさんにすっかり恥をかいてしまったぜ」

その翌日、神谷が違約をなじった時、蘭子はこんなふうに答えたのだ。

「あなた、からかっていらっしゃるの。それとも、そんなに忘れっぽくなってしまったの。あたしちゃんと送っていただきましたわ。それはそうと、あなたは昨夜、車の中で、どうしてあんなに黙っていらしったの。少しばかり変なぐあいだったわ」

「エッ、僕が君を送ったって？　それ、ほんとうかい。おとといの思い違いじゃないのかい」

神谷はびっくりして聞き返した。

「あら、それじゃ、あれ、あなたじゃなかったの？　でも……」

なんだか、ちっとも物を云わないで変なぐあいではあったけれど、いつも神谷にすと……。

るように話しかけると相手はそれに受け答えをしたのだし、別れる時には、いつもの通り、恋人同士の長い握手をさえかわしたではないか。あれが神谷でなかったとすると……。

「そんなこと云って、あたしを怖がらせるんじゃない？　ほんとうに？　ほんとうにあなたではなかったの？」

いくら念を押しても、神谷の答えは変わらない。

「まあ、……それじゃ、あれ、いったい誰だったのでしょうか」

蘭子はふと底知れぬ恐怖にとらわれて、見る見る青ざめていった。

初めて見る彼女の恐怖の表情が、当然とは云え、なき弘子のそれと生き写しであったことが、神谷をギョッとさせた。そして、自然の順序として、かつて弘子をそのような表情まで震えおののかせたところのもの、あの人間豹の恐ろしい形相を、思い浮かべないではいられなかった。

「君は、その男の顔を見なかったの？　顔も見ないで僕ときめてしまったの？」

「ええ、でも、あなただって、お別れする時まで、ずっとお面を取らないでいらっしゃることもあるんですもの。……若し少しでも疑えば、その人のお面をとって見るんだったけど、あたしあなたとばかり思い込んでいたもんだから……」

ああ、なんて下らないものが流行り出したのであろう、「レビュー仮面」なんて。あんなものが流行するばっかりに、こんな間違いも起こるのだ。日頃は彼もレビュー見物にひとしおの風情を添える思いつきとして、大いに賛意を表していたその仮面を、今は呪わないではいられぬのだ。

仮面時代

「レビュー仮面」。まったくそれは奇態な流行であった。

人間というやつは、昔々から、生まれついた生地の顔を、人前にさらすことを、ひどくはにかむ傾向がある。日本では(注4)頭被、編笠、頭巾の類が、その時々の人間の顔を隠して来た。西洋でも、男という男が鬘をかぶった時代がある。女という女が厚い面紗をかけた時代がある。仮面舞踏会などが人々に喜ばれるのも、花見の客に目鬘が売れるのも、同じ人間心理の現われに違いない。

その人間の弱点につけ込んで、考案されたのが「レビュー仮面」である。初めは不良青年か何かが、気まぐれに、おもちゃのお面をかぶって、レビュー劇場の客席にはいったのがキッカケであった。一人真似、二人真似、チラホラと仮面見物が人の目を惹く頃には、機敏な商人が「レビュー仮面」と銘うって、商標登録を申請し、同一型のセルロイド面をドッと売り出したものである。

若い見物たち、殊に学生や小店員たちは、得たりかしこしと、このお面を利用し、その蔭に顔を隠して、舞台の踊子を、思う存分野次り飛ばした。女学生は女学生で、このお面のカムフラージュによって、あこがれのボーイッシュ・ガールを、声を惜しまず声援することが出来た。はては大人の男女までも、少しばかり面はゆいレビュー見物のてれ隠しに、仮面を利用する者が続々とふえていった。

今や「レビュー仮面」は時の寵児であった。発売元の出張所が、劇場の入口に設けられ、見物人は、切符と一緒に、その一箇十銭のセルロイド面を、買わねばならないようなことになってしまった。

大劇場の観客席は、階上も階下も、まったく同じ表情をした、仮面の群集によってうずめられた。見物席の何千人というお揃いの顔が、どんなすばらしい舞台よりも、一そうすばらしい見ものであった。

その上、「レビュー仮面」の表情というものが、又、実に巧みに出来ていた。それは、お神楽のお多福面をもっと男性化して、口を横に広く開いて、ニヤニヤと笑わせた、単純な打ち出し面であったが、その笑い顔が、さもさもおかしそうな表情で、お面をかぶった同士が顔を見合わせると、お互いのお面の中で、クックッと笑い出さないではいられぬほど、真に迫って出来ていた。

お面の流行が、劇場内の空気をほがらかにしたことは非常なものであった。舞台の踊子たちは、いつも笑顔を絶やさなかった。それに呼応するように、何千人の見物が、まったく同じ笑顔でニコニコと笑っているのだ。舞台も見物席も、別天地のように明るくなった。お面の噂にひきつけられて、レビュー嫌いの人々までも、続々と見物に押しかけて来た。どの劇場もレビューとさえ云えば、満員であった。つまり、「レビュー仮面」は、もう今では、劇場経営者のマスコットとさえなってしまったのだ。

いや、それればかりではない。劇場内の「レビュー仮面」は、やがて徐々に街頭に進出しはじめた。

銀座の夜をそぞろ歩きする過半の人々が、同じ笑いの表情に変わっていった。電車の中も、地下鉄の中も、同一表情の男女によってうずめられた。大げさに云えば、東京じゅうが、同じセルロイドの顔でニコニコと笑い出したのである。

そういう流行が或る程度に達すると、一方に弊害の生ずるのは止むを得ないところであった。横着者が、お面に隠れて、さまざまのいたずらを始めたというのは、さもありそうなことであるが、更に困ったことには、このお面が、悪漢たちの大っぴらな覆面として役立つことがわかって来た。仮面の万引、仮面の空巣狙い、はては「仮面強盗」という名称さえも、新聞の社会面に現われはじめた。

前章の、江川蘭子が、まったく見知らぬ男と車を共にし、握手までかわしたという椿事も、そういう仮面流行の際であったからこそ、起こり得たことであった。

「下らないお面なんかが流行るもんだから、そういういたずらを思いつくやつが出て来るんだ。君よっぽど注意しなくちゃ駄目だぜ。若しそいつが悪人だったら、握手ぐらいで済みやしないんだから、これからは、充分僕だってことを確かめてから車に乗るんだぜ」

神谷は、若しや獣人恩田の仕業ではないかと、かすかな疑いを抱いたものだから、それとなく、くどいほど注意を与えた。

蘭子も、すっかり脅えてしまって、それからは充分気をつけてはいたのだけれど、まさか人間豹なんて怪物が、この世に存在しようとは思いもよらず、それに、相手の欺瞞手段が巧妙をきわめていたので、或る夜のこと、つい又しても偽物の車に乗り込んでしまった。

「ランチ子、今夜は家へ帰る前に、ちょっと道寄りをしようね」

蘭子が神谷と信じていた、その仮面の男が、暗い車内で、風を引いたような声で云った。

「ええ、でも、どこへ寄るの？」

「ウン、じき近くだよ。ちょっと君を驚かせることがあるんだ。むろん、嬉しくって驚くことなんだよ」

「そう、なんでしょうか。思わせぶりね」

「ウン、ウン、思わせぶりさ。フフフフフ、君、きっと驚くぜ」

蘭子は、やっと男の声がいつもと違っているのに気づいた。

「あら、あなた、風引いたの。声が変よ」

「ウン、春の風だよ。陽気があんまりいいんで、風を引いちゃった」

「あなた、だあれ？……神谷さんなんでしょうね」

「ハハハハハ、何を変なこと云ってるんだ。きまってるじゃないか。それとも誰か、ほかにも迎えに来る人があったのかい」

「そのお面、取って下さらない。気味がわるいわ、ニヤニヤ笑っていて」

「ウン、これを取るのかい。取ってもいいよ。だが、ちょっと待ちたまえ。君に見せるものがあるんだ。ほら、これ、君に上げるよ」

男は云いながら、ポケットから小さなサックを取り出して、パチンと蓋を開いて蘭子の前に差し出した。薄暗い豆電燈にも、キラキラと五色に光る、一カラットほどのダイヤモンドの指環だ。

「まあ、美しい。これ、あたしにくれる？」

レビュー・ガールは贅沢に慣れていなかったので、少なくとも三十万円(注5)以上はするであろうこの高価な贈り物に、すっかり昂奮してしまった。

「ウン、貰っていただくんだよ。つまりエンゲージ・リングってやつさ。受けてくれるかい」

「ええ、受けたげてよ。ありがと」こみ上げてくる嬉しさに、いつしか仮面のことも忘れてしまって、「あたしを驚かせるっていうの、これ？」

「いいや、これはつまりプレリュードなんだ。ほんとうに君をアッと云わせるものは、まだ別にあるんだよ。大切にあとまで取っておくんだよ」

そんな会話のあいだに、車はいつしか、劇場から程近い浜町の、とある意気な門構えの家へ着いていた。

あらかじめ云ってあったものと見えて、仮面のままの男を怪しみもせず、女中が案内したのは、奥まった六畳と四畳半の小座敷である。

気取った塗り物の円卓を中にはさんで、座につくと、やがて運ばれるお茶、お菓子、そして、お酒。だが、男はまだ仮面を取ろうともしないのだ。

「ここ待合(まちあい)(注6)でしょう。おかしいわね。あたしこんな服なんかで、変でしょう」

断髪洋装のレビュー・ガールと待合の小座敷とは、如何にも変てこな取り合わせであった。

「ウン、そんなことどうだっていいよ。さア、さっきの指環お出し、僕がはめて上げるから」

「ええ」

蘭子は云われるままに、その指環のサックを差し出したが、ふと心づいて、

「あら、まだお面かぶっていらっしゃるの。お座敷の中でおかしいわ。取ったげましょうか」

「まあ、いいから、手をお出し、指環の方を先にしよう」

男の薄黒い毛むくじゃらの手が、ニュッと伸びて、蘭子の左手をつかみ、指環をはめようとした。

その手を一目(ひとめ)見ると、彼女はギョッとして、思わず中腰になった。

「いけない。放して下さい。あなた誰です。……神谷さんじゃない。……早く、早く、

そのお面を取って、顔を見せて下さい」

「ハハハハハ、そんなにせき立てなくたって、今見せて上げるよ。ほら、君とエンゲージした男っていうのは、つまり僕なのさ」

片手では、もう指環をはめてしまった蘭子の手をグッと握ったまま、一方の手で、「レビュー仮面」をむしり取った。その下から現われたのは、蘭子には初対面であったけれど、まぎれもない人間豹、恩田の痩せた顔であった。

「ハハハハハ、ずいぶん苦労をしたもんだよ。神谷君とそっくりの服を注文したり、髪をオールバックにしたり、声を作ったりさ。だが、君がエンゲージ・リングを受けてくれたので、僕はやっと安心したよ。まさか君は、その指環を返そうとは云うまいね」

蘭子は恩田の恐ろしさをまだ知らなかった。ただ、なんとなくいやらしい男と感じたばかりだ。

「あたし、人違いをしましたの。これをお返しします。そして、もう帰りますわ」

彼女は指環を抜いて卓上に置き、いきなり立ち上がって帰りそうにした。

「駄目駄目(だめだめ)、その襖(ふすま)には錠前(じょうまえ)がついているんだ。鍵は僕が持っている。ほしければ上げないものでもないが、それには条件があるんだよ」

「じゃ、あたし、ベルを押して、ここの女中さんを呼びますわ」

「呼んだって来やしないよ。君が少しぐらい大きな声を立てたって、誰も来ないことになっているんだ」

蘭子は青ざめた顔をゆがめて、もう泣き出しそうになっていた。

「まあ、いいから、そこへ坐りたまえ」

恩田が彼女のそばへ寄りそって、肩に手をまわして、グッとおしつけると、蘭子はクナクナと座蒲団の上にくずおれてしまった。

恩田の大きな両眼は、渋面を作った少女の顔を、飽かず見入りながら、怪しい燐光に輝きはじめた。口は大きく開いて、夏の日の犬のように、ハッハッと、苦しげに喘いだ。そして、真っ白な鋭い歯のあいだから例の棘のある異様に長い舌が、一匹の不気味な生物のようにうごめくのが眺められた。

蘭子はその時初めて、この男が普通の人間でないことを悟った。けだものだ。人間の形を借りた猛獣だ。

余りの恐ろしさに、もう気力も尽きたかと感じたが、しかし、こんな野獣の餌食になるのは、考えただけでも耐えがたい汚辱であった。ない力をふりしぼっても、この危急を逃れなければならない。

「いけません。あたし、どうしても帰ります」

「だが、僕は帰さないのさ」

野獣が人間の言葉で嘲(あざけ)りながら、なおもその不気味な顔を、彼女の目の前に近づけて来た。

「ね、ラン子、僕は執念深いのだよ。一度思いこんだら、君がどんなに逃げまわっても、どんなに警戒しても、結局目的を達しないではおかぬのだよ。よく考えてごらん。君は命が惜しくないのかい」

云いながら、彼の熱い頬が彼女の頬に触れ、蜘蛛(くも)のような五本の指が、彼女の背中を這いまわるのが感じられた。

ゾーッと、身体じゅうの産毛(うぶげ)が逆立(さかだ)ち、血管が逆流した。蘭子はもう無我夢中であった。何かしらえたいの知れぬ叫び声を発しながら、狂気の力をふりしぼって、立ち上がりざま襖に向って突進した。

メリメリと恐ろしい音がして、襖に穴があいた。

蘭子は無理やりにそこを押しくぐって、廊下に転がり出した。

「誰か、助けて下さい」

悲鳴を聞きつけて、女中たちが駈けつけて来た。

結局、獣人恩田の企ては失敗におわった。彼はレビュー・ガールというものを、甘く見すぎていたのだ。一箇のダイヤモンドは充分彼女の貞操を買い得るものと誤解していたのだ。

それが案に相違して、蘭子の勢いが余りに烈しく、ついに襖を蹴破る騒ぎに、さすがの恩田も辟易して、何気なくその場を取りつくろい、無事に蘭子を帰宅させたのであった。それ以上騒ぎが大きくなって、警察沙汰にでもされては、恩田自身が危ういのだ。だが、その翌日、蘭子から一伍一什を聞き取った神谷青年は、このことを警察に告げ知らせないわけにはいかなかった。恩田はその筋のお尋ねものの恐るべき殺人犯人だったからだ。

さっそく、浜町の待合が取り調べられたことは云うまでもない。しかし、その待合は恩田とはなんのかかり合いもないことがわかった。恩田の名も彼の住所さえも知らなかった。

それから五日ほどは、別段の事もなく過ぎ去った。恩田はどことも知られぬ彼の巣窟に潜み隠れているのであろう。警察の手を尽した捜索も徒労におわった。気丈の蘭子は休みもしないで舞台に立った。劇場では、この人気女優の身辺を気遣って、屈強の男を護衛として、出勤の送り迎えをさせることになった。神谷も毎日会社を早引けにして蘭子の楽屋部屋に入りびたるようにして注意をおこたらなかった。

それにしても、なんという呪わしい廻り合わせであったろう。神谷と恩田は、異性に対する嗜好が、符節を合わすように、ピッタリと一致していたのだ。でなくて、先には弘子を、今又蘭子を、申し合わせでもしたように、同時に恋するということがあるだろうか。

いやいや、そうではないかも知れない。恩田父子が神谷を仇敵と狙っているのは、疑って見るまでもないことだ。すると、今度の蘭子の場合は、ただ偶然の嗜好の一致だけではなくて、神谷の熱愛するものを奪い取り、責めさいなんで、それを彼に見せびらかし、限りない苦悩を与えて秘かに快哉を叫ぼうという下心ではあるまいか。思いめぐらせば、めぐらすほど、人間獣の奥底知れぬ執念に、神谷は心も凍る恐怖を感じないではいられなかった。

今にも、今にも、彼奴は必ず再挙を企てるに違いない。蘭子から目を放してはいけない。命をかけても恋人を守らなくてはならぬ。願わぬ事ながら、彼は敵の襲来を疑うことが出来なかった。

すると、果して、浜町の事件があってから六日目の夜、人間豹は、まったく護衛の人々の意表に出た思いもかけぬ手段によって、再び江川蘭子の誘拐を企てたのであった。

その時、レビュー劇場の舞台では「巴里の花売娘」の一場面、夾竹桃の花咲き乱れる花園に、花売娘の一隊が登場して、歌いつ舞いつしていた。

十数人のコーラス・ガールの中に、ひときわ美々しく着飾って、声も顔も仕草も群を抜いた一人、それがこの場面の主人公、江川蘭子扮するところの花売娘であった。見物席は先にも云う仮面時代、満員を通り越して大群集の、顔という顔が、判で押したように、まったく同じ笑い顔であった。その仮面の下から、太い声、甲高い声、種々さまざまの声援が、舞台の歌を消すほどのすさまじさで、ただ一人、江川蘭子に集中していた。

蘭子得意の場面である。

彼女はしずしずと、コーラス・ガールの列を離れ、舞台の中央に進み出で、手に持つ、花籠を軽く揺り動かしながら、呼びものの「花売娘の唄」を歌い始めた。

それが彼女の人気の源となったところの、甘くて艶っぽい肉声が、管絃楽の伴奏とのつかず離れぬ交錯に、或いは高く、或いは低く、或る時は怒濤と砕け、或る時はいささ川と囁き、曲節（きょくせつ）の妙（みょう）を尽して数千の観客を魅了していた時、突如、実に突如として、「巴里の花売娘」が、舞台から消えうせてしまったのである。江川蘭子が煙のように見えなくなってしまったのである。

見物は、余りの不思議さに、しばらくは静まり返っていた。まったくその意味を了解することが出来なかった。若し天勝（てんかつ）（注7）の舞台なれば、さして不思議がることはなかった。「消え失せる花売娘」という大魔術であったかも知れないからだ。だが、レビューの台本に、歌いもおわらぬ歌姫が、かき消す如く見えなくなってしまうなんて筋書のあろうはずはなかった。

「これはただ事ではないぞ」

見物たちの頭に、何かしら恐ろしい予感がひらめいた。

だが、見物たちよりも、幾層倍の驚きにうたれたのは、本人の江川蘭子であった。夢中に歌い続けていた時、突然、立っている床が、足の下から消えてゆくような衝撃を感じた。クラクラと眩暈をおぼえて、彼女は横ざまにうち倒れてしまった。

ふと気がつくと、彼女のまわりから舞台も見物席も消えうせて、そこはじめじめと薄暗い穴蔵（あなぐら）のような場所であった。

ああわかった。どうかした拍子に、迫出しの板が落ちて、奈落へ落ちて来たのだ。ここは舞台の下の奈落なのだ。いや、そうではない。迫出しの板が落ちるなんてことが、起こりそうな道理がない。きっと誰かがいたずらをしたのだ。あらかじめ迫出しの台がはずれるように細工をしておいて、彼女が何気なくそこへのるのを待ち構え、轆轤を逆に廻して、エレベーターをおろすように、突然彼女の身体を舞台から消してしまったのだ。

　では、そんなつまらないいたずらをしたのは、いったい誰であろう。

　蘭子は咄嗟にそれと悟って、宙吊りになった四角な板の上に倒れたまま、ひょいと顔を上げて薄暗がりの奈落の中を透して見ると、案の定、そこにうごめく三人の人影があった。

　迫出しの板がおりきってしまった時、そのうちの一人が、幽霊のように彼女の身辺に近づいて来た。ああ、あいつだ。闇にも光る二つの燐光。けだもののような息遣い、恩田だ、人間豹だ。彼は厳重な警戒のために、蘭子の身辺に近づく隙がないものだから、こんな突飛な誘拐手段を考えついたのだ。そして、彼の右手にハンカチを丸めたような白いものが握られている様子では、彼は蘭子を麻酔させた上、意識を失った彼女をかついで、この奈落を逃げ出すつもりに違いない。

廻り舞台さえ必要のないレビューの興行であったから、その時奈落には、係りの者の影も見えなかった。

舞台の下に、このような悲劇が行われているとも知らず、見物は身動きもせずおし黙っていた。この次には、どんな恐ろしい事が起こるのかと、手に汗を握って静まり返っていた。

すると、果して、どこからともなく、絹を裂くような悲鳴が、場内一杯に響きわたり、その末は細く細く糸のように消えていった。蘭子が何かしら恐ろしい目に遭っているのだ。

見物席は、階上も階下も総立ちになった。泡立つ波のようなざわめきが起こった。だが、それはなんという奇怪な光景であったろう。この恐ろしい刹那、総立ちになった数千の見物は、彼らの胸騒ぎに引きかえて、その表情は、揃いも揃った笑い顔であった。セルロイド製「レビュー仮面」のほがらかな笑顔であった。その数限りもない笑いの面は、江川蘭子の恐ろしい運命を、さもおかしくて堪らぬように、声を揃えて笑いこけているかのように見えた。

暗黒劇場

その夜、大都劇場の観客は、かつて彼らを有頂天にした如何なる大レビューにもまして、華やかに、物狂わしく、躍動的な、前代未聞の大芝居を、手に汗を握り、胸おどらせながら、嵐の如き激情をもって見物したのであった。

その大芝居の主役は人間豹と江川蘭子、脇役は蘭子の恋人神谷青年、その他大勢のコーラス・ガールには、制服姿いかめしいお巡りさんたち。

血のグランド・レビュー、序曲は、江川蘭子扮するところの花売娘が、独唱半ばに、迫出しの台が下降し、突如として舞台上から消えうせるという、異様な場面であった。

彼らは遥かの地底から聞こえて来る、蘭子のゾッとするような悲鳴を耳にした。夾竹桃の咲き乱れた舞台面は、映写機の廻転が停止したように、しばらくの間、ヒッソリと静まり返ってしまった。十数名のコーラス・ガールは、背景の前に横隊を作ったまま、人形のように動かなかった。オーケストラは鳴りをひそめた。ただ、舞台中央にポッカリと開いた迫出しの穴だけが、悪魔の口のように物恐ろしく目立って見えた。

そうして、見物席と舞台とが異様な静寂にとざされていたあいだに、舞台下の奈落では、一匹の野獣が麻酔剤に気を失った美しい女優を小脇にかかえて、穴蔵の暗闇の世界を、気違いのように走っていた。

奈落には幾つもの出入口があったが、恩田が目ざすのは、劇場裏手の空地に抜けている通路であった。彼は道具方を買収して、そこのドアの鍵を手に入れていた。外の暗闇には部下の自動車が待ち構えているはずだ。

彼は蘭子の両足を、コンクリートの床に引きずりながら、走りに走ってドアに達した。そして、ドアに手をかけ、一、二寸開きかけたかと思うと、彼はハッとしたように又それを閉めてしまった。

ああ、なんということだ。いったい何が起こったのだ。いつも淋しいそのドアの外に、黒山の人だかりではないか。制服の警官もまじっていた。恩田がドアを細目に開いた時、そのすぐ前にギョッとする制服の背中があって、その警官がドアの音を怪しむように振り向きさえしたではないか。あとでわかったのだが、ちょうどその時ドアの外には酔いどれの喧嘩があって、その一人が血を流して倒れていたのであった。

恩田は元来た道を又走り出した。そして、電動室の前まで来ると、そこのおぼろな電燈の下に彼が買収した道具方の男が立っていた。

「どうしたんです。どこへ行くんです」

その男が恩田の狂乱の体を見て、驚いて尋ねる。

「駄目だ。あっちからは出られない」

怪人が喘いだ。

「アッ、いけねえ。お聞きなさい、あの足音を。人が来たんだ。一人や二人じゃねえ。早く逃げなくっちゃ」

「だが、どこへ？　どこへ逃げればいいんだ」

「駄目です。逃げ道なんかありゃしない。あの裏口のほかは、どっちへ行ったたって人の山だ」

「じゃ、君、頼む、上の配電盤室へ行って、電燈を消してくれたまえ。この建物を暗闇にしてくれたまえ。その間に、俺は見物席へまぎれ込むから。お礼は約束の三倍だ」

最後の手段であった。

「よし、引き受けた。早くこちらへお逃げなさい。舞台裏への近道だ」

男は云い捨てて、先に立って駈け出して行く。恩田は執念深く恋人をかかえたままそのあとを追った。

舞台ではコーラス・ガールの花売娘たちが、一カ所にかたまって、恐怖におののいていた。見物席は総立ちになったまま、不安らしくざわめいていた。

「幕だ、幕だ」

どこかで叫ぶ声が、かすかに聞こえて来た。だが、どうしたことか緞帳はなかなかおりて来ないのだ。

すると、突然舞台が暗闇になった。

「ああ、幕の代わりに照明を消したんだな」と思う間もあらせず、再びパッと明るくなった。そして、今度は客席の電燈という電燈が、一時に消えてしまった。

舞台裏から、意味のわからぬ数人の怒号が、入りまじって響いて来た。

たちまち客席が昼のように明るくなった。舞台効果のために消してあった電燈までが、ことごとく点火されたのだ。

そして、次の瞬間には、建物全体の電燈が、稲妻のように、不気味な明滅をはじめた。見物たちの不安な心臓の鼓動と、調子を合わせて、光と闇の目まぐるしい転換がはじまった。

静まり返っていた見物席に、恐ろしい騒擾が起こった。劇場当事者をののしる怒号が、合唱のように湧き立った。男性のわめき声、女の金切り声、子供の悲鳴。

電燈がパッとついた時には、何千という人間が、まったく同じニコニコ顔で笑っていた。その笑顔の下から、怒り、罵り、泣き、叫ぶ、千差万別の激情がほとばしるのだ。

やがて、物の怪のような光の明滅が、パッタリ止まったかと思うと、長い暗闇が来た。巨大な劇場全体が、舞台も、客席も、廊下も、死の暗黒に包まれてしまった。

見物席の怒号は一そう烈しくなった。

不安に耐えきれなくなった気の弱い人々、婦人客などは、闇の中を、津波のように木戸口に向って殺到した。踏みつけられて悲鳴を上げるもの、押し倒されて泣き叫ぶもの、椅子の倒れる響き、物の裂ける音。

だが、しばらくすると、その騒擾のただ中に、再び場内は昼のように明るくなった。そして、もう不気味な明滅は繰り返されなかった。

ふと見ると、まばゆい電光に照らし出された舞台に、異様な人物が立ちはだかっている。

乱れた頭髪、ドス黒い顔に異様に輝く両眼、真っ赤な唇のあいだから覗いて見える牙のような白歯、皺だらけになった黒い背広服。

「あいつだッ、あいつが犯人だッ、蘭子をかどわかしたやつは、あの男だッ」

突如として、見物席の中に、つんざくような叫び声が起こった。一人の青年が、例の仮面をつけたまま客席の通路を舞台目がけて、風のように走っていた。走りながら、なおも叫びつづけた。

「諸君、こいつが、有名な人間豹だッ、女給殺しの大悪魔だッ」

それは、見物のあいだにまじって、愛人江川蘭子を見守っていた神谷青年であった。先には弘子を、今又この新しい愛人を、けだもののために奪われようとして、半狂乱となった神谷芳雄であった。

花吹雪

恩田は何事かに手間取っていたために、暗闇のあいだに舞台から客席へとまぎれ込む計画に失敗し、意外に早く点ぜられた照明の中でハッと立ち往生してしまったのだ。彼はその醜い野獣の姿を、はれがましくも、衆人環視の中にさらさなければならなかったのだ。

しかも目の前には、彼を指さし、彼の正体をあばき立て、彼の旧悪を怒鳴り散らしながら、駈け寄って来る仮面の人物がある。

人間豹はみじめにも狼狽しながら、罠にかかった野獣のように、舞台の上を右に左に走りまわった。引き返すことも出来ない。進むことも出来ない。舞台裏には係りの若い者が通せんぼうをして頑張っている。前には見物の人の山だ。

横に逃げられないときまれば、縦に逃げるほかはない。彼はついに豹の本性を現わして、舞台の額縁の柱の裏がわを、すさまじい勢いで、掻き昇りはじめた。

人間業ではない。別に足場とてもない漆喰の円柱だ。それを彼は一匹の猫のすばやさで、見る見る天井へと姿を消してしまった。

舞台の上方、一文字幕の蔭には、蜘蛛手になってあらゆるからくり仕掛けが張りめぐらしてある。浅黄幕の太い竹竿、照明の電球を取りつけた棚、本雨の水道管、紙の雪を降らせる籠。

人間豹はそれらの棚や竹竿を伝わって、舞台中央の天井まで逃げおおせることが出来た。彼はそこの照明棚にうずくまると、古いお芝居の化け猫そっくりの形相で、爪を磨ぎ、牙をむき、燐光の燃える両眼を爛々とかがやかせて、遥か眼下に群がる人々の気勢をうかがうのであった。

「誰か、あいつを捕えて下さい。あいつはきっともう蘭子を殺してしまったのです。殺人鬼です」

神谷が舞台に飛び上がって、悲痛な声で叫ぶ。

場内に居あわせた二人の警官が駈けつけて来たけれど、お巡りさんとて、木登りはおぼつかない。

「オイ、誰かあそこへ登る者はないか」

道具方の兄いの中から、腕っぷしの強そうな、敏捷な若者が躍り出した。

「あっしが行きましょう。向こうの梯子から登りゃ訳はねえんです。行ってあいつを引きずりおろしちまいましょう」

彼は人々をかき分けて、梯子のところへ飛んでいった。さすがに慣れたものであった。彼は人間豹にも劣らぬすばやさで、垂直の梯子を駈けのぼると、天井の細い棚をヒョイヒョイと伝いながら、見る見る恩田の方へ近づいていった。

客席からは、一文字幕が邪魔をして、この絶好の活劇を見ることは出来なかったけれど、その幕が嵐のようにすさまじく揺れはためくのを見ると、そこに起こっている闘争の烈しさが、まざまざと想像された。

天井で雪紙の籠が揺れる度に、舞台には時ならぬ五色の雪が、紛々として降りしきった。立ち並ぶ夾竹桃の造花の上に、逃げまどう花売娘たちの上に、舞台に押し上がった見物の仮面の上に、警官の帽子や肩章の上に、美しい五色の雪が降りしきった。

雪ばかりではない。レビューの最終場面に用意してあった金と銀との幅広いテープがキラキラと輝きながら、一本、二本、三本、ほどけては天井から垂れ下がって来るかと見る間に、たしまち、篠つく雨の烈しさで、数十本、数百本の金銀の帯が、翩翻として、舞台目がけて降り下った。

背景も、舞台上を右往左往する人々も、覆い尽すかと思われる金銀の雨、五色の雪、その目もあやにきらびやかな舞台の天井には、花を降らせる大格闘が、猛獣の咆哮を伴奏に、いつ果てるともなく続けられた。

舞台には、降りしきる雪紙が、いつかうず高く積もっていた。ふと気がつくと、その雪の上に、雨滴のようにポトリポトリと、したたっているものがあった。真っ赤な雨であった。したたる度に、雪紙は見る見る血の色ににじんで行く。

「アッ、やられたッ。血だ、血だ」

人々は愕然として叫び出した。

天井では、豹の爪が、勇敢な道具方の若者を傷つけていた。その傷口から吹き出す血潮が赤い雨となって、雪紙を染めたのだ。

若者はもう死にもの狂いであった。このままじっとしていたら、絞め殺されるばかりだ。どうせ死ぬ命なら、この怪物を道連れに、一か八か、命がけの冒険をやって見ようと決心した。

彼は、息も絶え絶えに喉を締めつけられながら、無我夢中に相手の身体にしがみつくと一緒に、今まで棚にかけていた両足を、ハッと宙に浮かせた。

さすがの怪物も、この捨て身の不意打ちに抗する力はなかった。なんとも形容の出来ない悲痛な咆哮が天井に谺したかと思うと、組み合った二人の身体は、降りしきる雪紙の中を、巴に回転しながら、舞台の上に墜落した。

だが、野獣は生来身軽である。烈しい物音を立てて墜落したかと思うと、アッと驚く人々の前に、彼はたちまち立ち上がっていた。見れば、いつの間につけたのか、彼の醜い顔は、例の笑いの仮面に蔽われている。

一方、殊勲の若者は、不幸にも、けだものの身軽さには敵しがたく、相手の下敷きとなって、グッタリと横たわったまま、身動きさえしなかった。その死骸のような身体を、毒々しく血潮に染まった胸のあたりを、見る見る雪紙が埋めて行く。

「それッ、逃がすなッ」

舞台の人々は、立ち上がった恩田を目がけて、一とかたまりになって突き進んだ。名状しがたき混乱、倒れた一人の上に、十重二十重に折かさなった人の山、その過半数は例のセルロイド面をつけたままだ。笑いの面の蹴球戦だ。

「さア、押さえたぞ。こいつだ。こいつだ。警官、こいつを縛って下さい」

叫び声に、人の山がくずれた。

見ると、そこに、五色の雪紙にまみれて、一人の仮面の男が、もう一人の仮面の男を組み敷いていた。

組み敷いたのは神谷芳雄だ。組み敷かれているのは人間豹に違いない。だが、人間豹にしてはなんと弱々しい姿であろう。さすがの彼も、さいぜんからの格闘に疲れ果てて、非力の神谷青年に名を成さしめたのであろうか。

「仮面を！　早く仮面を取って下さい」

両手のふさがった神谷が、かたわらの人に呼びかける。

「よし、俺が取ってやろう」

一人の若者が、下敷きになってもがいている男の顔に飛びついて、笑いの仮面をはぎ取った。

「アッ……」

たちまち起こる驚愕の叫び。

「人違いだ。これは恩田じゃない」

神谷青年は、飛び起きて、キョロキョロとあたりを見まわした。

道具方やコーラス・ガールを除いては、どれもこれも、仮面の人々だ。それらの仮面が、本人たちの意志に反して、さも神谷の失敗を嘲けるかの如く、ニヤニヤと笑っている。

「皆さん、仮面を取って下さい。犯人はあなたがたの中に混(まじ)っているのだ。早く、仮面を取って下さい」

神谷の叫び声に、人々は急いで顔に手をやった。仮面さえはずしてしまえば、もうしめたものだ。人間豹は、この舞台の群集の中に混っているのは間違いのないことなのだから。

だが、ああその時、今一瞬にして怪人を発見捕縛するばかりとなったその時、たちまちにして、場内は、またしてもまっ暗闇となってしまった。配電室に潜んでいた恩田の味方が、危機一髪の瀬戸ぎわに、彼を救ったのである。

舞台裏の怪異

「みなさん、仮面を取って下さい。曲者(くせもの)は見物席の中へまぎれ込んだかも知れません」

劇場の係員が、大声で怒鳴った。何千という見物たちの型にはめたような一様の笑い顔が、たちまち消えていった。そして、取り去られたお面の下から、老幼男女美醜さまざまの生地の顔が、さらけ出された。

人々はお互いに隣席の人物を、疑い深く眺め合った。あのとりすました顔をしている男が、若しや人間豹なのではあるまいか。こちらにニヤニヤ笑っているやつもなんだか怪しいぞ。誰も彼も、自分のすぐ間近に恐ろしい殺人鬼が潜んでいるように感じた。

劇場全体を、死の静寂が占領した。人々は、今にもワーッと叫んで、逃げ出したい気持ちで一杯になりながら、しかし逃げ出す気力さえもなく、棒立ちになったまま身動きもしないでいた。そして、幾千という目が、ただ目だけが、極度の恐怖に脅えながら、ジロジロと見かわされていた。

だが、客席にも、舞台にも、道具裏にも、あの特徴のある恩田の顔は、まったく見出すことが出来なかった。

やがて近くの警視庁から駈けつけた十数名の警官が、劇場係員の協力を得て、楽屋から舞台裏、天井から奈落の隅々まで捜索したけれど、ついに獣人の姿を発見することは出来なかった。恩田ばかりではない。被害者の江川蘭子も、いつの間にどこから運び出されてしまったのか、影さえも見えなかった。

レビューは開演半ばにして中止するほかはなかった。満員の見物たちは、木戸木戸に立ち並んだ警官に、不愉快な首実検をされて不平たらたら帰り去った。見物が一人もいなくなると、再び入念な捜索が繰り返されたが、やっぱりなんの得るところもなかった。どの出入口から逃げ去ったという見当さえ、全くつかなかった。

一時間以上の無駄な努力の後、警官たちは一先ず引き上げていった。レビュー・ガールや劇場係員たちも許されて帰宅した。あとには、墓場のように淋しくなった建物の中に、たった七人の宿直員が心細く居残っているばかりであった。

こういう事のあったあとだからと云うので、鳶の者や力自慢の道具方など、選りすぐった七人の者が、寝ずの番を仰せつかったのだ。

彼らは楽屋口に近い、畳敷きの部屋に一塊になって、徳利からじかの冷酒を呷りながら、無駄口を叩いていた。

「おいらあどうも、あいつがまだ、この小屋ん中のどっかの隅っこに、隠れているような気がして、仕様がねえんだがね」

「よせやい。おどかしっこなしだぜ。あれほど探していなかったんだもの。今頃まで隠れているはずはないよ。ねえ君」

するとも三番目の男が首をかしげながら、

「ウン、だが、どうとも云えないね。なにしろ芝居の舞台裏や奈落と来ちゃ、ごみ溜めみてえなもんだからね。隠れようと思えば人間一人、どこへだって隠れられるからね」

また別の一人が、

「若し隠れているとすりゃ、奈落だぜ。ほら、あん時、みんなして奴を押さえつけたと思ったら、もうどっかへいなくなっていたね。変じゃねえか。いくらすばやいったって、あんなに早く逃げ出せるわけがねえ。奴は、あん時、せり出しの穴へ飛び込んだのに違いないぜ。奴さん、今頃、この縁の下あたりでモゾモゾしてるんじゃねえかな」

議論は容易に尽きなかったが、話せば話すほど、七人の者はだんだん、人間豹がまだこの劇場内に潜んでいるという考えに、支配されていった。

ほかのどんな建物より、空っぽになった劇場ほど、異様に物淋しいものはない。見物席の何千という椅子に、たった一人も人間が坐っていない有様を考えただけでも、何かしらゾッとする感じであった。まして深夜、あんな怪事の起こったあと、死に絶えたような大建築物の中に、生きているものと云っては、たった七人……と思うと、さすが力自慢の兄いたちも、決してよい気持はしなかった。

「それはそうと、君、あいつがまだ小屋の中にいるとすると、蘭子はどうしたんだろう」

「むろん、一緒にいるだろうじゃねえか」

「生きてかい？」

誰も答えるものはなかった。人々はギョッとしたように黙り込んで、不安な目を見かわすばかりであった。

そうだ、けだものは、あの美しい女優を殺さなかったとは云えないのだ。どこかその辺の暗闇の中に、血みどろになった蘭子の死骸が転がっていないとは限らないのだ。

「アーアー、いやだいやだ。オイ、みんな、そんな話は止しにしようじゃねえか」

誰かがやけに大きな声を出した。

「シッ、……ちょっと黙って」

すると隅っこにいた一人が、突然恐怖に脅えた目を光らせて、一同を制した。

「あれはなんだろう……ほら、……君たちには聞こえないのかい。……あの声」

思わず澄ます一同の耳に、どこか遠くの方から、かすかに、かすかに、女の悲鳴らしいものが聞こえて来た。

「オイ、あの声、蘭子じゃねえか」

「ウン、そうらしい。どこだろう」

気早やの若者たちはもう立ち上がっていた。

「奈落のようだぜ」

「いや、舞台裏かも知れない」

「オイ、みんな、行って見よう」

人々はドカドカと廊下へ出て、草履（ぞうり）をつッかけるのももどかしく、先を争うように走り出した。大部分は奈落へ降りていったが、二人だけ舞台裏に廻った者がある。若い道具方とその友達の鳶の者だ。彼らは決して奈落の闇を恐れたのではなかった。さいぜんの悲鳴を舞台裏から来たものと信じていたのだ。


道具建てを取りかたづけた舞台の上は、原っぱのように広々としていた。高い天井から裸電燈（はだかでんとう）が幾つか下がっている。開演中の照明とは違って、公園の常夜燈みたいに、薄暗くたよりない感じだ。

廻り舞台の大きな二重円形が、まる出しに見えている。その両側の道具置場には、幾筋かの細い通路を残して、書割（かきわり）、さまざまの張り物、藪畳（やぶだたみ）などが、ゴチャゴチャと詰め込んである。

両人は廻り舞台のまん中に立って、どこを探したものかと、しばらく躊躇（ちゅうちょ）していたが、すると、またしても異様な叫び声が聞こえて来た。

「アワワワワ」というような甲高い声が、何かに蓋されているように、陰にこもって舞台の広い空洞に谺するのだ。

「オイ、やっぱりここだぜ」

「ウン、あっちの方から聞こえて来たようだね」

二人は足音を盗んで、それとおぼしき道具置場の細い通路へはいって行った。藪畳をかき探したり、書割を動かして見たりして、抜け目なく目をくばりながら、グルッと一巡したけれど、どこの隅にも人影らしいものもない。

「こいつあ、どうもきてれつだわい。確かに、この辺から聞こえて来たんだがなぁ」

「黙って。相手に聞かれちゃいけねえ。しばらくここで待って見ようじゃねえか」

二人は囁きかわしながら、その細くて薄暗い通路にしゃがんだ。

彼らのうずくまったすぐ前には、藪畳が三枚ほど立てかけてあって、その奥に、或る日本舞踊の道具に使われる、張り物の大きなお釈迦様の坐像が、大入道のようにボンヤリと見えていた。

「おや、今なんだかガサガサって音がしたじゃねえか」

「鼠だろう」

「鼠なもんか。どうやら、この辺が臭いぜ」

突然、彼らはハッと息を呑んで、目と目を見合わせた。ごく間近くから、「ウーン」という妙な唸り声がして、パタパタと何かを蹴りつける音が聞こえたからだ。

「オイ、見ろ、あの中が怪しいぜ」

「ウン、そうだ。用意はいいか」

「やっつけろ！」

二人の目が、そういう意味を伝え合った。そして、呼吸が揃うと、彼らは立ち上がるや否や、恐ろしい勢いで、そこにある張子(はりこ)の仏像へ飛びついていった。

軽い張子のお釈迦様は、一(ひ)と突(つ)きで横ざまに倒れてしまった。同時に、仏像の胎内(たいない)に隠れていたものが、目の前に暴露(ばくろ)された。

真っ黒な人影が、スックと立ち上がって、こちらを睨みつけたまま、逃げだそうともしない。その男の顔のあたりに、燐のように底光りのする二つの丸いものが、じっと動かなかった。豹の目だ。果して、そこには恩田が隠れていたのだ。

恩田の足元に、肌も露(あら)わになって花売娘が倒れていた。云うまでもなく、江川蘭子である。猛獣はその可憐な餌食とたった二人で、さいぜんからずっと、この仏像の胎内に潜んでいたのに違いない。

道具方と鳶の者は、相手が余りに落ちつきはらっているので、不気味さに、手出しも出来ず立ちすくんでいた。

長いあいだ無言の睨み合いが続いた。

「お前たち、二人っきりか」

異様に陰気な声が響いて来た。人間豹が物を云ったのだ。

「何をッ！」

鳶の者が、虚勢を張って、これも低い声で応じた。

「お前たち、俺の力を知らないのか」

薄闇の中に、牙のような真っ白な歯が、浮き出して見えた。二つの燐光が油を注いだかの如く、爛々と燃え立った。

怪人は、両手で空（くう）を摑むようにして、ジリジリと前へ進んで来た。

「畜生（ちくしょう）ッ、やっちまえ」

鳶の者は、やけくそにわめきながら、黒い影に組みついていった。道具方もおくれてはいない。隙を見て怪物の足にからみついた。

「オーイ、早く来てくれエ、曲者をつかまえたぞオ」

組みつきながら、二人は声々に、奈落の人々の応援を求めた。

人とけだものの格闘であった。不気味な咆哮と意味をなさぬわめき声が入れまじり、三つの身体が巴に乱れて、床板の上を転げまわった。

二人と一人ではあったけれど、人間はけだものの敵ではなかった。いつの間にか、恩田の鋭い爪が若者たちの頸を摑んでいた。

「どこだ、どこだ」

「ア、あすこだ。あすこに摑み合っている」

ドカドカと、大勢の足音が近づいて来た。奈落に降りていた若者たちが、さいぜんの叫び声を聞いて駈けつけたのだ。

いかな猛獣とて、七人もの若者を向こうに廻して戦う力はない。危ないと見て取った恩田は、搦みついていた二人の手をつき放して、パッと飛びのくと、いきなり道具置場の中へ逃げこみ、そこに立てかけてあった書割の表面を、パリパリと駈け上がって、たちまち天井の闇の中に姿を消してしまった。

「逃げたぞ、出入口を用心しろ」

「誰か警察へ電話をかけろ」

一人が電話室へ走って行く、残る人々は梯子を持ち出して、幾枚も重ねて立てかけてある書割の頂上へ登っていったが、どこへ隠れてしまったのか、もうそこには物の影もなかった。またしても、舞台裏の探し物が始まった。道具類のあいだを、右往左往する人々、直立の鉄梯子を登っていって、天井から下界を物色するもの、奇怪な豹狩りは、いつ果つべしとも見えなかった。

「オイ、みんなどこかへいなくなったじゃねえか」

さいぜんの鳶の者と若い道具方の二人が、元の場所に取り残されていた。

「ウン、この広い小屋の中を、これっぽちの人数じゃ無理だよ。もう止そうぜ。あとはお巡りさんにお任せしちまおう」

「そうだな、じゃ俺たちは、蘭子を向こうの部屋へ連れてってやろうじゃねえか。可哀そうに、気絶して、板の間に転がったまんまだぜ」

「ああ、それがよかろう」

彼らは書割のあいだを取って返して、グッタリとなった蘭子の身体を、両方から抱きかかえ、道具置場を出ようとした。

「おや、変なものが落ちているな。いったい誰がこんな所へ、持って来やがったんだろう」

道具方の若者が、足元の藪畳の下敷きになっている、一匹の大きな虎の縫いぐるみを発見して呟いた。

「こいつあ、一幕目に着て出るやつだね。縫いぐるみっていうんだろう。いつもここいらにおっぽり出してあるんじゃねえか」

鳶の者が答えた。

「いや、そうじゃねぇ。これは衣裳部屋にしまってあるんだからね。こんな所へ来ているのはおかしいよ」

「今夜の騒ぎで、誰かがウッカリ持ち出したんじゃないかい」

「ウン、そんなことかも知れない」

二人は何気なくそこを通り越して、楽屋口への暗い廊下を、エッチラオッチラ歩いて行った。

すると、実に奇妙なことが起こったのだ。藪畳がガサガサと鳴ったかと思うと、今までその下敷きになっていた、虎の縫いぐるみが、ムクムク動き出したではないか。無心の衣裳が独りで動き出すはずはない。動くからには中に人間がはいっているのだ。その辺がひどく薄暗い上に、藪畳の下になっていたので、二人の者は、縫いぐるみに中身があろうなどとは思いも及ばなかったけれど、実はその中に何者かがはいっていたのに違いない。

やがて、縫いぐるみの猛虎は、ムックリと起き上がると、遠ざかって行く二人のあとを追って、ノソノソと歩きはじめた。

本物の毛皮を使った、贅沢な縫いぐるみ、それが四つん這いになって薄暗い廊下を歩いて行く姿は、生きた虎としか見えなかった。

二人のものが元の日本間にはいって、その辺を取りかたづけ、蘭子の寝床を作っているあいだに、虎は部屋の前をソッと通り過ぎて、俳優の下駄箱の並んでいる蔭に、グニャリと身を横たえた。そうしていると、ちょっと見たのでは縫いぐるみとしか思えない。

しばらくすると、楽屋口の大戸（おおど）の外に、大勢の靴音がして、何か云いながら、戸を叩きはじめた。それを聞きつけて、道具方の若者が、部屋を飛び出して来た。

「どなたですい？　もしや警察のお方では……」

大きな声で尋ねると、外からは警視庁のものだという返事があった。若者は、掛金をはずして、ガラガラと大戸を開いた。

「あいつが見つかったそうだね。どこにいるんだ。早く案内したまえ」

十人余りの警官が、ドッとなだれ込んで来て、若者に急がしく尋ねた。

「まあ、どうかこちらへ」

若者が先に立って、蘭子の寝ている部屋へ案内する。お巡りさんたちは、ドヤドヤとそのあとについて行った。

「オイ、こんな所に虎がいるじゃないか。物騒だね」

一人の警官が、下駄箱の隅に長くなっている縫いぐるみを、目ざとく見つけて冗談を云った。

「おやおや、又こんな所に落っこちていやあがる。変だなあ。……なあにネ、こりゃ舞台で使う縫いぐるみですよ。喰いつきやしませんよ」

若者も冗談を返した。

だが、その言葉が終るか終らないに、作りものの衣裳とばかり思っていたその虎が、ヒョイと四つ足で立ち上がったのである。

「ワア……」

さすがのお巡りさんたちも、驚きの叫び声を立てないではいられなかった。彼らは廊下の隅に一と塊になって立ちすくんでしまった。

「ハハハハハ、ざまあ見ろ」

どこからか嘲笑の声が聞こえて来た。

そして、猛虎は一と飛びすると、まだ開けたままになっている楽屋口の外へ、疾風の如く駈け出して行った。

「あいつだ。あいつが縫いぐるみを盗み出して、途方もない変装を思いつきやがったんだ。早く、追い駈けて下さい。あいつが曲者です」

道具方がわめいた。

警官たちは、ソレッとばかり、戸口に殺到した。

戸外には水のような月光が溢れていた。その月光の中の坦々たるアスファルト道を、一匹の猛虎が、まるで怪奇な幻のように、走っていた。

警官たちはときの声を上げてそのあとを追った。だが、虎の逃げ足は恐ろしく早かった。見る見る追うものと追われるものの距離が隔たって行く。そして、月光の町を幾曲り、いつしか追手は野獣の姿を見失ってしまった。

「オイ、あれは、やっぱりほんとうの虎かも知れないぜ。人間が四つん這いになって、いったい、あんなに速く走れるものだろうか」

警官たちは、不思議な夢をでも見たように、茫然として月光の中に立ちつくした。

悪魔の足跡

その夜、神谷芳雄は、大都劇場を見物たちが残らず立ち去ったあと、警官の捜索が終るまで居残って、手に汗を握るようにして、その結果を待っていたが、人間豹恩田はもちろん、江川蘭子までが、どこから逃げ去ったのか、影も形もないとわかると、もうがっかりしてしまって、夢遊病者みたいな恰好で、フラフラと劇場を出た。

失望に目もくらんで、どこをどう歩いたとも知らず、それでも無事にわが家にたどりつくと、出迎えた女中に物もいわず、家人に挨拶もせず、離れ座敷の居間にはいって、そこに取ってあった床の中へ、転がり込んでしまった。

ああなんということだ。悪魔は又しても彼の恋人を奪い去ったのだ。いずれは蘭子も、かつての弘子と同じ目に遭うのであろう。いや、ひょっとしたら、彼女はもう生きてはいないかも知れぬ。

手も足も離れ離れに血みどろになった、ゾッとするような幻影が、まざまざと瞼の裏に浮かんで来る。

「俺はどうしたらいいんだ。畜生ッ、俺はどうしたらいいというんだ」

血のにじむほど唇を噛んで、彼はやり場のない憤怒にもだえた。

「あいつにかかっては、警察でさえ、手も足も出ないではないか。それを、この俺に、どうすることが出来るというんだ。相手は人間ではない、一匹の野獣だ。その野獣が俺の恋敵なのだ。チェッ、俺はけだものを相手に、一人の女を争っていたんだ」

彼は蒲団の上を、輾転反側しながら、いつまでも甲斐なき物思いにふけった。

やがて、疲労のあまり、ついウトウトとしかけると、そこには恐ろしい悪夢が待ち受けていた。彼の目の前に、白い蘭子の肉体と、骨ばった人間豹の身体とが、あらゆる姿態をつくして踊り狂っていた。そして、最後には、夢の世界が鮮かな血潮の色に塗りつぶされた。彼は真っ赤な夢を見たのだ。真っ赤な殺人の夢を見たのだ。

コトコト、コトコト、いつまでも続く妙な物音が、ふと彼の目を醒ました。風かしら、いや、風ではない。誰かが庭から窓の雨戸を叩いているのだ。

「誰だッ」

怒鳴りつけても、答えはなくて、音はやっぱり続いている。

神谷は寝間着のままはね起きて、手早く窓の障子と雨戸とを開いて見た。まさか、そんなものがいようとは、夢にも考えていなかった。何かが軒にぶら下がっていて、それが雨戸を叩くのではないかと調べて見るために窓をあけたのだ。

だが、雨戸を繰って、ヒョイと外を覗くと、彼は驚きのあまり、思わず蒲団の上に飛びしさった。

そこには、降りそそぐ月光を背に受けて、思いもよらぬ恐ろしい物の姿が、じっとこちらを窺(うかが)っていた。

そのものの輪郭(りんかく)を縁取(ふちど)る毛は、月光のために銀色にかがやいて見えた。全身毛におおわれたものであった。本来四つ足で這うべきやつが、ちょうど犬がお預けをするように、前脚を宙に浮かせて、ニュッと突っ立っていた。それは一匹の大きな虎であった。

神谷は余りに意外な動物の出現に、恐れるよりは、あっけにとられてしまった。いつか、動物園の檻を抜けだした虎の話を聞いたことがある。その非常に珍しい椿事が今起こったのであろうか。そして、町から町をさまよった猛獣が、偶然にも彼の部屋の窓へやって来たのであろうか。

だが、妙なことに、この虎は、人間とそっくりに雨戸をノックする術を心得ていた。それに、こいつはなぜ後脚で立ち上がっているのだろう。

「アハハハハ、驚いたかね」

突如として、虎が物をいった。

神谷はそれを聞くと、心底からたまげてしまった。夢にしてもなんという変てこな夢であろう。

「神谷君、君はこの声を忘れたかね。忘れるはずはないんだがね。思い出して見たまえ、ほら、一年ほど以前、カフェ・アフロディテで、君が初めて聞いた声だ」

虎が陰気な声で喋りつづけた。

わかった、わかった、こいつは人間豹恩田なのだ。それにしても、彼はいつの間に猛虎の姿になったのだろう。今までは、虎が人間に化けていたのかしら。

「黙っているね。俺の名を口に出すのが、君は怖いのかね。それじゃ名乗ってやろう。俺は恩田だよ。君の愛人を奪おうとした恩田だよ」

そこまで聞くと、神谷は、すべてを了解することが出来た。こいつは芝居に使う虎の縫いぐるみをかぶっているのだ。そういう変装をして捜索の目をのがれ、劇場を抜け出して来たのに違いない。

「き、貴様、蘭子を、どこに隠したのだ」

神谷は精一杯の気力をふるい起こしてきめつけた。

「隠しやしない。蘭子は、もうちゃんと自宅へ帰っているよ。どっさり護衛がついてね。君はその後の出来事をまだ聞いていないとみえるね。俺はしくじったのだよ。とうとう隠れ場所を発見されてね。蘭子を取り戻されてしまったのだよ。ハハハハハ。

だが、なんでもないんだ。ちょっと失敗したと云うまでのことさ」

「それはほんとうか」

「ほんとうとも、ほんとうだからこそ、ちょっと君に警告するために、やって来たんだよ。なに、じき帰るから心配しないでもいい。ここで君を摑み殺すのはわけはないがね。それじゃ、あんまり惜しい気がするのだよ。いずれは君も生かしちゃおかないつもりだが、それは、もっともっと苦しめたあとのことだよ。ハハハハハ」

虎は月光に頸筋の毛を震わせて、傍若無人に哄笑した。母屋の家人に聞こえはしないかと、神谷の方がかえってヒヤヒヤするほどであった。

「だが、そんなことよりも、君自身もう少し用心しなくてもいいのかね。たとえば、今僕が大声で助けを求めたら、君の方が危なくはないのかね」

神谷はだんだん大胆になっていた。

「ウフフフフ、大声を立てるんだって？　君はそんなこと出来やしないよ。家族の命が惜しいだろうからね。若しここへ誰か飛び出して来たら、俺は容赦なく摑み殺してしまうぜ」

「いったい貴様は僕になんの用事があるんだ」

「オオ、そうそう、すっかり忘れていたよ。蘭子の事さ。俺は一度失敗したくらいで、あの女を諦めやしない。諦めないということを、君に告げ知らせに来たんだ。どうせ君はあらゆる防禦手段を講じるだろう。そうして君がやっきとなればなるほど、俺にとっては思う壺だぜ。つまりだね。君が死にもの狂いに守っている愛人を奪い取って、君を思う存分苦しめてやりたいのさ。ハハハハハ、じゃ、せいぜい用心したまえ」

云い終ると、彼は突然四つん這いになって、月光の中を、本物の虎とそっくりの歩き方で、ノソノソと庭を横ぎって行った。そして、パッと一と飛びすると、そこの塀を飛び越えて、恐ろしい姿を消してしまった。あとには、やわらかい土の上に、まざまざと猛獣の足跡が残っていた。

神谷は全身脂汗に濡れて、その恐ろしいものを見送ると、今さら無駄とは知りながら、警察に電話をかけて、ともかくもこの事を訴えておいた。

その夜は、まんじりともしないで、夜の明けるのを待って、彼は江川蘭子の自宅へ出かけていった。

蘭子は無事であった。床についてはいたけれど、それは昨夜の激動に熱を出したまでのことであった。

神谷は何かと彼女を慰めながら、縁側の向こうの狭い庭を眺めていた。眺めているうちに、彼の目が飛び出すばかりに大きく大きく見開かれていった。

彼はそこにゾッとするようなものを見つけたのだ。庭の土の上に、彼の庭に残っていたのと寸分違わない、大きなけだものの足跡が、三カ所ほど、ハッキリと印せられていたのであった。

屋根裏の息遣い

中庭に面した六畳の座敷に、蘭子と、蘭子のお母さんと、神谷とが、怪しい足跡におびえて、顔を見合わせていた。

「神谷さん帰らないでね。あたしお母さんと二人きりじゃ、とても怖くていられやしないから」

昨夜の激動のために、病人みたいに青ざめている蘭子が、猫に魅入られた小鼠かなんぞのように、縮みあがってしまって、キョロキョロと定まらぬ視線で、あたりを見まわしながら、歎願した。

「いいとも、僕は当分会社なんか休んで、君の護衛を勤めるよ。それはいいけれど、変だなあ。あいつは、わざわざここまで来て、何もしないで帰ったのかしら。お母さん、昨晩何か変ったことでもありませんでしたか」

神谷が尋ねると、蘭子の母は、オドオドしながら、まるで内しょ話みたいな低い声で答えるのだ。

「ちっとも気がつきませんでしたよ。でも、あれからずっと刑事さんが二人も、この部屋に詰めきっていらしったのですよ。そして、昼間は危ないこともあるまいとおっしゃって、つい今しがたお帰りなすったばかりなのです。いくらあいつでも、刑事さんがいるとわかっては、手出しが出来なかったのでございましょう」

「ああ、そうでしたか。それはいいぐあいでした。若し刑事がいなかろうもんなら、今度こそ取り返しのつかない事になっていたかも知れません。じゃ、あいつ、雨戸の外から立ち聞きしただけで、スゴスゴ引っ返したのですね」

神谷は云いながら、じっと庭を眺めていたが、たちまち、何を発見したか、ハッとしたように顔色を変えた。

「お母さん、ちょっと、あれをごらんなさい」

彼はまるで、すぐ近くに人間豹が立ち聞きでもしているような、おびえたヒソヒソ声になって、

「あの足跡をよくごらんなさい。縫いぐるみのこしらえもんだけれど、足跡の前うし

ろはちゃんとわかるように出来ています。あの足跡、みんなこちらを向いているじゃありませんか。向こうむきのは一つもないじゃありませんか」

「おや、そうですわね。どうしたんでしょうか」

お母さんは、まだその恐ろしい意味に気がつかない。

「つまり、あいつは、塀を乗り越して、縁側の所へやって来たきり、引っ返していないのです。来た足跡だけで、帰った足跡がないのです」

「まあ！」

蘭子とお母さんとは、ゾッとしたように顔を見合わせた。

「あたし怖いわ。神谷さん早く警察へそう云って下さらない。あいつは、きっと、この家のどっかに隠れているんだわ」

「慌てることはないよ。いざと云えば隣近所があるんだからね、たとい、あいつがここに潜んでいるにしたところで、昼間ノコノコ出て来る気遣いはありやしない」

神谷は云いながら、縁側に出て、オズオズと縁の下を覗いて見た。覗いたかと思うと、「アッ！」と低い叫び声を立てて、あとじさりをした。

「いるの？　縁の下に」

蘭子たちはもう中腰になって、真っ青な顔で逃げ支度をしていた。

いたのだ。縁の下の奥の薄暗い地面に、一匹の猛虎が、グッタリと横たわっていたのだ。

神谷は一瞬間躊躇していたが、勃然と湧き上がる憎悪にわれをわすれて、庭に飛び降りると、身構えをして、縁の下を覗き込みながら、怒鳴りつけた。

「恩田、出て来い、卑怯な真似をするな。さア出て来い。今日こそは逃がさないぞ」

だが、神谷の意気込みにもかかわらず、虎は返事もしなければ、身動きもしなかった。

眠っているのかしら、いやそんなはずはない。変だぞ。ああ、そうだ、若しかしたら……。

神谷はそこに落ちていた棒切れを拾って、思いきって、縁の下の虎を突いて見た。動かない。妙にクナクナした手応えだ。

「なアんだ。皮ばかりじゃないか。あいつ、こんな所へ虎の縫いぐるみを脱いで行ったんですよ。大丈夫、逃げなくっても大丈夫です」

彼は座敷の二人を安心させておいて、その虎の皮を縁の下から引きずり出した。

「これですよ。ごらんなさい」

頸のところを掴んでブラ下げると、それはちょうど大きな虎の死骸のように見えた。

「でも、神谷さん。あいつはそれを脱いでから、いったいどうしたんでしょう。やっぱり、どっかに隠れているんじゃない？　そして、夜になるのを待っているんじゃない？」

蘭子は居たたまらないように、ソワソワしていた。

縁の下のもっと奥の方の、外から見えない隅っこに、あいつは息を殺してうずくまっているのかも知れない。それとも、天井裏の闇の中に、じっと機会の来るのを待っているのかも知れない。いや、ひょっとしたら、そこの押入れの中ではないのかしら、そこをあけると、蒲団を積み重ねた奥の方から、あいつの不気味な目が、燐のように燃えて、じっとこちらを睨んでいるのじゃないかしら。

「神谷さん、お気の毒ですけど、すぐ近くに公衆電話がございますから、このことを警察へお知らせ下さいませんか」

お母さんに云われるまでもなく、神谷もそれを考えていたところであった。彼はさっそく公衆電話へ飛んで行って、警視庁と大都劇場事務所へと、事の次第を知らせた。

やがて、間もなく、捜査課の人たちがやって来て、蘭子の家(うち)の縁の下から天井裏に至るまで、厳重な捜索を行なったが、例の虎の皮と足跡とのほかには、なんの手掛りを発見することも出来なかった。人間豹はどこにも潜んでいないことが確かめられた。

警官が一と先ず引き上げて行くと、そのあとへ、大都劇場の人たち、蘭子の友達などが、ドヤドヤとお見舞いに来た。その人たちの賑(にぎ)やかな話し声が、さいぜんからの恐怖を、しばらくのあいだ忘れさせてくれた。

午後になって、事件以来蘭子の劇場への送り迎えを命ぜられている熊井(くまい)という柔道家の若い事務員がやって来た。それと引き違いに、賑やかな人たちは帰っていって、あとには、蘭子親子と、神谷と、熊井の四人だけが残った。

淋しくなると、蘭子の心に、どうにも出来ない不安が甦って来た。もう日暮れには間もないのだ。日が暮れて、この世が闇にとざされると、あの化物が跳梁(ちょうりょう)を始めるのだ。今夜もきっと来るだろう。いや、来るのではなくて、もうちゃんとこの家(うち)のどこかにいるのかも知れない。警官たちは誰もいないと断言したが、相手はあの怪物のことだ。どんな意外な隅っこに、人目をのがれて隠れていまいものでもない。

彼女は話の最中に、ふと聞き耳を立てて、真っ青になるようなことが度々であった。それればかりではない。しまいには、わざわざ立って行って、部屋の隅に背伸びをして、じっと耳をすましたりした。

「まあ、お前どうなすったの？　気味がわるいじゃないか」

母が叱(しか)ると、蘭子は「シッ」と唇(くちびる)に指を当てて、ソッと元の座に戻って来て、おびえきった調子で云うのだ。

「聞こえるのよ。荒い息遣いが聞こえているのよ。きっとあいつは、あの天井板の上に潜んでいるんだわ。あたし、どうしましょう。この家(うち)にいるのは怖いわ。どっかへ行きましょうよ。あいつが、どうしても追っ駈けて来られないような、遠くの遠くの方へ逃げましょうよ」

「何を云ってるんだ。それは君の気のせいだよ。天井裏から息遣いなんかが聞こえてたまるものか。なんにもいやしないよ。いるはずがないんだよ」

神谷は蘭子の臆病を叱ったが、考えて見ると、彼女をこのままこの家(うち)に置くのは、如何にも危険な話であった。彼は寸刻(すんこく)も蘭子のそばを離れず守護するつもりであったし、又警官の護衛を依頼するのも出来ないことではなかった。しかし、相手は人間ではない。変幻自在(へんげんじざい)の怪獣なのだ。大都劇場で、何千という群集を向こうにまわして闘ったやつだ。どんな護衛も彼の前には無力に等しい。

「一ばんいいのは、君が完全に行方をくらましてしまうことだ。あいつの手の届かない所へ逃げてしまうことだ。だが、蘭子ちゃんの親戚や友達の家(うち)じゃ、すぐあいつに気づかれるだろうし、と云って、僕にも君を匿(かく)まってくれるような人の心当たりはないのだが……」

神谷が困惑していると、柔道家の熊井青年が、口を出した。

「僕はいまフッと思い出したのですが、いいことがありますよ。これならもう大丈夫です。……しかし、神谷さん、聞いてやしないでしょうか」

彼は囁き声になって、ソッと天井を眺めた。この男もやっぱり、人間豹がまだどこかに潜んでいるかも知れないと考えたのだ。

「大丈夫だと思うが、なんなら、賑やかな表通りを歩きながら話しましょうか」

神谷も万一を気遣っていた。

「ああ、それがいい。じゃお母さんに留守番を願って、三人で表へ出ましょう」

熊井もたちまち賛成して、促すように立ち上がった。

蘭子の女中奉公

蘭子の家(うち)を出て、細い通りを半丁ほど行くと、賑やかな電車通りがある。神谷と、熊井と、蘭子の三人は、その大通りの人道を肩を並べて歩いていた。

「蘭子さん、あんた田舎娘(いなかむすめ)になりませんか。いや、お手のもののメーク・アップでもって、ぽっと出の田舎娘に変装するんですよ。出来るでしょう」

熊井青年は実に突飛なことを云い出した。

「そりゃ出来ないこともないけれど、そうしてどうしようというの？」

蘭子は毎日の送り迎えで、この豪傑青年とは仲よしになっていた。

「まったくお誂え向きの話があるんです。実は僕の母がその本人から頼まれて、そういう田舎娘を探しているんですがね。なかなか思ったようなのがないのです。ちょっと風変りな奉公口なんですよ」

「まあ、あたしご奉公するの？」

「ええ、そうですよ。うまい考えでしょう。あんたが今知合いの所に逃げたんじゃあ、結局恩田に見つかってしまうにきまっていますよ。そこを裏をかいてですね、敵の思いも及ばない大飛躍をやるんです。田舎娘に化けて、まったく関係のない他人の家へ奉公しちゃうんです。ねえ、神谷さん、どうでしょうね、この考えは」

神谷はハタと膝を打ちたいほどに感心した。如何にもレビュー劇場の事務員らしい、奇想天外、突飛千万の考案であったが、それだけに、敵の目をあざむくのには申し分がない。

「そいつは面白いね。なんぼなんでも、蘭子ちゃんが、女中奉公をしようとは気がつくまいからね。……しかし、女中さんとなると、使い歩きをさせられるだろうが、そいつがちっと心配だね」

「いや、ところが、塀の外へは一歩も出なくていいんです。その先方の家というのが、又ひどく変っていましてね、ちょうどお誂え向きなんですよ。家のまわりには高いコンクリート塀をめぐらし、その上にビール瓶のかけらが針の山のように植えつけてあろうという実に厳重な構えで、主人は年が年中一と間にとじこもったまま、一歩も家を出ないのです。その主人づきのまあ話し相手、小間使といった役目なんですよ」

「まあ、妙なご主人ね。年寄りの方なの？」

蘭子も、この奇妙な話につり込まれて、だんだん乗り気になった。

「ところが若いのです。蘭子さんと同い年ぐらいでしょう。いや、ご心配には及びません。その主人というのは娘さんですよ。しかも片輪者なんです。顔に何か不具な箇所があるとかで、いつも黒い覆面をかぶっていて、誰にも素顔を見せたことがないという、極端に内気なお嬢さんです。そんな生活をしているものだから、話し相手がほしいのですね。もっとも老人の執事かなんかが一緒にいるんだそうですが、老人ではお話し相手になりませんからね」

「お金持ちなんだね」

「そうですよ。ご存じかも知れませんが、高梨(たかなし)という高利貸(こうりがし)の一人娘ですが、二、三年前に両親に死なれてしまって、今では一人ぼっちの可哀そうな片輪者なんです。お嫁入りはおろか、人に顔を見られるのもいやだと云って、そういう孤独な生活をしているんだそうです。今も云うように、お父さんの商売柄、泥棒の用心にかけては、実に厳重に出来ている家(うち)ですから、蘭子さんの隠れ家には持って来いですよ。いくら人間豹でも、あの大きな鉄の門を破ったり、針の山みたいな塀を乗り越すことは出来ないでしょうからね」

なんというお誂え向きな話であろう。この男、豪傑青年にも似合わない、うまい智恵を出したものだ。

「可哀そうだわね、なんだかそのお嬢さんとお話して見たいような気がするわ。ネ、神谷さん、あたし思いきって、その高梨さんへ奉公しちゃいましょうか」

蘭子は孤独な娘さんへの好奇心も手伝って、ますます乗り気である。

「僕もそいつは名案だと思うね。ちっとばかり突飛だけれど、そのくらいのことをしなければ、あいつの目を逃れるのはむずかしいかも知れない。恩田が捕えられるまでのあいだ、君はそこに隠れているか」

神谷もこの奇妙な計画に一種の魅力を感じていた。

「そうなすっちゃどうです。あいつが捕まり次第、事情をうちあけて暇(ひま)を取ってしまえばいいんだから、それと、お母さんが少し淋しいだろうけど、親戚の方にでも来てもらえばいいじゃありませんか。人間豹は何もお母さんをどうこうしようというわけではないんだから」

熊井もしきりに勧めるので、結局思いきって、それを実行することに話がきまった。

「僕が送って行くといいんだけれど、それでは相手に悟られる虞(おそ)れがある。神谷さんも、連れ立って行かない方がいいでしょう。心配だったら、それとなく監視する方法はいくらもあるんだから。僕が手紙を書きますよ。田舎の方の知り合いの娘さんだということにして。蘭子さんは変装をして、その手紙を持っていらっしゃればいいんです。先方が雇い入れることは間違いありません。僕の母の方からもその事を云わせておきますから」

熊井が具体的の方法を授けた。

そこで三人は一度家に帰って、蘭子のお母さんに、コッソリと相談の次第を耳打ちした。お母さんは最初は気が進まぬ様子であったが、こうでもしなければ怪獣の襲撃を逃れるすべはないと説かれて、不承不承(ふしょうぶしょう)に承諾を与えた。信頼しきっている神谷青年の勧めをしりぞけかねたのだ。

たちまち相談が一決すると、熊井は長い紹介状をしたためて蘭子に渡し、蘭子は着のみ着のままで、神谷に伴なわれて家を出た。

途中たびたび自動車を変えて、蘭子の親友のSというレビュー・ガールのアパートに立ち寄り、そのお友達を古着屋へ走らせたりして、すっかり変装を終った。人気女優江川蘭子は忽然としてこの世から消えうせ、そこの鏡台の前に立っているのは、安銘仙の縞物にメリンスの帯をしめ、髪は櫛巻同然の田舎洋髪、薄黒い顔の両頬がポッと赤らんだ上州あたりからぽっと出の、田舎田舎した、しかしなかなか愛くるしい娘さんであった。

「すてきすてき、それじゃ誰が見たって、わかりゃしない。さすがにメーク・アップはお手のもんだね」

「まあ、可愛いわねえ。神谷さん、蘭子さんのこういう姿も捨てたもんじゃないでしょう」

神谷とSとが、冗談まじりに蘭子の変装を批評し合った。

「さア、僕はここでお別れだよ。君は一人でこのアパートの裏口を出て、田舎者らしく、タクシーを値切るんだね。そして、幾つも車を替えて、出来るだけ大廻りをして、築地の高梨家へ行くんだ。田舎言葉がばれないようにね」

神谷は蘭子を部屋の隅に呼んで、ソッと囁くのだ。

「あたし、なんだか心細いわ。大丈夫かしら」

「大丈夫だとも、僕は別の車で、先方の家の前まで、君について行くよ。そして、君が無事に奉公するのを見届けて帰るよ。それから、何か急な用事が出来たら、僕の家へ電話をかけるがいい。僕はすぐに飛んで行って上げるよ」

間もなくアパートを出たこの可愛らしい田舎娘は、神谷に云われた通り、自動車に乗ったり降りたりを、幾度も繰り返して、築地の高梨邸に到着した。別の車に乗った神谷青年が、不思議な尾行を続けたことは云うまでもない。

覆面令嬢

江川蘭子の田舎娘は、奉公先の高梨家の一丁ほど手前で車を捨てると、用意の小さな風呂敷包みを小脇に、チョコチョコと同家の門前に近づいて行った。

熊井青年が云った通り、その家はまるで城郭みたいな、厳重きわまる構えであった。邸を取りかこんだ高いコンクリート塀には、ドキドキと鋭いガラスの破片が、ビッシリと植えつけてあるし、見上げるばかりの御影石の門柱には、定紋を浮彫りにした鉄板の門扉が、閉めきったままになっている。

いったいどこからはいればいいのかしらと、見まわすと、門のかたわらのコンクリート塀に、小さな出入口がついているのに気づいたが、そこにも銅板を張りつけた引き戸が、さも厳重に閉まっていて、手をかけて見てもいっかな開きはしない。

やっとのことで、小さな呼鈴のボタンを探し当て、思い切ってそれを押すと、しばらくして、庭に人の足音が聞こえ、扉にカタンと妙な音がした。

開けてくれるのかと思うと、そうではない。扉の上部に、小さな覗き穴が切ってあって、その蓋があいたのだ。三寸四方ほどの穴から、一つの目が現われて、ジロジロとこちらを見ている。

「あの、わたし吉崎はなというものですが、熊井さんから、この手紙を持って行けと云われましたので」

蘭子がせいぜい、田舎風なアクセントで実直らしくいうと、今度は覗き穴から、ニューッと老人らしい手が出て、その手紙を摑みとって行ったが、しばらくすると、中から案外やさしい声が聞こえて来た。

「よくわかりましたよ。お前奉公しなさるのか。吉崎さんだね。よろしいよろしい、さアこちらへおはいりなさい」

そして、引戸がガラガラとあいて、その向こう側に白髪白髯の老人が、ニコニコ笑いながら立っていた。話に聞いた高梨家の執事なのであろう。

老人のあとから、玉川砂利（たまがわじゃり）を敷きつめた門内の道を歩いて、玄関にはいると、薄暗い廊下を幾曲りして、奥まった洋室へ案内された。広い家（うち）の中は、老人のほかには誰もいないのかと思われるほどヒッソリと静まり返っていた。

「手紙で大体のことはわかったが、家（うち）はお百姓なんだね。そして、お前さんは女学校を三年までやって中途退学した、というのだね。よろしい、よろしい。申し分なしじゃ。だがね、ここのご主人は、お前さんも聞いているだろうが、若いお嬢さんでね。少し気むずかしいご病人なのじゃ。今、お目見得（めみえ）をさせるからね。そのお嬢さんのお気にさえ入れば、お前さんは今日からでも、高い給金で奉公が出来るのだよ」

老人は長い廊下の道々、蘭子の吉崎はなに、丁寧に云い聞かせた。彼は無地の紬（つむぎ）の着物に、同じ品の黒い羽織を着て、腰に両手をまわし、背中を丸くして歩いている。

「さア、ここじゃ。お嬢さんは寝台の上に横になっておいでなさるのだが、そのお顔を見ようとしてはいけないよ。もっとも黒い頭巾（ずきん）をかぶっていらっしゃるから、見ようとしても見えやしないが、なるべく目をそらすようにしているがいい」

老人は注意を与えておいて、静かにドアを開いた。

「お嬢さま、熊井に頼んでおきました、田舎出の小間使がお目見得に参りましたが、通しましても差支えございませんか」

老人がうやうやしく御意(ぎょい)をうかがうと、部屋の中から、異様に甲高い、まるで笛のような声が、

「おはいりなさい」

と答えた。

まあ、なんて気の毒な声をしているのだろう。きっと喉か口がどうかしているんだわ。蘭子は好奇心にかられながら、老人のあとに従って部屋にはいった。

そこは十五畳ほどの洋間であったが、中央に丸いテーブルと、婦人用の飾り椅子が二脚置いてあった。その奥の壁ぎわに、古めかしい天蓋(てんがい)つきのベッドが、物々しくすえられていた。ベッドは薄絹の帷(とばり)に覆い隠されていたが、その絹をとおして、純白のシーツと、ぼんやりした人の姿とが眺められた。

「あたし、寝ていて失礼だけれど、勘弁(かんべん)して下さいね。爺(じい)や、その人に椅子を上げなさいな」

笛のようなお嬢さんの声が、薄絹の向こうからやさしく聞こえて来た。

蘭子は勧められるままに、老人と相対して、つつましく椅子にかけた。

「爺や、その人にあの事をよく話して」

お嬢さんは老人にこの娘を試験させて、自分はそばからそれを観察するつもりであろう。

「先ず第一にじゃね」老人は物々しく始めた。「ここへご奉公するとなると、ご奉公中は一歩も家から外へ出られないということを承知してもらわんけりゃなりません。お風呂は家にあるし、買物などは、別の女中がいるから、それに頼めばよろしい。どうじゃな、あんたはそういう辛抱が出来るかな」

「ええ、わたし構いませんです。わたし外へなぞ出たくありませんから」

「オウ、そうですかい。外出嫌いかね。そいつは好都合じゃ。ところであんたの仕事というのはご承知の通りこのお嬢さまの小間使いなのじゃが、さっきも云う通り、お嬢さまはご病気なのだから、どんなことをおっしゃっても、お言葉を返してはいけませんぞ。万事おっしゃる通りにしてさし上げるのじゃ。わかったかね」

「あたし、わがままだから、そりゃ無理ばっかり云ってよ」

笛みたいな声が、からかうように付け加えた。

「ええ、なんでもおっしゃる通りに致します」

蘭子はあくまでつつましやかだ。

「爺や、あたしこのひと気に入りましたわ。なんて柔順な子でしょう。それに、可愛らしい顔をしているじゃないの」

お嬢さんは、すっかり蘭子がお気に召した様子である。

「それでは取りきめましても」

「ええ、いいわ。早く取りきめて頂戴。お給金もどっさり上げてね」

「はなさん、お聞きの通りだ。親御さんの方へはいずれ詳しく手紙で申し送るとして、お前は今日からここにいることにするがよろしい。別に差支えはないだろうね。ああ、そうか。よろしいよろしい。ところでお給金じゃが、お嬢さまのお言葉もあるので、これまでの例を破って、月三万円[注8]ということにきめましょう。不服はないだろうね」

蘭子がお給金などで不服があろうはずはなかった。三万円と云えば大した高給だ。この金額から想像しても、わがままお嬢さんのお守りはさぞ骨の折れることであろうとは思ったが、ほかの条件はすべて申し分がなかった。第一外出を禁ずるというのが、人目を忍ぶ彼女に取って、何よりの好都合であった。いくらわがままだと云って、相手は彼女と同年配の娘さんである。声は笛みたいだけれど、そんなに邪慳な性質とも見えぬ。むしろ子供らしい無邪気なわがまま者らしく思われる。蘭子は、この様子なら当分ご奉公が続けられそうに思った。

「では、それでよろしいのだね。とりきめましたよ。……お前の部屋は、ここの次の間の小さい洋室じゃ。奉公人には勿体ない部屋だが、いつもお嬢さまの近くにいてもらいたいのでね。さア、その荷物を次の間へ置いてくるがよかろう」

老人の言葉に従って、蘭子はその小部屋の机の上に風呂敷包みを置くと、そこに置いてある鏡台の前で、ちょっと身づくろいをして、元の寝室へ帰って来た。

「お嬢さま、ではわたくしはあちらへ下がりますが、手始めに何かこの子にお云いつけになる事はございませんか」

老人が立ち上がって尋ねると、お嬢さんはムクムクとベッドの上に起き上がって、天蓋の薄絹をかき分け、やっとその寝間着姿を現わした。

見ると彼女の風体は実に異様なものであった。洋風のベッドに寝ながら、その寝間着は、純和風の袂の長い派手な友禅縮緬の長襦袢で、それに、キラキラ光る伊達巻をしめていた。そして頭から、婚礼の綿帽子みたいな形の黒い絹の頭巾を、スッポリと、顎の辺までかぶっているのだ。

「あたし、お風呂にはいりたいと思うのだけれど、その子に先へ行って用意をさせてくれない？」

「ハイ、承知しました。……はなさん、では私についておいで、湯殿を教えて上げるから、お湯はちゃんと焚きつけてあるから、お前は湯加減を見て、手拭などをきちんとしておけばよろしいのじゃ」

老人はそんなことを云いながら、また廊下をたどって、立派な湯殿へ案内した。浴槽も洗い場も一面のタイル張りで、採光がわるいのか、昼間だけれど、美しい装飾電燈がキラキラとかがやいていた。

老人が立ち去ると、蘭子は裾をまくって、タイルの上に降り、浴槽の蓋を取って湯加減を見たり、桶に湯を汲み出したり、甲斐甲斐しく入浴の用意をととのえた。

しばらくすると、次の間になっている脱衣場のドアが静かに開いて、黒覆面のままのお嬢さんがはいって来た。

「ちょうどよい加減でございます」

蘭子は手を拭きながら、脱衣室に上がって、お嬢さんの前に小腰をかがめた。

「そう。ではね、お前も着物を脱いでね、あたしと一緒にお風呂にはいるのよ。そして、あたしの身体を洗ってくれるのよ」

なるほど風変りなお嬢さんであった。小間使と一緒にお風呂にはいるなんて、妙な趣味もあるものだ。それにしても、あの覆面頭巾をどうするつもりなのだろう。あのまま湯の中へはいるのかしら。蘭子はいささか面くらって黙って突っ立っていると、たちまちわがままお嬢さんの癇癪声が響きわたった。

「着物を脱ぐのよ。何をぼんやりしているの。早くなさいな」

ああ、これが、月給三万円の意味なんだな。どんな無理を云われても、さからってはいけないというのは、ここの事なんだな。蘭子は仕方なく帯を解きはじめた。田舎娘にしては身体が少し白すぎやしないかしらと心配しながら、次々と細紐を解いていった。

「お嬢さま、あなたも着物をお脱ぎなさいませんか」

相手が突っ立ったまま、いつまでも、じっとしているので、そう勧めて見ると、令嬢は、やっぱり怒ったような声で、

「いいから、お前お脱ぎ。そして先へお風呂にはいりなさい」

と命令した。

ああ、このお嬢さんは不具の身体を恥かしがっているんだな。だが、それなれば、何も小間使などと一緒に入浴しなくてもよさそうなものじゃないか。

蘭子は云われるままに、とうとう丸裸になってしまった。そして、大急ぎで湯殿へ

はいろうとすると、またしてもお嬢さんの声だ。

「まあ、美しい身体をしているのね。お前田舎から出て来たばかりなの？　嘘でしょう。本当は大都劇場のレビューに出ていたんじゃない？」

蘭子は雷にでも撃たれたように、ハッと立ちすくんでしまった。世間知らずのお嬢さんと見くびっていたら、この人はまあ、なんて鋭い目を持っているのだろう。

「江川蘭子。ネ、そうでしょう。あたし、ちゃあんと知っているのよ」

不思議なことに、お嬢さんの声の調子がひどく変っていた。笛のように甲高い声が、いつの間にか、しわがれた太い声になっていた。

「すみません。……これには少し事情があるのです。決して悪意があってした事ではありません」

蘭子は裸のまま、脱衣室のコルク張りの床に坐って、素直にお詫びをした。もうそうするよりほかに仕方がなかったのだ。

「なにも謝ることはないよ。その事情って、なんだね？　若しや、恩田という恐ろしい男の目を逃れるためではなかったの？」

蘭子は余りの不意打ちに、もう口もきけなかった。

「ハハハハハ、蘭子さん、驚いたかい、可哀そうに、真っ青になっているじゃないか。ちっとも不思議なことはないんだよ。僕はお前を知り過ぎるほどよく知っているんだもの」

それは確かに男の声であった。お嬢さんが太い男の声で物を云っているのだ。

蘭子は息がつまったようになって、もう身動きさえ出来なかった。

夢を見ているのかしら、気でも違ったのかしら。こんな変てこなことがあり得るのだろうか。それとも、若しや、若しや、……。蘭子はヒョイとそれに気がつくと、泣きそうになって、死にもの狂いの声をふりしぼった。

「誰です。あなたは誰です」

「誰でもない。君が会いたがっている男だよ」

頭巾がかなぐり捨てられた。そして、その下から現われたのは、ドス黒い皮膚、骨ばった輪郭、爛々と青くかがやく両眼、赤い唇、牙のような白歯、恩田だ、人間豹だ。

蘭子はそれを一目見ると、何かえたいの知れぬ叫び声を立てながら、ドアの方へ逃げ出そうとした。

「ハハハハハ、蘭子さん、駄目、駄目、そこには、もうちゃんと鍵をかけておいたよ。ほら、鍵はここにある。欲しいかい。欲しければ上げないものでもないぜ。ただちょっとした条件があるけれどね」

正体を現わした人獣は、赤い唇を、ペロペロと舐めながら、さも小気味よさげに、ニヤニヤと笑い出した。

蘭子は身の置き所もないように、手足をちぢめて、部屋の隅にすくんでしまった。そして、子供みたいにべそをかきながら、おびえきった目で、恩田の様子を窺っている。

人獣はじっと蘭子を見つめていた。長いあいだ身じろぎもせず見つめていた。だが、やがて、彼の上半身が、蘭子の方へ前かがみになり、その両手が、徐々に曲げられていった。そして、ついには、一匹の豹が、今にも餌食に飛びかかろうとする、あの不気味な姿勢と変っていった。

明智小五郎

蘭子は身体を括り猿(注9)のように丸く縮めて、脱衣室の隅っこに小さくなったまま、じりじりと迫って来る怪物の恐ろしい形相を、まるで目に見えぬ糸で視線をつながれでもしたように、まじろぎもせず見つめていた。

「ワハハハハ」

怪物は長い牙をむき出し、ヌメヌメした赤い唇を震わせて、身もだえするように哄笑した。

「蘭子、今俺がどんな気持でいるか、君にわかるかね。俺は恐ろしく愉快なんだぜ。とうとうとッ捕(つか)まえたねえ。もうどんな事があったって、放すもんじゃない。だが、ずいぶん苦労をさせたぜ、君は」

振袖姿の恩田は、そんなことを云いながら、両手の指で空気を摑む恰好をして、隅っこの蘭子の上へ、巨大なけだもののように、のしかかって行った。

「キャア……、助けてェ……」

蘭子は顔じゅうを口にして、死にもの狂いの悲鳴を上げた。

「ワハハハハハ」

怪獣は相手が怖がれば怖がるほど、一そう歓喜に燃えて、なまぐさい哄笑を続けるのだ。

長い爪の痩せた指が、今一寸で蘭子の肩に触れようとした。だが彼女はまだ気力を失ってはいなかった。

「ワア……」と、今にも殺されそうな悲鳴を発しながら、相手の手の下を、スルリと抜けて、白いタイルの浴室へ、鞠のように転がり込んで行った。

「ワハハハハ、いよいよ袋の鼠だぜ。知っているかね。この風呂場には、窓というものがないんだよ。君はつまり俺の注文にはまってくれたというもんだ」

そして、野獣らしい黒い裸身が、四つん這いになって、ノソリノソリ、タイルの階段を降りて行った。

蘭子はいつの間にか、浴槽の中に首までつかっていた。

人間豹は、鼠をもてあそぶ猫のように、急に襲撃するではなく、タイルの洗い場にうずくまったまま、ずうっと首を低くして、ギラギラ光る青い目で、いつまでもいつまでも、さも楽しげに、湯の中の餌食を睨んでいた。

× × × ×

同じ邸の外では、蘭子の恋人神谷芳雄が、ガラスのかけらを植えつけたコンクリート塀のまわりをグルグルと廻り歩いていた。

彼は蘭子の女中奉公を、別の自動車で見送って、彼女が邸内にはいるのを見届けてからも、なんとなく気掛りなものだから、三十分余りも、邸の前にたたずんだり、裏手に廻ったり、どこか隙見でもする箇所がないかと探したり、そこを立ち去りかねていたが、いつまでそんなことをしていても仕方がないと諦めて、通りすがりの自動車を呼びとめた。

　ちょうど彼が自動車に乗り込んだ時分、邸内では、あの浴場の悲劇が始まっていたのだが、広い邸内の密閉された湯殿の中とて、蘭子が如何に叫ぼうとも、その声は塀の外まで届こうはずはなかった。それとも知らぬ神谷が、人間豹の目から恋人を完全に隠しおおせたつもりで、安堵して帰途についたのは是非もないことであった。

　だが、虫が知らせたのであろうか、走る自動車の中で、神谷の心は妙に落ちつかなかった。これでいいのかしら、何を云うにも相手は魔性の人間豹だ。嗅覚の鋭い野獣のことだから、長いあいだには、蘭子の隠れ家を突きとめまいものでもない。蘭子の安全のためには、彼女を隠すことなどより、人間豹そのものを、一日も早く捕まえてしまうのが最善の策である。そうして、牢獄にぶち込むなり、死刑に処するなりにしてしまえば、蘭子ばかりではない、世間全体の安堵である。動物園の檻を抜け出した猛獣みたいなやつが、ノソノソ町を歩いていたのでは、東京じゅうの人が枕を高くして寝ることが出来ないわけだ。

　それについて、神谷は数日以前から考えていたことがある。警察力が頼むに足らぬとすれば、もうほかに手段はない。一縷の望みは有力な民間探偵の力を借りる事であった。私立探偵と云えばたちまち思い浮かぶのは明智小五郎だ。彼なれば、警察が手古ずった難事件を易々と解決したという話を幾つも聞いている。殊に人間豹のような怪犯人には、明智こそ似つかわしいのではあるまいか。

「ああ君、ちょっと行先を変えるよ。麻布の竜土町だ。竜土町のね、明智小五郎っていう家に行くんだよ」

「承知しました。私立探偵ですね」

運転手が威勢よく答える。

「おや、君はよく知っているね」

「有名ですからね。あたしゃ、早くあの先生が登場すればいいと、待ちかねているんですよ」

「どこへ登場するっていうんだい？」

「ご存じでしょう。ほら、例の大都劇場の一件でさあ。蘭子を狙っているけだものでさあ。早く明智さんが出て、あの人間豹の混血児みたいなえてものを、やッつけてくれりゃいいと思っているんですよ。あたしゃ、江川蘭子は大のひいきですからね」

「ああ、そうかい。今にそんなことになるだろうよ」

他人の運転手でさえそこに気がついているのだ。なぜ俺はもっと早く明智探偵を訪ねなかったろうと、神谷はひとしお頼もしい感じがした。

明智小五郎は「吸血鬼」の事件の後、開化アパートの独身住いを引き払って、麻布区竜土町に、もと彼の女助手であった文代さんという美しい人と、新婚の家庭を構えていた。その家庭が同時に探偵事務所でもあった。夫妻ともに探偵好き冒険好きなので、家庭と事務所とを別々にする必要はまったくなかったのだ。

低い御影石の門柱に「明智探偵事務所」と、ごく小さな真鍮の看板がかかっている。そこをはいって、棗の植込みに縁どられた敷石道を一と曲りすると、小ぢんまりした白い西洋館、玄関の呼鈴を押せば、直ぐさまドアがあいて、林檎のような頬っぺたをした詰襟服の愛くるしい少年が顔を出した。これも「吸血鬼」事件で大人も及ばぬ働きをした少年助手小林である。

幸い、明智は在宅であった。神谷はこころよく応接間に通され、名探偵と初の対面をすることになったのだが、彼がちょうど応接間に通った頃、門前にもう一台の自動車が停まった。そして、その中に目を光らせていたのは、なんと高梨家の執事と称する、白髪白髯の怪老人ではなかったか。

神谷は少しも気づかなかったけれど、相手の方では門前をうろつく、怪しげな青年を見逃さなかった。いや、老人はそれ以上の事さえ知っていたかも知れない。彼は神谷の跡をつけたのだ。そして、彼が明智探偵事務所へはいったのを見届けたのだ。

老人は車を停めて、少しのあいだ考え事をしていたが、やがて懐中から手帳を取り出すと、その紙を破り取って鉛筆で何かしたため、それを運転手に渡しながら、

「この手紙をね、ここの家(うち)の玄関の戸の隙間から、ソッと投げ込んでくるのじゃ。よいかな。誰にも見られぬよう、充分気をつけてな」

と命じた。

この運転手、唯のやつではないと見えて、妙な命令を疑いもせず、無言のまま車を降りると、忍び足で門内に消えて行った。

名探偵の憂慮

邸内の応接間では、アームチェアにもたれた明智小五郎の前で、神谷青年が、人間豹恩田との異様な邂逅(かいこう)以来のすべての出来事を、くわしく説明していた。

明智は例の、青年時代からの癖(くせ)で、モジャモジャに伸ばした髪の毛の中へ、右手の五本の指を櫛(くし)のように突っ込みながら、時々合槌を打って、非常に熱心に聞き入っていた。なかなかの長話なので、そのあいだには、美しい明智夫人文代さんが、手ずから飲物を運んで、三度もその部屋にはいって来たほどであった。

「そういうわけで、蘭子は一時安全であるようなものの、決して油断は出来ません。それに、奴は僕に対して深い恨みを持っているのですから、僕自身も身辺の不安を感じるのです。そこで、先生に警察とは別に、恩田の隠れ家を探偵していただきたいと思って、お訪ねしたわけですが……」

神谷がそう言葉を結ぶと、明智は何かしら心配らしい顔をして、

「その熊井という柔道家ですね、高梨家へ蘭子さんを世話したという、その人の住所はご存知ですか」

と妙なことを尋ねた。

「知って居ります。浅草の千束町に母親と二人で家を借りているんです」

「電話は利きませんか」

「確か近所から呼出しが利くと思いました。大都劇場の事務所へ聞き合わせたらわかるかも知れません。……ですが、何か熊井にご用がおありなんですか」

神谷青年は、名探偵に奇癖があることは聞いていたが、これは少し突飛すぎると思った。

「いや、詳しいことは、あとで話します。非常に急ぐのです。あなた恐縮ですが、その電話で大都劇場へ尋ねてくれませんか」

明智は卓上電話を指さして、せき立てるのだ。

「熊井君の呼出し電話をですか」

「ええ、そうですよ。……僕は若しかしたら、熊井君親子は、もうどっかへ引越しをしてしまったんじゃないかというような気がするのですよ。若しいてくれれば幸いだが……」

この探偵はいったい全体何を考えているのだろう、熊井とは今日のお昼前に別れたばかりではないか。その時引越しの話など一度も出はしなかった。それに、熊井には一面識もないはずの明智探偵が、彼の引越しを予想するなんて、まるで狐につままれたような話ではないか。

神谷は不審に耐えなかったけれど、明智の鋭い目が、しきりに催促しているものだから、聞き返すわけにもいかず、云われるままに受話器を取って、大都劇場にその事を問い合わせた。

「わかりましたか。では、そこへあなたから電話をかけて、熊井君なり熊井君の母親なりを呼出して見て下さい」

「ご用がおありなのですか」

「ええ、用事があるのです」

明智はすましこんでいる。

神谷は仕方なく、今聞いた柳屋という酒屋へ電話をつないで、熊井の家へ走ってもらうように頼んだ。

「モシモシ、熊井さんでございますか。あの柔道をなさる熊井さんですね。あの方は、今日お昼過ぎ、急にお引越しをなさいましたよ」

「エッ、引っ越したって？　それほんとうですか」

「ええ、嘘なんか云いませんよ。なんだかひどく急なお話でしてね。箪笥だとか台所のものなんか大抵古道具屋にお払いになった様子ですよ」

「で、国へ帰ったというのだね。あの人の国はどちらだったかしら」

「さア、それはよく存じませんでしたが」

というような事で電話が切れた。

神谷青年は、まったく度胆を抜かれてしまった。明智が稀代の名探偵であることは聞いていた。だが、八卦見ではあるまいし、見ず知らずの人間が、今日引越しすることを、いったいまあ、どうして云い当てることが出来たのであろう。

「国へ帰ったと云うのですか」

「ええ、そうです。しかし、先生はどうしてそれがおわかりになったのでしょう」

「詳しい事はあとでお話しします。僕はあなたのお話を伺って、或る事を心配していたのです。それが今一部だけ的中しました。この上は現場をしらべて見るほかありません。さア、ご一緒に参りましょう。お話は自動車の中でも出来ますから」

明智は何かひどくイライラしている様子で、物問いたげな神谷の表情に答えようともせず、小林少年を呼んで、自動車を呼ぶように命じた。

「実はさっき、お話中に手洗い場へ立ちましたね。あの時玄関の所を通りかかってこんなものを見つけたのですよ、むろんあなたがいらしってからあとで、誰かが投げ込んで行ったものに違いありません」

明智はそう云って、手帳の切れ端らしい一枚の紙を見せた。それには鉛筆の走り書きで、左のような恐ろしい文句がしたためてあった。

> 明智君、君は神谷芳雄が依頼する事件に、断じて手を染めてはならぬ。君は今美しい細君と新家庭を楽しんでいる身の上ではないか。冒険はよしたまえ。若しこの忠告を用いずして、事件の渦中に飛び込むようなことがあれば、君は悔いても及ばぬ一大不幸に見舞われるであろう。

「恩田の仕業でしょうか」

神谷が驚いて明智の顔を見た。

「むろんです。君は恩田の一味の者に尾行されたのですよ。その尾行したやつが、僕の家へおはいりなすったのを見て咄嗟にこんな脅し文句を書いたのです」

「ですが、この一大不幸というのは、いったい何を意味するのでしょうか」

神谷はこの事件を依頼したことを後悔しているような口調であった。

「ハハハハハ、ご心配には及びません。僕にはその意味も大方はわかっているのです。しかし、そんなことを恐れていては、探偵の仕事は出来やしませんよ。僕は脅迫状にはもう慣れっこになって、ほとんど無感覚ですよ」

明智は事もなげに云い放った。

そうしているところへ、自動車が来たという知らせがあったので、二人は急いで部屋を出た。

「小林、君も一緒に行くんだ。ひょっとしたら、ちっとばかり手強い敵にぶッつかるかも知れんぞ」

明智が玄関へ送って出た美少年の肩をたたいて云った。

「ハア、お供します」

小林少年は、ハッキリした口調で答えて、さも嬉しそうに、駈け出して行って自動車のドアを開いた。

「築地へ行ってくれ」

三人が並んでクッションに腰かけると、明智が行先を命じた。車はたちまち走り出す。

「築地と云いますと……」

神谷はせき立てられるままに、まだ行先も知らなかったのだ。

「むろん高梨の家ですよ。おわかりですか。君は今、どこから僕の家へいらしったのです。築地の高梨家の前からではありませんか。その君に尾行して来た男があったとすれば、――途中ですれ違いに見つけて跡をつけるというのは少しおかしいですからね。――その男は高梨家から君をつけて来たと思わなければなりません。君は気づかれないつもりでいても、先方ではちゃんと君の挙動を監視していたかも知れませんよ」

「高梨家の人が、僕をですか」

神谷は、明智の考えが余りに飛躍的だものだから、妙な困迷におちいって、あとで考えると恥じ入るような愚問を発した。

「そうですよ。ああ、君はあの熊井という男をすっかり信じきっているのですね。無理もありません。あの男は蘭子さんの護衛を勤めていたほどですからね。しかし、悪魔の誘惑は、どんな所へでも伸びて行くのです。現に大都劇場の配電盤係りが恩田のために買収されていたという例もあるくらいです。熊井がやっぱり同じ手でやられなかったとはきめられませんよ。何よりおかしいのは、彼の突然の引越しです。それも、蘭子さんに奉公口を世話したその午後ですからね。第一、柔道家の青年が女中の世話をするなんて云うことが、変てこじゃありませんか。あなたはそれを疑って見なかったのですか」

飛ぶように走る自動車の中で、明智は丁寧に説明した。

そこまで聞けば、いくら困迷におちいっているといって、明智の心配の意味を、悟らないわけにはいかぬ。神谷青年はギョッとして、思わず明智の横顔を睨みつけた。

「すると、あの高梨家に、恩田の手が廻っているとでも、……」

「そうですよ。行って見なければほんとうの事はわかりませんが、脅迫状といい、熊井君の引越しといい、僕にはなんとなくそんなふうに感じられるのです。熊井君は、その高梨のお嬢さんが、不具者で、いつも顔に覆面をしていると云ったのですね。あれを聞いた時、僕はハッとしましたよ。僕の思い過ごしかも知れません。どうかそうであってくれればいいと思います。しかしそういう手は、わる賢い犯罪者などがよく用いるのですからね。僕は嘗ってそれと同じ手口を見たことがあるのです」

「ああ、あなたは若しや、その覆面のお嬢さんが……」

「ええ、恩田の変装でなければいいがと思うのです」

「畜生め！　そうだ。そうにきまっている。ああ僕はなんという間抜けだったろう。苦心に苦心をして、蘭子ちゃんを、あのけだものの罠の中へ落としこむなんて、……」

神谷はもう真っ青になって、自動車の床に、地だんだを踏むのであった。

「オイ、運転手君、料金はいくらでも増してやるから、もっと急いでくれないか。人の命にかかわる事なんだ。早く、もっと早く」

彼は気違いのようにわめき立てた。

「しかし、いくら急いで見ても、僕らはもう後手を引いているのかも知れませんよ」

明智は深い憂慮の色を浮かべて云う。

「どうしてですか。蘭子が高梨家に行ってから、まだ二時間余りしかたっていないのですよ……」

「いや、普通なれば心配することはないのですが、あなたを尾行したやつがありますからね。そいつは僕を恐れているのです。恐れているからこそ、あんな脅迫状を残して行ったのです。何を恐れるのか、僕の想像力をです。僕が高梨家というものを疑うかも知れない。それが怖いのです。すると、そいつは、僕らの先廻りして、高梨家に帰り、いつ襲撃されても差支えないように用意をするかも知れません」

「用意って云いますと？」

「さア、その用意を、僕は極度に恐れているのです。むろん先方へ行って見なければ、わからないことです。杞憂であってくれればいいと思うのですが、わるくすると……」

「蘭子が……」

「ええ、そうですよ。相手は人間じゃないのですからね。前の例でもわかるように、肉食獣にも等しいやつですからね」

明智はそう呟いたまま、云いがたき不安の色を浮かべて、黙り込んでしまった。

奇怪なる贈り物

案内知った神谷青年の指図で、車が適当な場所に止まると、三人は急いで降り立っ

たが、明智は車内であらかじめ書き入れをしておいた名刺を小林少年に渡して、

「君は表に待っているんだ。腕時計はあるね。カッキリ十分間だよ、僕たちが高梨の家へはいってから十分間たっても出て来なかったら、近くの交番に走るんだ。そしてその名刺を渡して、本署へ電話をかけてもらうんだ。すぐさま僕たちを救い出す手配をしてくれるように頼むんだよ。わかったかい」

「ハア、わかりました」

「多分、そんな事は起こりやしないと思うけれどもね。ただ万一の用意なんだよ」

さて明智と神谷とが、高梨家の門前に近づいて見ると、正門脇の潜り戸は半開きになっていたので、構わずそこからはいって、玄関の呼鈴を押した。

だが、いくら押しても手応えがない。格子に手をかけて試みると、ガラガラと大きな音を立てて、わけもなく開いた。

「ごめん下さい。ご不在ですか」

何度怒鳴っても、誰も出て来ない。

「君は僕が呼ぶまで、ここに待ってて下さい。僕はこういうものを用意しているから大丈夫だけれど、君に万一のことがあってはいけませんから」

明智はポケットから小型のピストルを取り出して見せた。神谷が承知の旨を答える

ると、探偵は靴をぬいで、単身薄暗い家の中へはいって行ったが、やや五分もすると、失望の色を浮かべて戻って来た。

「やっぱり僕の想像が当たりました。誰もいません。湯殿から納屋の中までしらべて見ましたが、人のいた気配はあるけれど、もぬけの殻です。これはほんとうは空家なんですよ。恩田が空家を借りて、必要な部屋にだけ飾りつけをしたのでしょう。応接間と奥の方の寝室らしい洋間だけに家具があって、そのほかの部屋はがらんどうですよ。ただ不思議なのは、つい今しがた湯にはいったやつがあると見えて、湯殿の湯がまだ暖かいことです」

明智が委細を説明した。

「どっかに隠れているのではないでしょうか。それに、ここの主人というのが果して恩田だったでしょうか」

神谷は諦めわるく尋ねるのだ。

「それは間違いありませんよ。ごらんなさい。これはその寝室の小さいテーブルの上に残してあった賊の置手紙です」

やっぱり手帳のきれっ端に、「明智君、一と足違いだったよ。お気の毒さま」とぶっきらぼうな走り書きがしてあった。

「するとあいつは先生がここへ来られることを、ちゃんと知っていたのですね」

神谷が驚いて云った。

「そうです。敵にとって不足のない相手ですよ。だが、実に残念なことをしましたね。これほど智恵のまわるやつですから、いくら探したって、逃げた先を暗示するような手掛りが残っているはずはありません。われわれは一と先ず引き上げるほかはないのです」

「ですが、蘭子はいったいどうしたのでしょうか。まさか黙って連れて行かれるはずはありませんが」

「それですよ。僕がさいぜんから心配しているのは。しかし、こういう事になっては、僕なんかの個人の力よりも、組織的な警察力にたよるほかはありません。僕たちは、すぐにあの車で警視庁を訪ねましょう。そして、捜査一課長に会いましょう。恒川課長は心やすいのですよ」

そして、彼らは高梨家の門を出ると、待たせてあった自動車を駆って、警視庁へと急がせたのであった。

その結果、警察は俄かに色めき立って、築地の現場附近を洗い立てたのは云うまでもなく、熊井青年の国元への照会、其の他少しでも関係のある方面には抜かりなく手を廻して十二分に捜査を行ったのであるが、まったく何の手掛りをも掴むことが出来なかった。恩田の借りていた家の家主をしらべたのは云うまでもない。しかし、高梨という白髪白髯の老人が、ちゃんと正規の手続きを踏み、多額の敷金を納めて借り受けたという以外には、何事もわからなかった。

　そうして一夜が明けたのだが、その翌朝、ついに明智の恐れていたものが事実となって現われたのである。

　その朝、神谷芳雄の宅へ、奇妙な贈り物が届けられた。差出人は誰ともわからない。それを運んで来た運送店へ、夜の白々明けに一台の自動車がとまって、神谷芳雄の所書きを示し、これをすぐに届けてくれと依頼されたとの事である。

　贈り物というのは、大型の支那カバンを縦に二つつないだほどの大きな木箱で、その蓋の上には、熨斗屋の看板みたいなでっかい熨斗をはりつけ、胴中を、これも水引屋の看板みたいなべら棒な水引でくくってあった。

「大きい花瓶かなんかじゃありませんか」

　運送屋がそんなことを云って帰ったものだから、つい油断をして、心当たりはないけれど、会社関係の人からの贈り物かも知れんと、書生に手伝わせて開いて見たのだが……。

開いてみると、先ず目を驚かせたのは、箱の表面一杯にひろがっている、おびただしい花束であった。それを見た時、神谷青年は或る予感にうちのめされて、心臓は早鐘をつくように騒ぎはじめたのだが、と云って、見ないわけにはいかぬ。ソッと花束をかきのけて行くと、ああ、果して果して、――名探偵の予言はむごたらしくも的中したのだ――そこには、全裸体の江川蘭子の死骸が、まるで蠟人形のように美しく横たわっていたのである。

その白蠟のような身体のうちに、ただ一箇所美しくないところがあった。蘭子を殺したものは、美しくない部分であった。喉のところにパックリと口をあいた赤黒い傷痕。それは何か猛獣の鋭い牙でもって喰いちぎられたように見えたのだが。

ふと気がつくと、死骸の胸の上に、一封の手紙がのせてあった。神谷は無我夢中でその封を切ったが、そこには昨夕明智の宅へ投げ込まれたものとそっくりの筆蹟で、左のようないまわしい文句がしたためてあった。

神谷君、君は余りに考えのない軽はずみをした。君が明智探偵を訪ねさえしなければ、こんなことは起こらなかったのだ。又、明智君が、昨夕の警告に従って、手を引きさえすれば、蘭子は無事でいられたのだ。君は取返しのつかぬ失策をしたのである。明智君にもよろしく伝えてくれたまえ。いずれ充分お礼はするからとね。

諸君の所謂(いわゆる)『人間豹』より

第二の棺桶(かんおけ)

棺桶配達事件は、被害者が帝都興行界の花形江川蘭子であった上に、殺人者が世人を戦慄せしめていた怪物人間豹とわかっているので、その騒ぎは一(ひ)と通(とお)りでなかった。その日の夕刊は、あらゆる激情的な形容詞を濫費(らんぴ)して、ほとんど第三面全ページをこの報道でうずめた。被害者蘭子の写真、明智小五郎の写真などが、見世物(みせもの)のようにデカデカと掲載せられた。

事件の中心となった神谷の家の騒ぎは申すまでもない。神谷家お出入りの人々が右往左往する。蘭子の親戚のもの、大都劇場の事務員が駈けつける。警察官がドカドカとやって来る。神谷青年はその警察の取調べを受けた上、父親には油をしぼられる。お母さんには泣かれる、とうとう病人のようになって一と間（ひとま）にとじこもってしまったが、やがて騒ぎも静まり、午後となり、夕方となり、気分が落ちついて来るに従って、恋人を失った悲痛、怨敵（おんてき）人間豹への憤怒が、今さらのように彼の胸をかきむしった。どうしたって、このまま泣き寝入りするわけにはいかぬ、草の根を分けても恩田親子を探し出して、重なる恨みをはらさねばならない。彼はもうじっとしていられなかった。相談相手は明智小五郎のほかにはない。それに明智には今朝からの出来事を報告しなければならないのだ。神谷はそそくさと外出の用意をして、家人にも告げずわが家を抜け出したのである。

　タクシーを拾って明智の事務所へ急ぐ道すがら、賑やかな大通りの角々に、夕刊売り子の鈴の音、「江川蘭子殺害事件」の貼り紙、だが神谷は車を止めて夕刊を買う勇気はなかった。顔をそむけるようにして、デカデカと赤インキの丸々をつけた貼り紙の前を通り過ぎた。

　明智は待ちかねていたように、彼を応接間に通した。テーブルの上には幾枚かの夕刊がひろげてある。そこには、蘭子の生前の写真が、さまざまなポーズでもって微笑（ほほえ）んでいるのだ。

「僕はあなたにお詫びしなければならない。こういう事になったのは、僕があいつを見くびっていたからです。警告状を黙殺して、築地の家を襲ったりしたからです。なんとも申し訳ありません」

明智は率直に詫びた。

「いや、先生の失策だとは思いません。あの場合ああするほかはなかったのです。先生だからこそあいつらの奸計を見破って下すったのです。蘭子はいずれこんな事になる運命でした。先生の御助力がなければ、あれの死期がいくらか遅れたかもしれません。しかし、それはただ苦しみを長くするばかりで、どうせ助かりっこはなかったのですからね。それよりも、僕は蘭子の敵が取ってほしいのです。先生の力で恩田父子の隠れ家を突きとめていただきたいのです」

神谷青年は決して明智を恨んではいなかった。感謝こそすれ恨むべき筋は少しもなかったのだ。

「それはおっしゃるまでもない。僕は今朝からその事でいろいろ活動していたのですよ。君から電話があったし、警視庁の知合いの者からも詳しく事情を知らせてくれたし、それればかりではない、殺人鬼みずから又しても僕に挑戦して来ているので、自衛の意味からも、僕はじっとしていられないのですよ」

「エ、すると、あいつは又挑戦状をよこしたのですか」

「そうですよ。ごらんなさい、これです」

明智はポケットから一葉の封筒を取り出して、中の書翰箋(しょかんせん)をひろげて見せた。


明智君、君の驚いている顔が見えるようだ。俺の力がわかったかね。俺は約束したことは必ず実行して見せるのだ。用心したまえ。俺は君にきっとお礼をすると約束したっけね。どんなお礼だかわかるかね。名探偵さんの泣きっ面(つら)が拝見したいものだね。


「お昼時分、コッソリ玄関へほうり込んで行ったのです。あいつはもう、僕の家(うち)のまわりに網を張っているのですよ。こうして話していることも、どっかの隅からちゃんと聞いているかも知れません。ハハハハハ」

明智は事もなげに笑って見せた。

「しかし、このお礼というのは、いったい何を意味するのでしょうか。若しなんだと、僕は大変ご迷惑をおかけしたことになるのですが」

神谷は不気味な挑戦状を読むと、もう気が気ではなかった。

「おおかた想像がつかないではありませんが、なあに、少しも心配することはないのですよ。僕の方には敵の智力に応じてそれぞれ用意があるのですからね。ばかばかしい子供だましの手品を使うやつには、僕の方でもそれに輪をかけたトリックでもって対抗するばかりですよ」

明智の様子は何かしら楽しそうにさえ見えるのだ。神谷は職業的探偵家の神経に一驚を喫しないではいられなかった。

「ですが、あいつは僕をこそ恨むべきではないでしょうか。あいつらの巣窟を焼き払ったのも、大切な豹を銃殺したのも、みんな僕のせいなんですからね。それに今度だって、先生に事件を依頼したのは僕じゃありませんか。僕をほうっておいて、先生に復讐を企てるなんて」

「それはむろん君も恨んでいるでしょうが、あいつらの悪事の第一の邪魔者は僕なのです。先ずとりあえず邪魔者の方から始末をつけようというわけでしょう。それに僕の所には、あいつには見逃せない誘惑物があるのですからね」

明智はそう云って、ちょうどそこへお茶を運んで来た文代夫人と顔見合わせて、何かしら意味ありげに微笑みかわすのであった。

ああ、では人間豹は、目早くも、この美しい明智夫人を、次の獲物と狙っているのであろうか。名探偵自身の若い奥さんを誘拐しようとでも云うのであろうか。

「では、あいつは……」

神谷は不躾にも文代さんの顔をじっと見つめながら、余りのことに、それとも云いかねて口ごもった。

「そうですよ。少し突飛だけれど、けだものには人間の常識なんかありやしないのだから、至極単純に、感情のままに動くのですよ。この挑戦状の文句は、ほかに解釈のしようがないじゃありませんか」

云われて見ると、如何にもその通りであった。なんといううまい思いつきであろう。けだものの情慾を満足させることが、そのまま名探偵への復讐手段となるのだ。あいつの考えそうな事だ。

「若しそうだとすると……ああ、僕はなんだか恐ろしくなって来ました。大丈夫ですか。僕は今までの経験で、あいつの力をよく知っているのです。あいつは人間ではないのです。悪魔です。悪魔の智恵と力を持っているのです」

奥さんはよくそんな平気な顔でいられますね、と云おうとして、不躾に心づいて呑み込んでしまった。

「そんな相手でしたら、面白うございますわ。明智はこの頃、大きな事件がないと云ってこぼし抜いていたのですもの」

文代さんはそんな事を云って、可愛い八重歯であでやかに笑って見せた。

これはまあ、見かけによらない、なんて大胆な奥さんだろう。神谷はあっけにとられてしまった。彼は文代さんが「吸血鬼」の事件で、明智の助手の女探偵として、どんなに勇ましい働きをしたかということを、少しも知らなかったのだ。

「何よりもあいつの隠れ家を突きとめなければなりません。先生には何か成算がおありなんですか」

神谷が尋ねると、探偵は落ちつき払って答えた。

「突きとめるまでもありません。先方からやって来ますよ。僕はそれを待っているのです」

「いつですか」

「多分今夜。もうその辺をうろついているかも知れませんよ。ほら、お聞きなさい。僕の家の犬がひどく吠えているじゃありませんか」

いつの間にか日が暮れて、窓の外は真っ暗になっていた。その辺一帯は屋敷町で、どこからか洩れて来るピアノの音のほかには、ひっそりと静まり返った淋しさである。そのうちに、けたたましい犬の鳴き声、それがたちまち近づいて来ると思う間に、まるで弾丸のように応接室へ飛び込んで来たものがある。

「まあ、S、お前どうしたの！」

たくましい愛犬を抱きとめた文代さんの両手は、ベットリと恐ろしい血潮であった。

Sは女主人の腕の中で、一と声異常な鳴き声を立てたかと思うと、そのままグッタリとなってしまった。したたる血潮がたちまち絨毯を真っ赤に染めて行く。

「いったいどうしたんでしょう。この傷は？」

文代さんが少し青ざめて、意味ありげに明智探偵の顔を見つめる。

如何にも異様な傷であった。背中一面、点々とむしり取ったようになって、頸筋の一とえぐりが致命傷らしく見えた。決して噛みつかれたのではない。何かしら鋭い爪のようなものでひっ掻かれた傷痕だ。だが、人間ではない。人間の爪がこんなに鋭いはずはない。

「あいつだ！　Sはあいつにやられたんだ。文代、用心しなさい」

スックと立ち上がった明智の手には、すばやくポケットの小型拳銃が握られていた。と、申し合わせたようにやさしい文代さんの右手にも、どこに隠していたのか、同じピストルが。

「お前は居間に隠れているんだ。ドアに鍵をかけて、決して開けるんじゃないぞ」

云い捨てて、明智は戸外へ飛び出していった。文代さんは命じられた通り、二階の居間へ駈け上がって行く。すると、どこから出て来たのか、栗鼠（りす）のようにすばやい小林少年が、明智のあとを追って、廊下を走り出て行く黒い姿が眺められた。

神谷もじっとしているわけにはいかなかった。オズオズと玄関に出て見ると、明智と小林少年とは、植込みの柴折門（しおりもん）から、裏庭の方へ廻ったらしい。門の外は淋しいと云っても、時々はタクシーの通る往来だ。まさか門のあたりに隠れているはずはあるまいと、わざとその安全な方角を選んで、彼はノコノコと歩いて行った。

だが、敷石道を五、六歩行くと、もう恐ろしくて歩けなかった。両側の棗（なつめ）の植込みが、真っ黒な蔭を作って、そこに何かしらただならぬ気配が感じられたからだ。見まいとしても不思議な妖気（ようき）が彼の目をその方へ引きつけていった。植込みのもっとも暗い蔭、そこの地上三尺ほどの闇に、ああ、忘れもしない、あの青く燃える二つの螢火が、じっとこちらを見つめていたではないか。

神谷は、それを見た刹那、あとで考えると気恥かしくなるような、なんともえたいの知れぬ叫び声を立てながら、一目散（いちもくさん）に玄関の方へ逃げ帰ったのだが、逃げながら振り返ると、怪物の方でも驚いたらしく、黒い影が、植込みをザワザワいわせて、門の方へ、怪しい風のように飛び去って行くのが感じられた。

「神谷さん、どうしたのです」

叫び声を聞きつけて、明智と小林少年とが、玄関へ戻って来た。

「やつがいたのですか」

神谷は、門外を指さして、「あちら、あちら」とかすれた声で告げ知らせた。

勇敢な二人は、それを聞くと、矢のように門の外へ駈け出して行った。だが、しばらくすると、別段のこともなく帰って来て、

「何もいませんよ。思い違いじゃありませんか」

と、疑わしげに神谷の青ざめた顔を見るのではあった。

「間違いじゃありません。確かにあいつでした。まだその辺の路地(ろじ)かなんかに隠れているかも知れませんよ。すぐ警察へ電話をかけてはどうでしょうか」

「いや、それには及びませんよ。いくらお巡りさんが来たって、捕まるやつじゃない。それは今迄(いままで)の度々の経験で、君もよく知っているでしょう。ここへ警察なんかが飛び出して来ては、かえってぶち毀しですよ。まあ見ててごらんなさい。僕に少し考えがあるんだから」

明智はそれ以上捜索しようともせず、呑気(のんき)らしい事を云って、サッサと家(うち)の中へはいってしまった。神谷も仕方なくそのあとに従ったが、玄関を上がるか上がらない

うちに、ドヤドヤと門内にはいって来る人の足音がして、大きな荷物が担ぎ込まれた。

「明智さんはこちらですね。これにご判を願います」

トラックの運転手みたいな男が怒鳴っている。見ると、ドアの外に、二人の男が何か大きな物を担いでいる。箱のようなものだ。長さ一間ほどもある細長い箱のようなものだ。それがドアをつきのけて、ニューッとこちらへはいって来る。

神谷はギョッとして立ちすくんでしまった。

第二の棺桶だ。

今朝彼の家に起こった事が、ソックリそのまま再現したのだ。俺は夢でも見ているのかしら。いや、そうではない。夢なんかじゃない。すると、あの棺桶の中には、今度は誰の死骸がはいっているのだろう。

「奥さんは？　奥さんはどこにいらっしゃるのでしょう」

神谷は変な譫言みたいなことを云って、キョロキョロとあたりを見まわした。

「二階ですよ。今に降りて来ますよ」

明智は無神経な返事をして、運転手の差し出す書附に判を押して、いまわしい荷物を応接間へ担ぎ込むように命じている。

「いいんですか。その箱の中、ご存じなんですか」

神谷は、今にも恐ろしい事が起こりそうに思われて、気が気ではなかった。

「ええ、知っていますとも。今お目にかけますよ」

明智は落ちつき払っている。どうも変だ。この男はほんとうに明智探偵なのかしら。若しかしたら例の魔術でもって、いつの間にか、あのけだものが、明智に化けているのではないかしら。でなければ、こんな恐ろしい棺桶なぞを、ニヤニヤ笑いながら、家（うち）の中へ持ち込むはずはないのだが。

明智は運転手が帰ってしまうと、応接室の窓々のブラインドを念入りにおろし、その上にカーテンを引いて、外から隙見の出来ないようにしておいて、用意の釘抜（くぎぬ）きで木箱の蓋を開きはじめた。

キイ、キイ、といやな音を立てて、一本ずつ釘がゆるむにつれて、蓋の一方が持ち上がっていく。そして、その隙間から、蔭になった箱の内部が、徐々に暴露されて来るのだ。

その棺桶の中に、いったいどんなものがはいっていたか、神谷青年がそれを見て、どのように驚いたか。いや、彼が驚いたのはそればかりではなかった。その夜明智の事務所には、次々と、実に異様なことが起こったのだ。神谷はまるで狐にでもつままれたように、あっけにとられて、名探偵の演出する奇妙なお芝居に見とれているほかはなかった。

獣人対獣人

それから一時間ほど後のこと、明智探偵事務所の門前に、一台の空(あき)自動車がとまったかと思うと、門内の闇の中から、誰かが急ぎ足に歩いて来て、ドアを開いて待っている運転手に助けられ、無言のまま車内にはいった。運転手が大急ぎで自席に帰って、パッと車内燈を点じる。そのおぼろげな光に照らし出されたのは、見覚えのある洋装、明智夫人文代さんであった。彼女はクッションの隅に身を隠すようにして、なぜかじっとうなだれている。

この物騒(ぶっそう)な折も折、もう八時も過ぎた今時分、彼女はいったいどんな急用が起こったと云うのであろう。いくら気丈な女探偵だといっても、これは少し冒険すぎはしないだろうか。人間豹はまだ執念深く、その辺の闇に身を潜めていないものでもない。若し彼女のこの不用意な外出を、あいつに悟られでもしたら……。

いや「したら」ではない。もうちゃんと悟られてしまったのだ。けだものは、案の定待ち伏せしていたのだ。

やがて車が音もなくすべり出すと、それを待ち構えてでもいたように、黒い風みたいなものが、サッと飛び出して来て、いきなり自動車の後部へしがみついたではないか。云うまでもない、あいつだ。遠ざかって行く自動車の、赤いテール・ライトとは別に、陰火のように燃えている二つの螢火が、何か不気味な信号みたいに、そこに喰いついたまま離れなかったのである。

だが、いつまであんな恰好でしがみついていられるものだろう。やがて車は明るい街路へ出るに違いない。交番の前も通るに違いない。そうすれば、文代さんは害を受けないですむのだ。早く明るい大通りへ出ればよい。

ところが、これはまあどうしたことであろう。車は意地わるくも、まるでわざとのように、淋しい町、淋しい町とえらんで、しかもだんだん郊外の方へ出て行くではないか。

車のうしろが大写しになって、人間豹の醜怪な顔が、闇の中で、ドス黒い舌を吐いて、ニタニタと笑っている。

もう旧市内を離れて、淋しい場末町だ。そのゴミゴミした町と町のあいだに、大きな森のようなものが見える。昔、その辺がまだ村であった時分の鎮守の森が、そのまちゃんと残っているのだ。

実に意外なことには、文代さんの自動車は、その鎮守の森の闇をめがけて、まっしぐらに突き進んで行くではないか。まるで、殺人鬼の注文にそっくりはまりでもしたように。

車がとまったのは、社殿の前の広っぱであった。杉や檜（ひのき）の大樹がまわりを取り囲んで、ただささえ暗い暗夜の空を、一そう暗く覆い隠している。その身の毛もよだつ静寂の中へ、可哀そうな文代さんは、昔話にある人身御供（ひとみごくう）みたいに、ほうり出されたのである。

はてナ、こいつはあんまり話がうますぎやしないかな。

だが、情慾に燃えたけだものには、そんなことを考える余裕はなかった。恩田は一匹の巨大な猿の恰好で、地上に飛び降りると、いきなり客席のドアを開いて、異様な唸り声を立てながら、車内へ躍り込んでいった。

クッションの隅には、美しい文代さんが、やっぱりうなだれたまま坐っている。驚いて叫び声を立てるだろう。か弱い腕で抵抗を試みるだろう。恩田は残忍（ざんにん）な期待に燃えて、文代さんに摑みかかっていったのだが、相手は声を立てるどころか、身動きさえもしないではないか。おや、気絶しているのかしら。だが、それにしても……。

恩田は両手を伸ばして、文代さんの肩を、ギュッと抱きしめたが、すると、何に驚いたのか、彼は「ギャッ」というような怒りの叫び声を立てたかと思うと、いきなり文代さんの身体を、軽々と車の外に摑み出し、さも腹立たしげに地べたに投げつけて、その上を、滅茶苦茶に踏みつけるのであった。

それは文代さんではなかったのだ。いや、生きた女ではなかったのだ。文代さんの衣裳をつけた、一個の冷たい蠟人形に過ぎなかったのだ。

「畜生め、畜生め！」

恩田がやけになって、その文代さんらしいものを踏みつけたのも無理ではない。ああ、そうだったのか。さいぜん明智の事務所へ運ばれた棺桶ようの木箱の中には、神谷が恐れたような死体ではなくて、このマネキン人形がはいっていたのだ。手品には手品をもって酬いると云った明智は、あらかじめこの事あるを察して、昼のうちにちゃんとマネキンを注文しておいたのに違いない。そして、その思い切ったトリックが、まんまと効を奏したのだ。人形が自動車に乗って外出しようなんて、いかな悪魔も思いも及ばない事であった。

「フフフフ、ご苦労さまだったね」

恩田のうしろに、黒い影が立って、突然声をかけた。

さすがの怪物も、この不意うちには、ギョッとしたらしく、身構えをして振り返った。

「貴様、運転手だな」

「そうだよ。君をここまでお連れ申した運転手だよ」

黒い影は腕組みをして、落ちつき払っている。

「お前、俺が怖くはないのか」

恩田が不気味に低い声で、押しつけるように云った。

「フフフフフ、怖いのはお前の方だろうぜ。オイ、同僚、一つ俺の顔をよく見てくれ。俺を誰だと思っているのだね」

運転手が、目深(まぶか)にかぶっていたソフトを取って、自動車の窓のところへ、ヒョイと顔を出して見せた。

恩田がゾッと身震いしたのも無理ではなかった。

そこには、もう一人の恩田がいたのだ。黒く骨ばった顔、もじゃもじゃした頭髪、真っ赤な唇、その唇のあいだから覗いている野獣の牙のような白歯、皺くちゃになった黒の背広、何から何までソックリそのままの人間豹が、もう一匹、闇夜の森の中に出現したのだ。

二匹の人獣は、淡(あわ)い車内燈の光の前で、寸分違(すんぶんたが)わぬ顔と顔とを突き合わせ、牙をむき、敵意に燃えて睨み合った。

恩田の顔には、けだものが鏡の前に立たされたような驚愕の表情があった。お化けにでも出っくわしたような恐怖の色が、まざまざと読まれた。

「お前、いったい誰だ？」

おびえた声で尋ねた。

「お前の兄弟分さ」

「ばか云え。ほんとうに誰だ」

「当てて見たまえ」

恩田は気持ちを落ちつけるように、しばらく黙っていたが、突然恐ろしい形相になって叫んだ。

「貴様、変装しているんだな。わかったぞ、わかったぞ、貴様明智だろう。明智小五郎だろう」

「ハハハハハ、やっとわかったか。お察しの通りだよ。君をこんな目に遭わせる人間は、僕のほかにはありやしないよ。ところで、どうだね、僕の変装ぶりは？　誰が見たって、君とソックリだろう。この変装でもって、君の親父さんの目をあざむくことは出来まいかしら。君はどう考えるね」

「なに、俺の親父だって？」

「そう、君のお父さんだよ。君を捕獲しただけでは少し物足りないからね。ついでに親子もろとも引っくくって警察の方へ引き渡してやろうと思うのだよ」

「君一人でかい」

力にかけては十人力の人間豹、一人と一人の争いなら、ビクともするものではない。

「いや、必ずしも僕一人ではないがね」

「それじゃ、貴様、……その辺に仲間が待ち伏せしているんだな」

俄かに恩田の形相が険悪になったかと思うと、いきなり両手をひろげて飛びかかろうとした。

「いや、そいつはいけない。正当防衛の意味でなら、僕は君を銃殺する決心でいるんだよ。手を上げたまえ」

明智の仕草がすばやかったので、相手は用意の拳銃を取り出す隙がなかった。さすがの野獣も云われるままにお預けみたいな恰好をしなければならなかった。だが、そうしていながらも、彼は隙もあらば飛びかかろうと、油断なく目をくばっている。

「諸君、もう出てもよろしい。早く来てこいつを縛って下さい」

明智の声に応じて、闇の樹蔭（こかげ）から、四、五名の私服巡査がバラバラと飛び出して来た。

「恩田、神妙にしろ」

そのうちの主だった一人が、昔ふうの掛け声で、恩田の背後から組みつくと、続く二人の警官が、捕縄さばきもあざやかに、たちまち人間豹を、身動きも出来ぬように縛り上げてしまった。

「それでは、こいつは諸君に預けましたよ。僕はまだもう一人のやつを探し出さなければならない」

明智はピストルをポケットにおさめながら、静かに云った。

「承知しました。いずれ課長からお礼を申し上げるでしょう。それでは僕らは急ぎますから」

一人の私服が自動車の運転台に飛び乗ると、停止していたエンジンが響きはじめた。残る人々は、人間豹をこづき廻すようにして、狭い車内へ押し込んだ。

自動車は、明智のたたずむ前を、静かに元来た道へと引っ返して行った。

鉄管の迷路

それから又一時間ほどの後、明智探偵事務所門前の、真っ黒な道路を、影のようにさまよう人物があった。

彼はさも人目をはばかるように、軒燈を避けて、暗い塀の蔭を、足音を忍ばせながら一定の距離を行ったり来たりしている。黒い背広を着た、痩せた男だ。うっかり軒燈に近づいた折に、よく見ると、そいつはあの醜悪の人間豹の顔とそっくりであった。むろん明智の変装姿に違いない。だが彼は自分の家の前を、どうしてこんな胡散くさい様子でさまよっているのであろう。

「はてな、俺の誤算だったかしら。もうやって来てもいい時分だがな。あの親爺さん、倅がいつまでも帰らなければ、心配でたまらなくなって、きっとこの辺を探しに来るに違いないのだが、この見込みははずれないつもりなんだが……」

明智はそんなことを考えながら、しきりと闇の中をすかして見るのであった。

彼は恩田に化けて、恩田の父親が探しに来るのを待ち構えていたのだ。彼が出発の時から、酔狂な変装をしていたのも、実はこの目的のためであった。たとい親子であっても、この暗闇の中で、変装に気づくはずはない。それに、彼は変装術にかけては、充分自信を持っていた。

「おや、家へ電話がかかって来たようだな」

明智はふと聞き耳を立てた。確かにわが家の電話のベルの音だ。

「誰からだろう。文代は二階の居間に鍵をかけてとじこもっているはずだから、小林が電話口へ出ているに違いない。何か急な用事かしらん」
彼は家の中へ飛び込んで行くわけにはいかなかった。そのうちにも、恩田の父親がやって来るかも知れない。若し家へはいるところを見つけられでもしたら、ぶちこわしだ。

その時、彼が遠い邸内の電話のベルに注意したというのは、何か虫の知らせのようなものであったかも知れない。なぜと云って、その電話こそ彼にとって致命的なものであったからだ。それを聞き得なかったばっかりに、思いもよらぬ失策を演じなければならなかった。だが、それはのちのお話である。

じっと辛抱して、暗闇をさまよい続けているうちに、とうとう手応えがあった。ボロボロの着物を着た、跣足の、乞食みたいな男が、闇の中から浮き出して来て、しばらくのあいだ、じっと彼の方を透して見ていたかと思うと、いきなりツカツカと近づいて来て、彼に、何か紙切れみたいなものを手渡すのであった。

このものと一緒に帰れ、急に相談したいことが起こった。

紙切れを軒燈に近づけて見ると、鉛筆の大きな文字で、こんなことが書きつけてあった。見覚えのある筆蹟だ。恩田の父親に違いない。

「間違いねえだろうね。お前、恩田っていう人だろう」

乞食みたいな男が、念を押すように云った。して見るとこいつは恩田の顔を知らないのだな。知らなくても間違う気遣いないほど、恩田の顔には特徴がある。その特徴を教えられて来たのに違いない。明智はもうビクビクすることはなかった。

「ウン、間違いないよ。だが、俺の親父は今どこにいるんだい、家（うち）にいるのかい」

「家（うち）だか、どこだか知らねえ、おれあ芝浦（しばうら）で頼まれたんだよ」

ハハア、すると、あいつらの巣窟は芝浦附近にあるんだな。

「芝浦って云や、ずいぶん遠いじゃないか。歩いて来たのかい」

「そうよ。モチよ。だが俺の足は電車よか早いんだからな」

「だが、俺はそうはいかんよ。どうだ円タクを奮発（ふんぱつ）しようか」

「おれあ円タクなんぞ嫌いだ。だが、お前が困るなら乗ってやってもいいよ」

それにしても、恩田老人はなんというひどい使（つかい）をよこしたものであろう。これで見ると、今あいつらのそばには、気の利いた手下もいないと見えるわい。

明智はソフト帽を眼深くして顔を隠しながら、円タクを拾った。そして、乞食と並んで車内に腰をおろした。車は乞食の言葉に従って、芝浦の方角に疾走する。

「お前に手紙を頼んだ人は、確かに俺の親父だろうね。お前その人の風体を云って見な」

明智は念のためにそれを確かめて見た。

「なんだか知らねえが、俺にちょいちょい小遣いをくれる親切な爺さんだよ。顔じゅう白い髭を生やして、目のギョロッとした、痩せっぽちの小さな爺さんだよ」

「ウン、それなら間違いない。で、その人は芝浦で俺の行くのを待っているのかい」

「そうよ、鉄管長屋で待っているんだ」

「鉄管長屋って?」

「お前、知らねえのかい。爺さんはちょくちょく鉄管長屋へ遊びに来るんだぜ。ほら、あすこにはウントコサ転がっている水道の鉄管のことさ。俺なんかも、その鉄管長屋に古く住んでいるんだよ」

ルンペンどもが、水道用の大鉄管を塒にしていることは周知の事実だ。すると、恩田父子はその鉄管の中を、一時の隠れ家にしているというわけであろうか。

そんな話を取りかわすうちに、車は芝浦の闇にさしかかっていた。

「どこへ行くんですよ。もうこの先には町がないんですが」

運転手がげげん顔に尋ねるので、そこで車を降りることにした。

車を降りて、果しもない暗闇のなかへさまよい出した。さすがにルンペンは慣れたもので、見えぬ道をグングンと先に立って歩いて行く。目が慣れるに従って、曇った空がだんだんほの白く見えて来る。そのおぼろな反射光(はんしゃこう)が、地上のものを、うっすらと墨絵のように浮き上がらせている。

「ここだよ、今爺さんを探すからね」

ルンペンの言葉に瞳(ひとみ)を凝らすと、これはまあなんというおびただしい鉄管の行列であろう。黒い地上にとり別(わ)けて真っ黒に見える巨大な円筒が、眼路(めじ)の限り、遥かの彼方(かなた)までギッシリと並んでいるのだ。

「オーイ、爺さんいねえか。今帰ったよう」

ルンペンが大声に怒鳴ると、たちまち地上の各所から「やかましい」「静かにしろ」などと云う叱り声が湧くように起こった。まったく人気(ひとけ)もないように見えた鉄管の中に、おびただしい住民が、一日の休息を取っているのだ。なるほど安眠妨害に違いない。

だが、無神経なルンペンは、又しても大きな声を立てる。

「オーイ、爺さん、いねえかよう」

するど、どこか地の底の方から、かすかに、かすかに、

「オーイ」

という返事が聞こえて来た。

「どうもだいぶ奥の方らしいぜ。お前頭をぶッつけねえように用心しなよ。俺の後からついてお出でよ」

案内のルンペンはそう云って、一つの鉄管の中へもぐり込んで行く。明智も仕方なく、四つん這いになって、そのあとからゴソゴソとついて行った。冷たい鉄の匂いがする。

長い鉄管を一つ出抜けると、すぐに又別の鉄管の口があいている。それを幾つも幾つも這い進むうちに、実に困ったことが起こってしまった。明智はいつの間にか案内者を見失ったのだ。いや、何も見えないまっ暗な中だから、見失ったのではなくて、気配を感じなくなってしまったのだ。

「オイ、どこにいるんだ」

小さな声で呼んでみても、自分の声が鉄管に谺するばかりで、返事がない。難儀なことには、ルンペンの名前を聞いておくのを忘れた。呼ぼうにも呼びようがないのだ。さすがの名探偵も、鉄管長屋というものが、これほど奇妙な場所だとは知らな

かった。

耳をすますと、どっか遠くの方から鼾(いびき)の声が聞こえて来る。無人の境ではない。人間がいる事はいるのだ。しかしもう方角がわからなくなってしまった。鉄管は必ずしも並行に列んでいるわけではないので、幾つも幾つもくぐり抜けているあいだには、迷路の中に迷い込んだのも同然になる。

そのうち、鉄管の口と口とのあいだに、少し広い隙間のある場所へ出たので、明智はそこの地面に立って、ニュッと鉄管の上に頭を出して見た。すると、驚いたことには、四方八方鉄管の海である、暗さは暗し、どの方角へ進んだら一ばん早く外の地面に出られるかも、ほとんど見当がつかない有様だ。

ともかく出鱈目(でたらめ)に見当をつけて、又ゴソゴソと這い出したが、しばらく行くと、なんとなく周囲がざわめき出したような感じがした。方々でボソボソと話し合う声が聞こえる。何事が起ったのか、聞き耳を立てると、ややはっきりした声が聞こえて来た。

「オイ、こん中に人間豹が逃げ込んでいるんだってよ」

「人間豹てなんだい」

「お前(めえ)知らねえのか。この頃、世間で騒いでいる大悪党だよ。江川蘭子を殺した恐ろしいけだものだよ」

そんなことがかすれかすれに聞こえて来た。

まだ明智はその恐ろしい意味をはっきりと悟らなかった。

「人間豹がいるなんてばかなことがあるもんか。あいつはちゃんと捕縛されているのじゃないか」

迂闊にもそんなことを考えていた。

そのうちに鉄管人種の騒ぎはだんだん大きくなって行くように見えた。あっちでもこっちでも怒鳴り声が響きはじめた。

「オーイ、みんな起きろよう。こん中へ人間豹が逃げ込んだってよう」

「人殺しがいるんだってよう」

それらの声々が、鉄管に谺して、物凄く響きわたった。

明智はやっと、彼の恐ろしい立場を了解した。

「人間豹はほかにいるんじゃない。この俺が人間豹だった。若しこの中に恩田の人相風体を知っているやつがいたら、たちまち俺が人間豹にされてしまうに違いない」

実になんとも形容の出来ない困惑であった。急に顔のメーク・アップを落とそうとしたって、油か、せめて水がなければどうなるものでもない。

「こいつは大変なことになってしまったわい」

もうこの上は、捕物など断念して逃げ出すほかに思案はない。彼は、人声から遠ざかるように、遠ざかるようにと注意しながら、鉄管から鉄管へと、無茶苦茶に這い出した。

すると、たちまち恐ろしい障害物にぶッつかってしまった。

「アッ、痛え、誰だ、誰だ」

明智と鉢合わせした男が、相手の胡散くさい態度に気づいて、大声にわめき出した。

「オーイ、みんな、ここにいたぞオ。人間豹の野郎がここにいたぞオ」

明智は物も云わず大急ぎで反対の方へ逃げ出した。だがそれが一そう事態を悪化させる結果となった。逃げるからにはテッキリ人間豹に違いないという確信を与えてしまった。

「逃げた、逃げた。吉公、お前の方へ逃げたぞ。とっつかまえろッ」

かようにして、鉄管迷路のめくら滅法な鬼ごっこが始まった。逃げた、逃げた、汗びっしょりになって逃げまどった。

明智はこんな変てこな立場は、生れて初めてであった。追われるものの心持がつくづくわかったような気がした。

逃げに逃げて、ヒョイと気がつくと、ああ助かった。とうとう鉄管の迷路を抜け出すことが出来たのだ。もう目の前にはなんの障害物もない。一面の黒い広っぱだ。

ホッとして、ノコノコそこを這い出した途端、彼の耳元で、

「ワーッ」

という喊声が上がった。ハッとして首をすくめながら、外の様子を窺うと、助かったと思ったのは、束の間の空頼みであったことがわかった。ルンペンどもは前もって明智の逃げ道を察し、そこの出口に一とかたまりになって、手に手に得物を持って待ち構えていたのである。

明智は咄嗟にその気配を察して、すばやく首を引っ込めると、元来た方角へ逃げはじめた。だが、行く手にも無数の敵が待ち構えている。一つの鉄管を駈け抜ける度に、次に這い込む鉄管を、用心深く選択しなければならなかった。

「はてナ、こいつはどうも変だぞ。このルンペンどもの執拗さはどうだ。何かあるんだな。ああ、若しかしたら……」

明智は暗い鉄管の中を急ぎながら、ヒョイとそこへ気がついた。

どうかして、恩田老人が明智の正体を看破したのかも知れない。そこで、老人自身は身を隠しながら、ルンペンどもを使嗾して、反対に探偵を苦しめようとしているのかも知れない。それには、明智が獣人恩田に変装しているのが勿怪の幸いではないか。

「面白い。そういう事なら、何をノメノメこんな奴らに捕まるものか」

明智はかえって勇気百倍した。「魔術には魔術をもって」一つ鼻をあかしてやろうと考えた。

彼は逃げるのをやめて、鉄管のまん中にうずくまった。そして、背後から近寄る足音に聞き耳を立てた。

来る、来る。荒い呼吸が聞こえる。コンコンと鉄管の壁に当たる物音。敵は二、三人の様子だ。

「オイ、確かにこっちへ逃げたぜ」

「構わねえ、まっ直ぐに行って見ろ」

シュウシュウという囁き声だ。

先頭の黒い影が、ムクムク動いて来る。そして、三尺ほどの距離になった時、ハッと明智の影に気づいて身構えした様子だ。

「誰だッ、そこにいるのは？」

少々おびえたような掛け声である。

明智は黙っていた。黙ったまま、右手の握り拳をかためて、相手の胸板とおぼしきあたりに狙いを定めていた。

「返事をしねえな。さては貴様だな。オイ、やッつけろ」

黒い影が風のように飛びかかって来た。

待ち構えていた明智の拳骨が、ハッシとばかり相手の胸を撃った。倒れる相手にのしかかっていった。

「オイ、押さえたぞ。確かに人間豹だ。手を貸してくれ。おれアみんなを呼び集めるからな」

そうルンペンめかして叫んだのは明智小五郎自身であった。彼が押さえているのは、咄嗟の当身(あてみ)に目を廻した先頭のルンペンだ。それとも知らぬあとの二人は、声に応じて、彼らの仲間の上に飛びかかった。二人がかりで押さえつけた。

「よし、ここは引受けた。早くみんなを呼びねえ」

云われるまでもない。明智は鉄管と鉄管との隙間に立ち上がって、大声にわめき立てた。

「オーイ、捕まえたぞオ、人間豹を捕まえたぞオ……」

そして、二つ三つ鉄管を潜(くぐ)り抜けると、別の隙間に立って、同じように叫び、又その次の隙間へと、仲間を呼び集めるふうを装いながら、だんだんと鉄管の列の端へと遠ざかって行った。

ルンペンどもは明智の闇の中の声に指図されて、あとからあとから、捕物のあった鉄管へと急ぐのだ。そして、明智がソッと外の広っぱへ這い出した時には、もうその辺に敵の影さえなかった。

明智はともかくも闇の中を市街の方に急ぎながら、ルンペンたちの不思議な襲撃について、その奥に潜んでいる意味について、烈しく思考力を働かせた。

ルンペンたちの中に、たとい恩田を見知っていたものがあったとしても、あの暗闇の中で、それと気のつくはずはない。すると、人間豹の姿をした明智が鉄管の中へ潜り込んだのを知るものは、彼をここに案内した低能児みたいなルンペンと、それから彼に手紙を書いた恩田の父親の二人のほかにはないわけである。

だが、恩田老人にせよ、低能児ルンペンにせよ、味方の秘密を暴露するわけがない。ルンペンどもを使嗾して彼を襲撃させる理由がない。

それにしてもおかしいのは、恩田老人がわが子を呼び寄せておきながら、まったく姿を現わさなかったことだ。いや、そればかりか、わが子が襲撃を受けてあの窮地に立っているのに、まるで救助の気配さえも見せなかったことだ。明智にしては、なんとなく恩田老人に一杯喰わされたような感じがするではないか。そういう奇妙な感じを与えるところに、何か深い意味があるのではないか。

若し恩田老人が、明智の変装を気づいたとしたら……呼び寄せの手紙に従ってやって来たのが、わが子ではなくて、わが子に変装した探偵だと悟ったとしたら……。

そうだ。それに違いない。そう考えれば、すべての謎が解けるのだ。変装と知りながら、それを真実の殺人鬼恩田として、正義心の強いルンペンどもの前に投げ与えるとは、なんという皮肉な報復手段であろう。明智は敵を翻弄(ほんろう)している気で、実は敵のために翻弄されたのではないか。如何にも怪老人の考えつきそうな「魔術」ではなかったか。

いや、待てよ。どうもまだ腑(ふ)に落ちないところがある。いったい、会いもしない老人が、どうして明智の変装を看破することが出来たのであろう。それでは、あの低能児みたいなルンペンが曲者かしら。……そんなはずはない。あれだけのあいだ、自動車に肩を並べていて、それを見破り得ないほど愚かな明智ではない。

暗闇の広っぱを横ぎりながら、あれかこれかと思いめぐらすうちに、やがて、ある恐ろしい考えが、火花のように明智の頭に閃(ひらめ)いた。

「アッ、そうだったのか」

明智は思わず声を出して呟いたほど、激しいショックを受けた。

「すると、すると、ああ、……俺はとんでもないことをした。だが、なんという悪魔の智恵だ」

さすがの名探偵も、ある恐ろしい幻影に戦慄しないではいられなかった。

「もう間に合わぬかも知れない。だが、間に合わぬにもせよ、手を尽すだけは尽して見なければ」

彼はやにわに、闇の中を、石塊道につまずきながら、飛ぶように駈け出した。市街を目ざして鉄砲玉みたいに走り出した。

広いコンクリートの橋を越すと、もうそこには人家があった。やがて、廃墟のような深夜の電車軌道。その四つ辻にポツンと公衆電話が建っている。彼はそのドアを引きちぎるようにして、ボックスにはいると、ポケットの小銭を探りながら、いきなり受話器をはずした。

裏の裏

一方明智探偵事務所では、明智が人間豹に変装して、自動車に文代さんの身代わり人形を乗せて出発すると、事件依頼者の神谷青年も一と先ず自宅に引き上げて行ったので、あとには明智夫人の文代さんと助手の小林少年と女中の三人きりであった。

文代さんは小林少年に表裏の戸締りを厳重にするように命じておいて、自分は二階の寝室へとじこもり、内側から鍵をかけて万一の用心をしていた。ベッドの枕元の小卓には、丸をこめた拳銃さえ用意してあった。

異様に緊張した長い長い夜であった。主人の思い切った計略はうまく図に当たるであろうか。若しや失敗するようなことはないだろうか。恩田ばかりでなく、その父親までも一と晩のうちに捉えようなんて、あんまり欲ばってはいないかしら。明智の手腕を信じきっている文代さんではあったが、さすがに案じないではいられなかった。

夜の十時頃、出先の明智から電話があって、小林少年が電話口に出ると、「恩田は首尾よく捕えたから安心せよ。これから父親の方を捜索に出かける。少し遅くなるかも知れない」ということであった。電話が非常に遠くて、よく聞き取れないほど低い声であったが、小林少年は別に疑うこともなく、それを二階の文代さんのところへ取次いだ。

ところが、ちょうどその電話のベルが鳴った時には、読者も知るように、当の明智小五郎は、人間豹になりすまして、すぐ事務所の前の暗い道を往ったり来たりしていたのだ。それは云うまでもなく偽電話であった。だが、何者がなんのために、そんないたずらをしたのであろう。このいたずらの奥には、どのような恐ろしい意味が隠されていたのであろう。

それはともかく、また一時間ほどたった時、玄関のベルがけたたましく鳴り響いた。この夜更けにお客様があるわけはない。先生がお帰りに違いないと思うと、小林少年は飛ぶように玄関に駈けつけてドアを開いた。

そこに立っていたのは、果して明智探偵であった。だが、これはまあなんという変てこな風体であろう。出かけて行った時そのままの、醜悪な人獣のメーク・アップ、薄黒く塗って隈(くま)をつけた骨ばった顔、真っ赤な唇、牙のような入歯を含んだ恐ろしい口。その異様な風体の上に、小脇には一人の洋装の女がグッタリと抱えられている。

小林少年はそれを見ると、ハッとして思わず逃げ腰になったが、よく考えて見れば、実はなんでもないことであった。明智が抱えているのは、生きた人間ではない。恩田を捕えるために囮(おとり)に使ったマネキン人形に過ぎないのだ。

「お帰りなさい」

小林少年は丁寧に主人を迎えた。

「この人形をね、さいぜんの木箱の中へ入れておいてくれたまえ。あとから人形屋が取りに来るんだからね」

明智は小林に人形を渡すと、靴を脱いで上に上がった。

人形の木箱は、暗い廊下の突き当たりに置いてある。小林がエッチラオッチラ、マネキンを運んで、その木箱のところへ行くうしろ姿を、明智はなぜかじっと眺めていたが、やがてツカツカとそのあとを追って行って、うしろから少年に抱きつくような恰好をしたかと思うと、そこのドアを開いて、女中部屋へはいっていった。

探偵はいったい何のために、そんな真似をしたのか。実に奇妙なことであったが、しばらくすると、彼は一人で女中部屋を出て、二階の寝室へ上がって行った。

「あら、お帰りなさい」

階段の上で、パッタリと文代さんに出会った。彼女は主人の帰宅らしい様子なので、とじこもっていた寝室をあけて、お迎えのために今下へ降りようとしていたところであった。

明智は「ああ」と答えたまま、先に立って寝室にはいって行った。

「小林も誰もいませんでして？」

文代さんはけげん顔に尋ねる。

「いや、小林には少し用事を云いつけたんだよ。いいからここへ来たまえ」

変装用の入歯のために、明智の声はまるで別人のように聞こえた。

「いやですわ、そんな恐ろしい姿で。早く顔をお洗いなさるといいわ」

「いや、それどころじゃない。ともかく部屋へはいりたまえ。君に話があるんだ」

そして、二人は寝室へはいった。寝室と云っても、そこは文代さんの居間と兼用になっているので、部屋をカーテンで仕切って、一方にベッド、一方にはデスク、テーブル、化粧鏡、数脚の椅子などが整然と列(なら)んでいた。それをデスクの上の卓上燈が、薄ぼんやりと照らし出している。

「いや、そのままでいい。暗い方がいいんだ」

文代さんが、壁のスイッチを押して天井の電燈をつけようとすると、明智はなぜかそれを止めて、大きな肘掛椅子に腰をおろした。文代さんはそれに相対して、小型の椅子につく。

「お疲れなすったでしょう。でも、人間豹の身代わりがうまくいきましたのね」

文代さんが、大胆不敵な計略を讃美するように云った。

「ウン、僕が運転台を飛び降りて、やつの前に現われた時は、実に痛快だった。そっくりそのままの人間豹が二匹、顔と顔とを見合わせたんだからね」

明智は、シェードの蔭になった醜怪な人間豹の顔で、ニタニタと笑った。

「驚きましたでしょう」

「ウン、みじめな顔をしたぜ。それに、僕のピストルが狙いを定めているので、奴(やっこ)さん手も足も出ないのだ。そのまま合図をして、待ち伏せていた刑事たちに引き渡したんだがね」

「じゃ、今頃は警視庁の地下室でうめいていますわね」

「君はそう思うかい」

明智が変な云い方をした。

「でも、そうとしか――」

「ウフフ……ところが、そうじゃないんだよ。君に話したいというのは、そのことなのさ。実はね、恩田は逃げたのだよ」

「まあ……」

文代さんの美しい顔が、ギョッとしたように話し手を見つめた。

「恩田はね、高手小手(たかてこて)に縛られ、五人の刑事に守られて、あの自動車で、警視庁へ、連れて行かれるところだったのさ。しかし、警官の捕縄は、少なくとも人間豹には、少し弱すぎたんだね。恩田が両腕に力をこめて、ウンとやると、プッツリ切れちまった。それは自動車が貯水池の横の淋しい場所にさしかかった時だったがね。刑事たち驚くまいことか、「アッ」と云って飛びかかって来たが、自由になった人間豹に、五人だろうが六人だろうが、敵いっこはないからね。それに奴さんたち、悲しいことに飛び道具を持っていなかった。そこで、刑事たちは散々な目に遭って、一人残らず自動車からほうり出されてしまったんだよ」

「じゃ、恩田は、その自動車を操縦して逃げましたのね」

「そうだよ。実にいい心持で逃げ出したのだよ」

「でも、その時、あなたは、どこにいらっしゃいましたの？」

「僕？　つまり明智小五郎だね。その僕は森の中で恩田を刑事たちに引き渡すと、今度は恩田の父親を探しに出掛けたというわけさ」

文代さんは、妙な顔をして、マジマジと話し手を見つめた。入歯のせいとはいえ、今夜の明智は、なんだか他人のように見えて仕方がなかった。それに、この変てこな話しぶりはどうしたのであろう。

「つまり明智小五郎だね」なんて、いつもはこんな気障な云い方をする人ではないのだが。

「それから、恩田の方はどうしたかというとね」明智はなかなか饒舌であった。「その自動車でもって、芝浦へ走ったのだよ。芝浦の水道鉄管置場に、恩田のお父さんが待ち受けていようという寸法なのさ。そこで、親子が相談の上、一人のルンペンに手紙を持たせて、明智の――つまり僕のだね。僕のいる所へよこしたのだ」

「まあ、それじゃあなたは、……」

「僕はその時この家の前をぶらついていたんだよ。そうしていれば、きっと恩田の父親が探しに来ると思ってね。僕が恩田に変装して、やつの身代わりを勤めていたんだからね。ところがおかしいじゃないか。恩田の方ではこの計略をちゃんと知っていたんだ。恩田を捕えた時、僕がつい口をすべらせたもんだからね」

「……」

文代さんはもう合槌をうつことが出来なかった。何かしらえたいの知れぬ恐怖が、背筋に迫って来るようで、身動きも出来なかった。

「で、僕はルンペンの案内で、芝浦埋立地へ出かけて行った。明智のやつ、今頃は恐らく、あの鉄管の中でルンペンどもの虜になっていることだろうよ。なぜって、あすこには、鉄管を塒にして二、三十人も、ルンペンがいるんだからね。そいつが人間豹を見つけたら、ただではおくまいからね」

話し手は、そこで又醜怪な顔をニュッと突き出して、薄気味わるくウフフフフと笑った。

「誰です。あなたは誰です」

文代さんは、まっさおになって、この奇怪な人物を凝視した。誰ですと聞くまでもない。これが明智自身ではないとすれば、もう一人のやつにきまっているのだ。人間豹恩田にきまっているのだ。

「フフフフ、誰でもない、君の亭主だよ。君の可愛い亭主だよ」

彼はふてぶてしく云いながら、ノッソリ立ち上がって、文代さんに近づいて来た。ああどうして今までそれに気づかなかったのであろう。明智の変装なれば、こんなに目が光るはずはない。怪物の両眼はまるで青い焔のように燃えているではないか。彼の情慾につれて、その火焔が刻一刻燃え熾って行くではないか。

文代さんは、痺れたようになった身体から、最後の力をふりしぼって、サッと立ち上がると、悪魔の手の下を潜り抜け、廊下へ飛び出して行った。

「小林さーん、誰か、早く来て……」

だが、不思議なことに、家の中は森と静まり返って、誰も答えるものはなかった。

「小林？　ああ、あの小僧かね。女中部屋にいるんだよ。僕が連れて行って上げよう」

怪物は、すばやく文代さんのあとを追って、恐ろしい力で彼女を抱きしめたまま、無理やり階段を降りて行った。

「さア、見るがいい。小林も女中も、あの態だ。よくお寝みになっているんだよ」

彼は女中部屋のドアをあけて、文代さんに中を覗かせた。見れば、彼の云う通り、二人のものは、床の上に長々と、気を失って倒れている。むろん悪魔の麻酔剤の効果である。

文代さんは叫ぼうとした。叫んで近隣の救いを求めようとした。だが、いつの間にか、彼女は、唖になっていたのだ。怪物の手の平が、ギュッと鼻口を覆って、呼吸さえ思うようには出来なかった。

「コレコレ、そんなにジタバタするんじゃない。いい子だからね。今に楽にして上げるからね」

恩田は文代さんをしめつけたまま、まるで人形でもあつかうように自由自在にした。

「君はお人形さんになるんだよ。ほら、ここにちょうど人形箱が置いてある。この中へ、今度は君がお人形さんの身代わりになってはいるのだよ。すると、僕が二階の窓から合図をする。その合図に従って運送屋がこの箱を受け取りに来るんだよ。運送屋というのは、つまり、僕の手下なんだがね。それからトラックでもって、運ぶ先は、さアどこだろうね、当てて見るがいい」

恩田はもう有頂天になって、喋り散らした。目的物を獲得した嬉しさと、獲得の手段のすばらしさに夢中になっていた。仇敵明智探偵が智恵をしぼって用意したカラクリを、すっかりそのまま逆に利用してやるのだ。明智の変装も、マネキン人形も、その木箱さえも。なんとまあ素敵な報復手段であろう。

文代さんは気絶するほど弱い女ではなかった。それだけに、この侮辱が一倍激しく心を打った。何とも云えぬ嫌悪の情にガクガクと身内の震えるのをどうすることも出来なかった。

けだものの体臭、けだものの呼吸、けだものの筋力。彼女は真実の豹を感じた。彼女の顔の上に猛獣の顔があった。爛々と青光りする目が、ヌメヌメした赤い唇が、そのあいだから覗いている鋭い牙が、びっくりするほど大写しになって、一、二寸の距離に迫っていた。

彼女はその赤い唇が、トンネルみたいにパックリと開くのを見た。すると、暗いトンネルの中から巨大な舌がペロリと現われた。ああ、その舌。彼女はまざまざと見た。そのドス黒い舌の表面に、まるで針の山のような鋭い突起物が、一面に生え茂って、それが舌の運動につれて、風にざわめく葦に似て、サーッサーッとなびくのを。

黒い糸

薄暗い廊下の隅に棺桶みたいな大きな木箱が置いてある。明智が恩田を欺くために買い入れた例の等身大の人形の箱だ。その中に、今は人形ではなくて、麻酔剤に正気を失った美しい文代さんが、横たわっている。

人間豹は、木箱の蓋をその上からソロソロとかぶせながら、舌なめずりをして、独り言のように呟くのだ。

「ウフフ――そうしていると、君はまるで人形そっくりだね。美しい人形め。ちっとばかり窮屈(きゅうくつ)だが、しばらく我慢するんだぜ。今にね、俺の家(うち)へ行ったら、お姫さまみたいに大事にして上げるからね。ウフフフフ」

そして、パタンと蓋をすると、箱のそばに散らかっていた縄を集めて、蓋の上からグルグルと巻きつけた。あとは表の暗闇に待っている二人の手下を呼び入れて、人形箱を担ぎ出すばかりだ。

恩田はその手下のものに合図をするため、玄関の方へ歩き出して、一、三歩も行かぬうちにハッと立ち止まった。空家のような家じゅうに響きわたるけたたましい電話のベルだ。

彼は思わず身構えをして、しばらく耳をすましていたが、電話とわかると、チェッと舌打ちして、そのまま歩き出そうとした。だが、やがて人間豹の醜い顔に狡猾な笑いが浮かんだ。燐光を放つ両眼が糸のように細くなって、赤い唇がニッとめくれ上がると、牙のように見える白い八重歯が、その隅からチラリと覗いた。

彼はその異様な表情のまま廻れ右をして、ツカツカと書斎へはいって行った。そして、そこの卓上電話を握ると、いきなり受話器をはずして、獣物のようにピクピク動く薄い耳たぶに当てがった。

（モシモシ、モシモシ、僕だよ、僕だよ。君は誰だい。小林君かい）

声といい、言葉使いといい、電話の主は、明智小五郎に違いなかった。それを知ると、恩田の両眼は何か快い音楽でも聞くように、更に更に細められていった。

（モシモシ、小林君じゃないのかい。急ぎの用事なんだ。何をグズグズしているんだい。それともそちらは明智事務所じゃないのですか）

明智探偵のイライラしている様子が目に見えるようだ。

「モシモシ、そうですよ。こちらは明智事務所ですよ。しかし、今小林君はちょっと差支えがあるんです」

恩田は作り声で答えた。愉快でたまらないという表情だ。

（小林じゃないとすると、君はいったいどなたです――）

「僕ですか。ご存知のものですよ。……よくご存知のものですよ」

（どなたですか。誰か家のものはいないでしょうか）

さすがの明智も電話の相手が人間豹とは気づかぬ様子である。

「ところが、どなたもいないのですよ」

（え、え、なんですって？ この夜更けに誰もいないって？）

「そうですよ。小林君は台所でね、女中さんと一緒にグッスリ寝込んでいて、いくら起こしても起きませんしね、奥さんは人形箱の中にはいってしまって、出てこないのですよ」

度胆を抜かれたように、明智の声がしばらく途絶えた。

「モシモシ、どうかなすったのですか。あなたは明智先生でしょうね」

恩田はドス黒い舌を出して、ペロペロと唇を舐めまわした。獣人得意の絶頂である。

（ハハハ、……君は恩田君だね。誰かと思ったよ。恩田君なればちょうど幸いだ。君の方の仕事はうまくいっているのかね）

突如として明智の声が快活になった。

「偉い！ さすがは明智先生だよ。びくともしないねえ。ところで、さっき君に捕えられた僕が、どうしてここにいるかわかるかね」

（護送の刑事諸君がドジを踏んだのさ。日本の警察は猛獣の捕物には慣れていないからね。お蔭で僕はとんだ目に遭うところだったぜ。君はなかなか頭もいいとみえるね。それとも親父さんの方かい）

「ウフフフ……咄嗟のあいだに、すっかり俺たちの陰謀を悟ってしまったね。偉いよ。だが、よく生きていられたねえ。芝浦でひどい目に遭わなかったかい」

（ひどい目に遭ったのは、どっかのルンペンだったよ。僕はそれを見物しただけさ。ハハハハハ）

「すると、君の方もウマク逃亡したんだねえ。お互いに無事でよかったねえ。ウフウフウフウフ」

そして、この稀代の殺人鬼と名探偵とは、電話口に声を揃えて、さも面白そうに笑い合うのであった。

「電話をかけて来るところを見ると、君は遠方だね。芝浦附近だろう」

人間豹は赤いヌメヌメした唇を意地わるくヒン曲げて、一種異様なアクセントで揶揄した。

（そうだよ。芝浦の公衆電話だよ）

「ウフフフ……、俺は実に愉快だぜ、探偵さん。……君は今イライラして、額(ひたい)から脂汗を流しているねえ。見えるようだぜ。……そこで円タクを拾って、いくら急がせて見たって、ここまで二十分はかかるね。それとも警察へ電話をかけるかね。だが、お巡りさんたちが慌てふためいて、ボロ自動車を飛ばすとしても、あすこからは十分はかかるぜ。ところが、俺の方はと云うと、三十秒もあれば君の留守宅をおさらば出来るんだ。仕事はすっかり済ませてしまったからね」

(……)

「さっきも云った通り、君の雇い人たち、チンピラ探偵の小林と女中とは、台所の板の間で、仲よく寝ているし、君の奥さんは、ほら、例の人形の箱ね、あの箱の中でスヤスヤおやすみなんだよ。表には俺のトラックが待ち構えている。そこへ箱詰めの文代さんを積んで、おさらばしようってわけなのさ。君にはちっとばかりお気の毒だが、美しい奥さんとも今夜限り永(なが)の別れだねえ」

(君は僕の探偵としての力を軽蔑(けいべつ)しているようだね)

明智の声はひどく落ちつき払って、少しも困惑の調子を帯びていなかった。

「ウン、軽蔑しているよ。探偵のくせに大事な奥さんを盗まれるなんて、軽蔑してもいいと思うよ」

（ところが、そんなことは出来っこないのだ。君は夢を見ているんだ。君は僕のほんとうの力を知らないのだよ）

電話の声に何かしら確信に満ちた威厳のようなものが感じられた。何かしら恩田をギョッとさせるような調子があった。

「ウフフフフ、君はまだ、負け惜しみを云っているんだね。そんな遠吠えなんぞ、なんの役にも立ちやしないよ」

（ねえ、君。君は僕がなぜいつまでも、こんな無駄口をたたいているかわかるかね。……ばかに落ちついているじゃないか。今女房を盗まれようとしている男とは見えんじゃないか。……君、怖くはないのかい。僕が今何を考えているか、君にはわかるまいね）

「畜生ッ、さては貴様、ここへ電話をかける前に何か細工をしたんだな。警察か。警察へ電話がかけてあるのか」

（ハハハハ……どうだい、少し怖くなったろう。警察かも知れない。もっと別の事かも知れない。いずれにしても、君は僕の最後の罠にはまったのだよ。ハハハハハ、君たいへん気に掛けているようだね。息遣いがここまで聞こえるよ）

「黙れ。黙れ。貴様なんかのおどかしにのる俺じゃないぞ」

(まあ聞きたまえ。怒ったって仕様がないよ。僕はね、こうして君と愉快に話している間に、君たち親子の巣窟をつきとめたも同然なんだよ。黒い糸がね、目にも見えない黒い糸がね。蜘蛛の巣のように君の身体にからみついて離れないのだよ。どこまでも、君の行く所までその糸がつながって行くのだよ)

恩田はそれを聞くと、変な顔をして思わず身のまわりをキョロキョロと見まわした。ほんとうに、そんな蜘蛛の糸が、どこか天井の隅からスーッと降りて来て、彼の身体にクルクルまきついているような、異様に不気味な感じに襲われはじめた。

「もうこの上貴様の世迷言を聞いている隙はない。じゃアバヨ。奥さんは確かに頂戴したぜ」

(まあ待ちたまえ。ハハハハハ、そう慌てなくってもいいじゃないか。ハハハハハ、まだ話があるんだよ。どっさり話があるんだよ。ハハハハハ)

ガチャンと受話器をかけてしまっても、探偵の不気味な笑い声が耳について離れなかった。彼は目に見えぬ妖魔を払いのけるように、ブルンと一つ身震いして立ち上がった。

「ヘヘン、怪談なんぞに怖がると思っているのかい」

鋭い目がまたはげしい燐光を放ち始めた。彼は野獣の歩き方で廊下へ出た。すると、たちまち、何かしら小さな影のようなものが、スーッと廊下の向こうに消えるのが感じられた。電燈は一つ折れ曲った玄関の方についているだけなので、そのあたりはひどく薄暗いのだが、その薄闇の中を何かえたいの知れない形のものが、通り魔のように過ぎ去ったのである。

人間のようでもあった。またそうでないようにも思われた。影法師かも知れなかった。玄関の電燈の下を誰かが通って、その影が映ったのではないかと、大急ぎで曲り角から覗いて見たが、人の気配はない。何か大きな蝙蝠のようなものが、廊下の床をスレスレに飛び去った感じであった。

恩田は慌てないではいられなかった。怪談を怖がったわけではない。身辺の危険を感じたのだ。その影法師が凶事の前兆のような気がしたのだ。もうこの家のまわりは警官によって取り囲まれているのかも知れない。そいつらの影が廊下まで感じられたのかも知れない。

彼は獲物に忍びよる豹の静かさで、玄関の土間に飛び降りると、入口のドアを用心深く細目に開いて、青く光る目で、外の闇を入念に見まわした。だが、ホッとしたことには、植込みにも、門前の道路にも、なんの怪しい気配も見えぬ。そこで、彼は合図の口笛を、二た声低く吹き鳴らした。

間もなく門の方から、二つの黒い人影が、ノソノソとはいって来た。運送屋の人夫といった風体である。

「表は大丈夫だろうね。誰も来やしなかっただろうね」

恩田が囁き声で尋ねる。

「猫の子一匹通りゃしねえ。ひどく陰気な町ですねえ。いくら夜半だと云って、この淋しさはどうだ」

「オイ、念のために、あの事を云っておこうじゃねえか」

一人の男が、何か意味ありげに囁く。

「こいつ、また始めやがった。お前の気のせいだっていうのに、臆病な野郎じゃねえか」

「オイオイ、何をボソボソ云ってるんだ。何かあったのか」

恩田がきめつけると、臆病者といわれた男が、あたりの闇をキョロキョロ見まわしながら、変なことを報告した。

「なんだか小さい影みたいなものが、トラックのまわりをウロウロしていやがった。まったく小っぽけなやつでね。小人島の影法師みてえな、なんだかこうゾーッとするような、いやな物でしたよ」

「親方、気にしちゃいけねえ。この野郎今夜はどうかしているんだ。それよりも、早く荷物を運び出そうじゃありませんか」

この人夫体の二人は、前科者の朦朧運転手なのだが、大方何か犯罪がかったこととは知りながら、莫大な謝礼金に目がくらんで、一夜かぎりの恩田の手下に雇われているのであった。

「ウン、早くしてくれ。荷物はこの廊下にあるんだ。少し重い代物だよ」

恩田は先に立って人形箱に近づいた。

「これだ、余り手荒くしないように、貴重品だからね」

「おやおや、まるで棺桶みてえですね」

「人形箱だよ、大切な人形がはいっているんだ。さア、早く運んでくれ」

二人の男が、木箱を持ち上げている隙に、恩田はソッと台所のドアを開いて覗いて見た。少しも異状はない。小林少年も女中も、さいぜんと同じ姿でグッタリと眠っている。小林少年が抱いて来た、文代さんそっくりのマネキン人形は、胴体を二つに折り曲げて、調理台の下へ首を突っ込んで転がっている。

それを見届けておいて、彼は人形箱を運んで行く二人の男を監視しながら、門外へと出て行った。そこの闇にヘッドライトを消した一台のトラックが停っている。荷物をのせてしまうと、二人の男は運転台についた。恩田は人形箱と一緒に無蓋(むがい)の箱の中にうずくまった。エンジンが深夜の屋敷町にけたたましく響き渡ったかと思うと、この異様な誘拐自動車は、たちまち明智探偵事務所の門前を遠ざかって行った。

結局何事もなかったのだ。警官たちは間に合わなかったのだ。ただ、ちょっと気になるのは、廊下をさまよい、トラックのまわりをうろついたという、例の怪しい影法師であったが、それもこうして車が走り出してしまえばなんの事もない。若しやその辺に影法師がぶら下がっているのではないかと念入りにトラックのまわりを検(しら)べて見たが、むろん何物も発見されなかった。恩田はやっと安堵を感じた。とうとう俺が勝ったぞ。美しい文代さんは完全に俺のものになったぞ。彼は揺れるトラックの上で、いとしい人形箱によりかかりながら、豹の目を細め、豹の口をだらしなく開いて、ゾッとするような獣類の笑いを笑うのであった。

するとさっきの明智の電話は、単なるおどかしに過ぎなかったのであろうか。名探偵は一個の怪談師になり下がってしまったのであろうか。いやいや、そうではない。そうでない証拠があるのだ。さいぜん明智は、「黒い糸」のことを云った。「黒い糸」が恩田にからみついて離れぬと云った。その黒い糸のようなものが、見よ、今恩田のトラックの尾端(びたん)から、闇夜の道路に細々(ほそぼそ)と筋を引いているではないか。赤いテイルライトの下あたりから、蜘蛛の糸のように絶え間なく地面に繰り出されているものがあるではないか。

だが、車上の恩田はむろんそれを知らなかった。またたとい車を降りてその部分に目をやったとしても、闇夜の中の、あるとしもなき一と筋の蜘蛛の糸を、いかな豹の目とて、到底見分けることは出来なかったに違いない。それほど細く、それほど黒く、何かしら曖昧な、不気味な、魔性の糸であった。

悪魔のトラックは、なるべく淋しい住宅街をえらんで、深夜の東京を北へ北へと走った。われわれはしばらく姿なき目となって、闇の空中を飛行しながら、適度の間隔を取って、この怪トラックの跡をつけて見ることにしよう。五分、十分、二十分、車は何事もなく走りつづけた。恩田は人形箱にもたれかかったまま、一つの黒い塊のように身動きもしない。深夜と云っても、時たますれ違う人がある。だが、彼らはこの一見なんの変てつもないトラックを怪しむようなことはなかった。赤い電燈の交番の前も幾つとなく過ぎたけれど、お巡りさんたちは、目の前を恐ろしい殺人自動車が通るのも知らないで、皆そっぽを向いていた。やがて、車が九段に近い淋しい濠端を走っていた時、われわれの姿なき目は、前方の車上に、実に恐ろしい椿事を目撃したのである。

恩田の黒い姿が車上に中腰になって、しきりと手を動かしはじめた。いったい何をしているのだろう。少し目を近づけて見よう。車とのあいだが三間ほどになるように。……すると、ああわかった。彼は待ちきれなくなったのだ。箱の中の恋人に会いたくなったのだ。彼は人形箱の縄を解いてしまった。蓋をあけて中を覗き込んでいる。長いあいだ覗き込んでいる。

おや、何をしようというのだ。人間豹は箱の中から気を失っている文代さんを抱き起こしたばかりではない。文代さんを小脇に抱えてスックとばかり立ち上がった。矢のように走る車の上に立ちはだかった人間豹の精悍な黒い影と、その腰のあたりにグッタリとぶら下がっている文代さんの白い姿が、明暗二色に浮かび上がった。

するとたちまち、実に恐ろしいことが起こった。猛獣がその野性を暴露したのか。それとも彼は気が違ってしまったのであろうか。文代さんの首が飴でもあるようにスーッと伸びたかと感じられた。

かつての夜、猛犬の上顎と下顎に手をかけて、二つに引き裂いたばか力が、今、彼女の首を引きちぎったのだ。

奇怪な幻か悪魔のような光景であった。ハッと見る間に、白い流星が闇の空に孤を描いて飛んだ。恩田は引きちぎった首を、悪魔の国の鞠投げのように、いきなり車の外へほうり出したのだ。

野獣は口から泡を吹いて怒り狂っていた。物凄い唸り声さえも聞こえて来た。彼は餌食をズタズタにしないではおかぬのだ。首の次には手が、足が、想像もつかない惨虐さで、次々と引きちぎられていった。そしてそれらの美しい八ツ裂き死体は、まるで大根かなんぞのように、無神経に、傍若無人に、いやむしろこれ見よがしに、闇の濠端へ投げ捨てられたのであった。

名犬シャーロック

警視庁捜査一課長恒川警視は、ちょうど寝入りばなを叩き起こされた。役所から帰って、坊やと遊んで、少しばかり読書をして、つい今しがた寝(しん)についたばかりであった。叩き起こしたのは明智小五郎である。彼は芝浦の公衆電話を飛び出すと、タクシーを拾って自宅に急ぐ途中、その道筋に当たる恒川氏の宅をおそって、人間豹逮捕の助力を乞わんとしたのであった。

恒川氏はむろん床(とこ)を蹴ってはね起きた。そして、この商売敵(しょうばいがたき)でもあり、親しい友達でもある民間探偵から、事の仔細(しさい)を聞き取ると、——彼は今宵(こよい)の明智の計画についてよく知っていたから、彼の醜怪な「人間豹」の変装には驚かなかった――直ぐさま本庁に電話をかけ、腕利きの刑事を選び、明智探偵事務所へ急行するように命じておいて、手早く制服を身につけると、そのまま明智のタクシーに同乗した。

「ア、ちょっと待ってくれたまえ。君の家のシャーロックも一緒に乗せて行こう。是非あいつが必要なんだ」

明智が、出発しようとする車をとめて叫んだ。

「よし。お前、シャーロックを連れておいで」

恒川氏は一と言も反問しないで、明智の云うがままにした。この名探偵が必要だと云えば、必要にきまっているのだ。間もなく恒川夫人手ずから一頭のシェパードを引き出して、車にのせた。名犬シャーロックは少しも騒がず、何かの予感に緊張の面持で、主人恒川警視の両膝のあいだにうずくまった。シャーロックは生まれつき嗅覚が鋭い上に、恒川氏の仕込みを受けて、その名にふさわしい探偵犬に仕上げられていた。これまでにも、警部を助けて手柄を立てたこと一再ではなかった。

「君は何か見込みをつけているのかい。シャーロックなど連れ出して」

車が走り出すと、恒川氏がやっとそれを尋ねた。

「ウン、この犬が役に立つか立たないか。それが僕の運命の岐れ道だ。若しシャーロックが不用だったら……、ああ、僕はそれが恐ろしいのだよ」

明智は名状出来ない焦慮の色を浮かべて、不安に耐えぬものの如くである。

「今も話す通り、電話ではあいつに大きな口をきいておいたけれど、僕は確実な信念があったわけではない。たった一つの空頼みなんだよ。ああ、あれがうまくやっていてさえくれたらなあ」

「あれって誰のことだい。伏兵を忍ばせておいたとでも云うのかね」

恒川氏は相手の意味を推しかねて聞き返した。

「ああ、三分間……いや二分間でもいい、せめて二分間あいつの息が続いてくれたらなあ。ねえ、恒川君、人間の息が二分以上続くと思うかね」

「変なことを云い出したね。君の癖だぜ。二分間ぐらい続く人間はいるさ。海女なんかその倍は続くかも知れない。だが、普通の都会人にはとても駄目だね。三十秒だって怪しいもんだ」

「そこが僕のつけ目なんだよ。その都会人の中に二分間も息の続くやつがいたらどうだろう。或る場合には大へん役に立つかも知れんじゃないか」

「君はそういう男を知っているのかい」

「ウン、知っているんだ。知っているんだ」

それきり名探偵は黙りこんでしまった。恒川氏も相手の癖を知っているので、深く尋ねようともしなかった。

間もなく、二人は明智探偵事務所の門前に車を捨てて、空家のように人気（ひとけ）のない屋内へはいって行った。

「シャーロックのやつ、ひどく逸（はや）っているぜ。やっぱり犯罪の匂いがわかるんだね」

恒川氏はそんなことを云いながら、愛犬を玄関の柱につないで靴を脱いだ。

明智は恒川氏を階下に待たせておいて、二階の部屋部屋を見まわって、空（むな）しく降りて来たが、そのあいだに警部は例の第六感というやつを働かせて、すばやくも廊下の奥の台所へ忍びよっていた。ドアを細目に開いて見ると、いるいる、小林少年、女中さん、それにマネキン人形までが、変な恰好で転がっている。

「オイ、君、ここだ、ここだ」

恒川氏の声に、明智も台所へはいって来た。

「おや、君、君、あすこにいるのは、奥さんじゃないか。奥さんは誘拐されやしなかったぜ」

彼は調理台の下へ首を突っ込んでいるマネキン人形を指さして、それを文代さんと思い込んでいる。

だが、明智はそれどころではなかった。倒れた小林少年の上にかがみ込んで、一生懸命にその顔を見つめている。何事かを念じるように、瞬きもせず見つめている。

するると、明智の念力は通じたのか、少年の目が細く開かれた。長い睫毛に覆われた細目と、明智の目とが、お互いに探り合うように見かわされた。普通なれば、そんなに手間取るわけはない、一目でわかるはずであった。だが、読者も知る通り、この時明智はまだ「人間豹」のメーク・アップを洗いおとしていなかったのだ。

「アッ、先生！」

とうとうそれがわかった。小林少年は叫びざまピョコンと立ち上がった。（おやおや、今まで気絶していた人間に、突然こんな活潑な動作が出来るものだろうか）

それを見ると、名探偵の不安にとざされていた頰にも、サッと喜びの色が上った。

「おお、小林君、よくやった。よくやった」

明智は立ち上がった少年に飛びついていって、感謝に堪えぬもののように、その肩を抱き、その手を握りしめた。

「まるで親子再会の場だね。いったいこれはどうしたわけなんだ」

恒川氏があっけにとられて尋ねる。

「いや、僕の予想が的中したんだよ。僕は決して嘘をつかなかった。喜んでくれたまえ、もう文代は無事だ。恩田を捕える見込みも立った。シャーロックは無駄にはならなかったよ」

明智は勝利に酔っているのだ。

「そいつは目出度い。だが奥さんが無事なことは、さっきからわかっているじゃないか。まさか殺されているんじゃないだろう」

恒川氏がじれったそうに、例のマネキン人形を指さす。

「ところが、僕はあれを人形と思い込んでいたのだよ。君も話に聞いているだろうが、僕は今夜文代の身代わり人形を使った、着物からなにからすっかり同じ人形なんだ。そいつが転がっているとしか考えられなかったのだよ。なぜって本物の文代は恩田が人形の箱へ入れて連れて行ったのだからね。しかし、小林君のこの様子では、あれはやっぱり人形じゃないね。ね、そうだろう」

少年を顧みると、彼はニコニコしながら、ガクンガクンと大きくうなずいて見せた。

はてナ、若しそうだとすると、どうも辻褄が合わなくなるぞ。恩田は確かに文代さんを人形箱に入れたではないか。それをトラックに積んで運び去ったではないか。しかも、九段の濠端で、その文代さんを、あのむごたらしい目に遭わせたではないか。もう文代さんは五体所を異にして最期をとげてしまったのだ。その人が今、明智邸の台所に寝ているなんて、まるで狐につままれたような話ではないか。

だが、そこに転がっていたのは、やっぱり人形ではなかった。何がどうあろうとも、本物の文代さんであった。まだ気を失っていたけれど、調理台の下から顔を引き出して検べるまでもなく、身体にさわって見れば、人形か人形でないかは、たちまちわかることであった。恒川氏と明智とは、そのグッタリとした文代さんを抱いて、とりあえず書斎の長椅子へと運んだ。ついでに女中さんのよく太った身体もそこの肱掛椅子の柔らかいクッションへ。

直ちに電話でお医者さんが呼ばれた。だが、文代さんはただ麻酔剤で眠っているばかりだ。さして心配することはない。それよりもこの際もっと大切なことがある。人間豹を捕えなければならないのだ。

「明智君、僕にはまだ事情がよくわからんが、これは小林君の手柄なのかい。それにしても……」

「そうだよ。この少年探偵さんの大手柄だよ。つまり、小林が僕の日頃の云いつけを、忠実に守ってくれたわけなのだ」

「すると、小林君、君が恩田の隙をうかがって、一度箱に入れられた文代さんを、また元の人形と入れ換えておいたとでもいうわけかい」

「ええ、そうです。でも、先生が恩田のやつをあんなに長く電話口へ惹きつけておいて下さらなかったら、とても出来なかったのです。僕は機会がないかと一生懸命待っていました。すると、うまいぐあいに先生から電話がかかって、先生の智恵で僕に仕事をする隙を与えて下すったのです。僕はあの電話を聞いて、先生は暗に僕に命令を下していらっしゃるんだなと感じたのです」

少年が林檎のような頬をかがやかせて、にこやかに説明した。

「だが待ちたまえ。むろん君もあいつに麻酔剤を嗅がされたんだろう。でなければ、あいつがそんな油断をするはずはないからね」

「ええ、ですけど、僕、息が強いんです。一所懸命になれば、二分以上息をつめていても平気なんです。いつも先生に、それを利用することを忘れるなって教えられていたもんですから、ガーゼで鼻と口をふさがれても、じっと息をつめて、気を失った真似をしてやったんです」

さすがの恩田もこの可憐な少年に、そんな大それた隠し芸があろうとは知らぬものだから、グッタリとなったのを見て、安心しきってしまったものであろう。

「ヘエ、君がね、驚いたもんだな。……ハハア、これだね、明智君、さいぜん君が謎みたいなことを云っていたのは」

「そうだよ。僕の勝敗はただその一点にかかっていたのだよ。……だが、小林君、君はもう一つのことを忘れやしなかっただろうね。ほら、昼間は白、夜は黒のアレを」

「ええ、うまく仕掛けました。むろん黒の方です。運転台にいた手下のやつが、なんだか怪しんでいたようですが、あの仕掛けには気づかなかったらしいです」

「恒川君、僕の発明品が役に立ったぜ」

「なんだか面白そうな話だね、いったいどんな発明なんだい。その昼間は白、夜は黒っていうのは」

警部が好奇の目をかがやかした。

「自動車尾行器とでも云うかね。自分で直接尾行出来ない場合、相手の行方をつきとめる仕掛けなんだ。車の番号票(ナンバー・プレート)なんてものは、替えようと思えばいつだって替えられるからね。それに番号はわかっていても、車の所在がなかなかつきとめられぬ場合がある。そこで僕の発明なんだが、それはね、クレオソート(注10)を一杯いれた大きなブリキ罐(かん)に、丈夫な取手をつけて、そいつを自動車の後尾の車体の下へちょっと、引っかけておきさえすればいいんだ。ブリキ罐の底には針で突いたほどの穴があいている。そこからポタリポタリと、大げさに云えば、細い糸のようになって、クレオソートが地面にしたたるという仕掛けなのだよ」

「そして、そのしたたったあとを、探偵犬につけさせようってわけだね。シャーロックの役目のほどがわかったよ。だが、白だの黒だのっていうのは？」

「昼間は色のないクレオソート、夜は光の反射をさけるために黒いクレオソート、つまりコールタールを使用するんだ。その二色の薬をつめたブリキ罐が、僕の家にはいつもちゃんと用意してあったのだよ。尾行というやつは余程手腕のいる仕事だからね。女子供にはむずかしい。そこで小林や文代などには、まさかの場合は危険を冒さないで、この道具を使うように云い含めてあるんだ。今夜の場合などは、殊に適切だったよ。小林の機転を褒めてやってもらいたいね」

「ウン、さすがに君のお弟子ほどのことはあるよ。敵が電話をかけている隙をうかがって、それだけの仕事をするなんて、見上げたもんだ。……さア、それじゃ小林君の手柄を無駄にしないように、さっそく追跡を始めようか」

「ウン、それには警察の自動車が一台要るね。僕らがそれに乗って、その前をシャーロックに走ってもらうんだ」

「もう僕の方の刑事たちがやってくる時分だよ、先生たちきっと自動車に乗って来るだろう」

間もなくその二名の腕利き刑事が、案の定、警察自動車を飛ばして来着した。

明智は文代さんのことは医者に任せておいて、恒川警視と共にその自動車に乗り込んだ。名犬シャーロックには長い綱をつけて、運転台に席を取った恒川氏が、その綱の先を握っている。

小林少年はクレオソートをたっぷり含ませた布を持って来て、シャーロックの鼻先につきつけた。これから追跡するものの匂いを充分覚えさせるためである。

犬は鼻をヒクヒクさせて、薬品のはげしい匂いに親しんだ。小林少年が突然その布(ぬの)片(きれ)を持って家(うち)の中へ駈け込んでしまうと、彼は方角に迷って、しばらくキョトンとしていたが、やがて、類似の匂いをかぎつけたのか、鼻面(はなづら)で地面をこするようにして、勢いこんで前進を始めた。

「よし、出発だ」

恒川氏の指図に従って、車は動き出した。シャーロックは時々立ち止まっては、烈しく走り出す。その度毎に車の速度を調節しなければならなかったけれど、さすがに名犬は敵のあとを見失うようなことはなく、異様な追跡自動車は、寝静まった深夜の町々を、北へ北へと進んで行った。

明智がさっきの電話で、黒い糸のようなものが恩田の身体にからみついて離れないと云ったのは、つまりこのことであった。彼の言葉が一ぺんのおどし文句や怪談ではなかったことが、今こそ明らかになったのである。

都会のジャングル

名犬シャーロックの先導する追跡自動車は、明智のいわゆる「黒い糸」に引かれでもするように、少しも誤まることもなく、恩田の通過した淋しい町々を走った。そして、まもなく、九段近くの濠端にさしかかった時、明智の鋭い目が、たちまち前方の路上に異様な物体を発見した。

「おや、あれはなんだ。車を停めてくれたまえ」

その声に驚いて、恒川氏がシャーロックの綱を引きしめた。運転手がブレーキを踏んだ。

「君、懐中電燈を持っていませんか」

同乗の刑事に尋ねると、幸い一人が、それを用意していた。明智はその懐中電燈を借りて車を降りた。

「やっぱりそうだ。恒川君、やつはこの辺で人形箱の蓋を開いて見たんだ。そして、一杯喰わされた事を知って怒り出したんだね」

明智は路上を照らしながらだんだん先へ歩いて行った。その移動する懐中電燈の下に、マネキン人形の首が、手が、足が、次々と現われては消えて行った。さいぜん恩田が車上から投げ捨てたのは、この人形だった。文代さんではなかった。いくら獣類でも本物の人間を道のまんなかであんな目に遭わせるほど向こう見ずではなかったのだ。

「ハハハハハ、奴（やっこ）さん、大切な獲物が人形だとわかった時、どんなに憤慨したか目に見えるようだね。この惨酷さはどうだ。八ツ裂きだね。人形でよかったよ」

明智は一（ひ）と通（とお）り見おわって自動車に戻った。

「だが、あいつがここで真相を発見すると、そのままオメオメ帰っただろうか。また君の家（うち）へ取って返したんじゃあるまいか」

運転台の恒川氏が不安らしく呟いた。

「それは大丈夫だ。電話でウンとおどかしてあるからね。今にも警官が来るかと思って、奴さん泡を喰って逃げ出したほどだ。もう一度帰る元気はないよ。それに、今念のために調べて見たんだが、クレオソートの黒い糸がちっとも停滞していない。若しやつが引き返したとすれば、車があともどりするか、少くとも一度停車しなければならないのだが、そういう様子が少しもないのだよ」

「先生、諦めたんだね。……よし、それじゃ前進だ」

そして再び犬と車は走り出した。

黒い糸はその辺から右折して、電車通りを避けながら、上野公園不忍池畔を通って、ついに浅草公園裏通りに出た。それからまたグルッと一廻りして、二天門への入口に達したが、そこまで来ると、シャーロックはヒョイと立ち止まって、しばらく地面を嗅ぎまわっていたかと思うと、いきなり元来た方角へ引っ返し始めた。

「おや、恩田の車はここで引っ返しているんだな。ちょっと止めてくれたまえ。なんだか、この辺が怪しいぞ」

車が止まると、明智はまた懐中電燈を手にして地上に降り立ち、その辺を調べはじめた。

「オイ、見たまえ、ここに黒い水溜りが出来ている。クレオソートが同じ場所にしばらくのあいだ滴りつづけていたんだ。つまりやつの車が停車した証拠だよ。それから元の方へ引っ返しているところを見ると、やつだけがここで車を降りたのに違いない。とにかく一度調べてみる値打ちはあるね」

そこで、明智の言葉に従って、一同車を降りたのだが、考えて見ると、実に漠然とした探しものではないか。二天門の中には何がある。観音堂がある。五重の塔がある。公園と池と樹木地帯がある。それから水族館と花やしきと華やかな映画街だ。

「浅草公園とは思いがけなかったね。まさか奴さん公園に巣喰っているんじゃあるまいね。こんな賑やかな場所に」

　恒川氏が当惑したように云った。

「いや、そうとも限らんよ。東京じゅうでこの公園ほど、犯罪者にとって屈強の隠れ場所はないともいえるんだ。ここは都会のジャングルだよ。和洋あらゆる種類の建物がゴタゴタと立ち並んでいる。おびただしい露店の群れがある。到る処に抜け裏がある。その上ひっきりなしの大群集だ。それらがすべて、犯人が身を隠す叢林にも等しいのだぜ。若しあいつがこの公園を隠れ家にえらんだとすれば、その着想に敬服しないわけにはいかん。人間豹と都会のジャングル、実にうまい取り合わせじゃないか」

　明智は感嘆するように云うのだ。

「だが、若しそうだとすると、こいつは実に厄介だぜ。とてもこんな少人数の手に合うもんじゃない。管内の警官を総動員しても足りないくらいだ」

「だが、ともかくも調べて見よう。人の目立つ夜更けのことだから、ひょっとして誰かがやつの姿を見ているかも知れない」

むろん興行物はハネてしまい、夜店商人たちもほとんど帰ったあとで、宵の明るさ賑やかさは跡方もなかったけれど、夜更けの参拝者、お百度詣りなどの黒い人影がチラホラして、二天門をはいった所には、これからが商売の易者のテント張りが、ポツンと、取り残されるように立っていた。

その二天門の敷石のところに、一人のむさくるしい躄乞食が、夜詣りの人を目当てに、まだ店を張っていた。

「ああ、こいつに聞いて見たら、見覚えているかも知れない」

明智は独り言を云いながら、その乞食のそばへ近づいて行った。

幸い恩田の変装を解かないでいるし、メーク・アップもまだ洗い落としていなかったので、尋ねるのに、手数はかからぬ。

「オイ、君、君、今から三十分ほど前にね、ここを、こういう男が通らなかったかね。つまりこの僕とソックリの男だ」

明智が前に立ちはだかって聞くと、躄乞食はヒョイと顔を上げて、不意の質問者を眺めた。なんてひどい片輪者であろう。両足がまったく駄目で、手に草鞋のようなものをはいている上に、顔じゅうが腐れただれて、ほとんど目鼻もわからないむごたらしさだ。その顔が破れたお釜帽子の下から、ヒョイと覗いた時には、明智は思わず傍を向いて、話しかけたのを後悔したほどであった。

「ああ、旦那とそっくりの人、通った、通った、あっち、あっちへ行った」

乞食は呂律（ろれつ）のまわらぬ口でそう云いながら、草鞋ばきの手で観音堂の方を指し示した。

「ほんとうかい。間違いないだろうね」

「ウ、ほんとうだ。旦那とそっくりだった」

乞食の鈍い目にも、明智の際立（きわだ）った変装姿がわからぬはずはない。それとそっくりの男だったというからには、恐らく間違いはないであろう。こんな恐ろしい形相の人間が、彼奴（あいつ）のほかにあるはずはないのだから。

一同は明智を先頭に、観音堂の方へ歩いて行った。明智はその辺にウロウロしているルンペンどもを捉えて、片っぱしから質問した。恒川氏は、お堂の前の交番に立ち寄って、その巡査にも聞きただした。だが、誰も明確に答えるものはなかった。二天門のような狭い通路と違って、この電燈の遠い広い場所では、むしろそれが当然だと云ってもよかった。

しばらくのあいだ、本堂のまわりから公園の池にかけて綿密（めんみつ）な捜索が行われたが、むろん、なんの獲物もなかった。

「今夜は引き上げるほかないよ。警察としては出来るだけの動員をして、浅草公園そのものを囲んでしまうんだね。そんな事をしても、この入り組んだジャングルの豹狩は、覚束ないと思うけれど。僕も民間探偵の力に及ぶだけはやって見るつもりだよ」

「ウン、さっそく手配をしよう。夜の明けるまでに何か君に報告出来るかも知れんぜ。われわれの仲間には、このジャングルの秘密に通暁しているやつが、沢山あるんだからね。だが、君のお蔭で犯人が浅草公園へはいったことがわかっただけでも、大した収穫だ」

明智と恒川氏はそんなことを云いながら、二人の刑事と一緒に元の二天門へと引っ返した。そこの敷石はさいぜんの躄乞食が、まだ欲張って店を出していた。明智はふと心づいて、ポケットの小銭を探り、彼の前の面桶(注11)に投げ入れて通り過ぎた。

「旦那、旦那」

おやッと立ち止まって振り返ると、躄乞食が呼び止めている。

「旦那、おとしもんだ。これ、これ」

草鞋の手で指し示す地上に、二つに折った封筒が落ちていた。

「僕が落としたって云うのかい」

明智は怪訝らしく二、三歩立ち戻って、その封筒を拾い上げた。

「ああ、その旦那だ。今落としたんだ」

乞食がくずれた顔でお追従笑いをしている。

封筒を門の天井の電燈にかざして見ると、表に「明智小五郎殿」とある。確かに明智のものに相違ない。だが、彼はそんな封書などをポケットに入れて来た記憶はまったくないのだ。

「オイ恒川君、僕たちは今公園の中で、あいつにすれ違ったのかも知れないぜ」

「エッ、あいつって、人間豹のことか」

「ウン、どうもそんな気がするんだ。ともかく、こんな明かりじゃ駄目だから、自動車まで帰ろう。そして一つこの封筒をよく調べて見よう」

明智はすぐ向こうの電車通りに待っている警察自動車へ急いだ。

明るいヘッド・ライトの前に、四人が額をつき合わせて封書を調べた。封筒は薄いハトロン紙の安物だ。裏に差出人の名前もなく、封も開いたままになっている。明智は急いで中味を取り出して見た。半紙型のザラ紙、それに鉛筆の走り書きで、左のような文言がしたためてある。

明智君、さすがに君は名探偵だね。俺の獲物は人形だった。その上、君は俺がここに来たことを知っていた。実に鋭いねえ。ブルブルブル、おお怖い。だがね探偵さん、この手紙を読んで君がどんな顔をするか、見てやりたいものだね。おかしくって。いったい何時の間に誰がこんなものを君のポケットへ投げ込んだか、わかりますかね。探偵さん、まだちっとばかり修業が足りないようだね。それじゃ又会おうぜ。

人間豹

「フム、驚いたねえ。するとあの公園の闇の中で、人間豹のやつがわれわれの目の前を歩いていたんだね。そして、こんなものを君のポケットへほうり込んで行ったんだね」

恒川氏が驚嘆した。

明智は何かじっと考え込んでいた。

そんなはずはない。俺は目の前にいる敵を見逃すほどぼんくらだろうか。しかもそいつにポケットへ手を突っ込まれるなんて、かつて経験したことのない侮辱だ。だが、どうも信じられない。俺の神経は身体じゅうに行き渡っているはずだ。ポケットに物を入れられて気がつかぬなんて、俺としてあり得ないことだ。

「ちょっと待ってくれ。なんだかわかりそうだぞ」

明智の目が昂奮のためにギラギラと光って見えた。

「何かカラクリがある。手品の種がある……そうだ。きっとそうだ。オイ、恒川君、僕は大変な失策をやった。だが、まだ間に合うかも知れない。あいつだ。あの躄乞食をふん縛るんだ」

云い捨てて脱兎の如く駈け出した。あとの三人もそのあとに従った。

一と飛びに二天門まで駈けつけたが、案の定、そこにはもう乞食の影もなかった。

やっぱりそうだ。落とし物を教えるような顔をして、実はあいつ自身が、封筒を明智の通ったあとへ投げ捨てておいたのだ。そんな真似をするやつがほかにあるだろうか。あいつこそ人間豹の変装姿であったに違いない。片輪乞食に化けて、浅草の雑沓に隠れていようとは、なんというズバ抜けた思いつきであろう。

人々は門の附近を歩きまわって、乞食の姿を尋ねたが、どこにもそれらしい影は見当たらなかった。

明智は大道易者のテントにまで首を突っ込んで尋ねていた。

「君は毎晩ここに出ているのだろうね。二天門の下の躄乞食を知っているかね、手に草鞋をはいたやつだよ。あいつはいつもあすこにいるのかね」

四方をテントで張りつめて、前の方にやっと客の顔が見えるだけの窓があいている。その窓から大きなロイド眼鏡をかけた白髯のお爺さんが、(注12)天眼鏡(てんがんきょう)片手に覗いていた。

「へエー、躄の乞食ですって？　存じませんな。この辺には、そういう乞食を見かけたことがありませんよ」

「ところが、今僕はそいつを見たんだよ。其筋(そのすじ)のお尋ねものなんだ。ちょっとの隙に逃げられてしまった。若しやそんな乞食が、君の店の前を走り過ぎはしなかったかね」

「存じませんな。わしはつい今しがたまで客がありましてな。人相の方に夢中になって居りましたのでね」

「そうか。いや有難う」

それを最後に、明智たちは一応捜索を断念して引き上げるほかはなかった。恒川氏は警視庁に帰って浅草公園包囲の手配を講ずるために急いでいた。人々は自動車の方へ急ぎ足に引っ返して行った。

「ウフ、もうよさそうだよ、とうとう諦めて帰ってしまった」

易断のテント張りの中で、白髯の易者が妙な独り言をした。すると、その声に応じて、テーブルのような台の下から、ゴソゴソ這い出したやつがある。躄乞食だ。

乞食は躄でもなんでもない。いきなりニューッと立ち上がって、老易者と肩を並べた。そして顔じゅうに貼りつけた腫物だらけのゴム仮面を、ベリベリとはぎ取ってしまった。仮面の下から現われたのは、まぎれもない人間豹の恐ろしい形相である。

「わしの方では明智を知っているけれど、あいつはわしの顔を見たことがないのだからね。まんまと一杯喰わせてやったよ」

老易者は不気味なしわがれ声で云いながら、大きなロイド眼鏡をはずした。云うまでもなく、人間豹の父親である。息子は躄乞食に、親父は大道易者に、そして、互いに連絡を取りながら、群集の叢林の中に、身を隠していようとは、なんという奇想天外の欺瞞手段であったろう。

「だが、この変装も長いあいだ続けて来たが、今晩限りでよさなくちゃいけまいね。あの鋭い男は、今の自動車が道の半分も行かぬうちに、きっとわしたちの秘密を気づいてしまうことだろうよ」

「ウフン、だがあとの祭さ」

人間豹は吐き出すように云って、大きな欠伸をした。

「お父さんも今日はずいぶん働いてくれたね」

「ウン、麻布から、芝浦、芝浦から浅草とね、なあに、なんでもありやしない。世間を相手に戦うのが、わしには面白くてたまらんのだからね」

そして、この世にも恐ろしい親と子は、顔を見合わせて、不気味に不気味に、ニタニタと笑いかわすのであった。

公園の怪異

人間の姿をした猛獣は、彼に最もふさわしい隠れ家、都会のジャングルに逃げ込んだのである。山あり池あり林あり、それに大小さまざまの建物が、あらゆる形態、あらゆる角度をもって雑然紛然と立ち並び、蜘蛛手に入りまじる大通り、横丁、抜け道……東京じゅうのどこを探したって浅草公園ほどよく出来た迷路があるだろうか。

しかも、そこには年が年中、おびただしい群集が目まぐるしくウヨウヨと動きまわっている。その人工ジャングルの中にまぎれ込んだ犯人を探し出すなんて、火鉢に落ちた銀貨を探すよりもむずかしいことに違いない。

その翌早朝、警視庁と所轄警察署との混成私服隊が編成された。そして、さまざまに姿を変えた刑事たちは、公園の四方から、住宅、商店、飲食店の嫌いなく、ほとんど虱つぶしに捜索の輪をせばめて行った。ルンペンどもは狩り立てられるし、浅草寺本堂の天井から床下、五重の塔は申すに及ばず、仁王門の大提灯の中まで調べるという綿密さであったが、二日間はなんの収穫もなく過ぎ去った。

三日目には、恒川警視の発案になる、奇妙なポスターが浅草界隈の辻々に、ベタベタと貼り出された。ポスターのまん中には画家に描かせた人間豹恩田の似顔が、実物の二倍の大きさで印刷してある。その下に「これは近頃世間を騒がせている殺人犯恩田の似顔です。こういう人物を発見された方は猶予なくもよりの交番へ知らせて下さい」と分かりやすい文章で振り仮名つきで記してあるのだ。その似顔絵は、かつて大都劇場で人間豹の形相を目撃した一洋画家が、明智夫妻の口添えで描いたものであったが、非常に特徴のある獣人の似顔は、記憶によって充分に表現することが出来たのである。

警察としては実に思い切ったこのポスター戦術は、辻々に人の黒山を築いた。恐怖におびえた目が醜悪な似顔絵に集中された。人間豹に関する恐ろしい噂話は、輪に輪をかけて、大衆のあいだに流布(るふ)されていた。

「ワー、すげえ、こいつの目は、暗いところでも真っ青に光るんだってよ」

「牙があるぜ」

「ほんとだ。牙がありやがる。犬でもなんでもモリモリ食っちまうってじゃねえか」

「違うよ、犬じゃねえ。人間の女を食うんだよ」

「いやなものを見ますね。こんなものがはいって来たんじゃ、公園もさびれますねえ」

「僕は、こいつを見たことがありますよ。ほら大都劇場の例の騒ぎの時ですよ。この絵とそっくりです。いや、こんなおとなしい顔じゃなかった。こいつがね、レビューの舞台のまん中に立って、見物席を睨みつけて、この牙をむき出して、ウォーッと吠えた時には、実にどうも、なんと云っていいか、生きたそらはなかったですよ」

「へエー、あなたは、あれをごらんなすった。私も話は聞いていますが、江川蘭子が舞台の上で血みどろにされたって云うじゃありませんか」

「そんな古いことよりも、おいら、たった昨夕(ゆうべ)こいつにお目にかかったんだぞ」

「どこで？　どこで？」

「お堂の裏の大銀杏(おおいちょう)でよ。おいら、あの下に寝ていると、誰だか頭を踏んづけやがった。びっくりして飛び起きると、あの大銀杏を、真っ黒なものが、スルスルッと、猫みてえに登ってくじゃあねえか。ヤイッって怒鳴りつけてやると、そいつが木の上から、おいらを睨みつけやがった」

「こんな顔だったか」

「そうよ。真っ青な目がお星さまみてえに光りやあがるのさ。おいら、あとも見ねえで駈け出しちゃったよ」

「お巡りさんに云えばいいじゃないか」

「云ったよ。云ったんだけど、お巡りが大銀杏を探しに行った時には、もうなんにもいやあしなかったよ」

ルンペンも、新聞売りの小僧も、中学生も、青年団員も、商店の御隠居も、通りがかりの会社員も一つになって、恐ろしいポスターの主人公について論じ合った。

床屋でも、銭湯でも、映画館の見物席でも、人さえ寄れば、「人間豹」の噂であった。さまざまの怪談が創作され、それが尾鰭をつけてひろがって行った。

どこかのお神さんが、共同便所のドアを開くと、その中に真っ青な目の人間豹がしゃがんでいたという怪談もあった。

真夜中に、仁王門の高欄の上から、まるで石川五右衛門みたいに、人間豹が頬杖をついて、仲見世（なかみせ）の通りを見おろしていたという怪談もあった。

毎夜観音さまへお詣りする若い芸者が、友達と二人づれで、仁王門を通り過ぎた時、その一人が何気なく門の天井を見上げたのだが、すると、例の奉納の大提灯の上に、なんだか人間の首らしいものが、まるで獄門みたいに、ヒョイと覗いて居るのが、仲見世の遠明（とおあ）かりに、ぼんやり見えていたという。

一人が天井を見上げて立ち止まったので、もう一人も一緒になって、その方を見ると、確かに人の首、しかも両眼が燐のように青く燃えていた。

二人とも、喉がつまって、足がしびれて、そのまま気絶しそうになるのを、やっとの思いで抜き足差し足、門の下を離れたかと思うと、いきなりキャーッと悲鳴を上げて、仲見世の方へ駈け出したというのである。

警察が仁王門の大提灯の中まで捜索したのは、そういういきさつからであった。そのあいだに逃げてしまったのか、最初から若い女の幻覚に過ぎなかったのか、調べた時には、むろん提灯の中は空っぽであった。

怪談は怪談を生んで、歓楽境はたちまち恐怖の巷（ちまた）と化していった。昼間はともかく、夜にはいっては、一歩映画街を離れると、あの広い公園が、墓場かなんぞのようにまったく人影を見ないというさびれ方で、今や浅草公園は、遊覧客の代わりに、私服刑事と、青年団員と、物好きな野次馬とで占領されたと云ってもよいほどであった。

ポスターの貼り出された翌朝、それらの辻々は、又別の意味で、黒山の人だかりであった。というのは、実に異様なことには、その一夜のうちに、ポスターの似顔絵が、まったく一変してしまったからである。

「変だね、誰がこんないたずらしたんだろう。あっちのポスターにも同じのが貼りつけてあるよ」

「人間豹の代わりに、今度はばかに色男じゃないか。どっかで見たような顔だね」

そういう意味の言葉が、人だかりの中でアチコチに取りかわされていた。

人間豹の似顔の上から別の紙を貼りつけて、それに肉筆でなかなか好男子の顔が書いてある。どのポスターも皆同じ顔の絵と変っているのだ。何者かが夜のあいだに、丹念に歩きまわって、ポスターというポスターに、そういう同じ似顔絵を貼りつけておいたのに違いない。

「ああ、わかった。この似顔はアレだぜ。人間豹の敵の顔だぜ」

群集の中に、やがて、それと気づいたものがあった。

「敵って、誰だい？」

「わかっているじゃないか。明智小五郎さ。人間豹は明智のためにひどい目に遭ったっていうじゃないか」

「ウン、そういえば、明智さんだ。明智さんにそっくりだ」

いかにも、それは明智小五郎の似顔に相違なかった。髭のない痩せた顔、モジャモジャした頭髪、特徴のある濃い眉毛、なかなかよく出来た名探偵のカリケチュアであった。人々は新聞の写真で、この顔にはお馴染になっていたのだ。

「オイ、こいつは滑稽だぜ。下の文句を読んでごらん。つまり明智小五郎がお尋ねものの殺人鬼ってことになるんだぜ。ひどいじゃないか。いったいだれがこんな真似をしやあがったんだろ」

「まさか警察じゃないやね」

「明智さんに恨みのあるやつの仕業かも知れない」

「恨みのあるやつって云えば、つまり、人間豹じゃないか」

誰かがそれをいうと、黒山の群集がシーンと静まり返ってしまった。余りに恐ろしい、しかも的確な推定であったからだ。

寝静まった真夜中、あの真っ青に光る目の怪物が、呪いの独り言を呟きながら、黒い風のように歩きまわって、仇敵、明智小五郎の似顔絵を貼りつけていったという、そのなんともえたいの知れぬ仕業が人々を心底からゾッとさせたのである。

やっぱりあいつは浅草公園のどこかの隅に身を潜めていたのだ。若しかしたら別の方面に逃げ出してしまったのではないかという空頼みも仇となった。地元の人々は警察の無能を叫び出した。刑事や青年団員の戸別訪問が又繰り返された。だが、その日も別段の収穫はなく暮れて行った。

豹盗人

その夜更けのことである。

千束町に店を出している、俗に豪傑床屋と云われる大山調髪店の主人が、愛犬の土佐犬を連れて、人気のない浅草公園へ運動にやって来た。

お神さんは物騒だからと云って、さんざん止めたのだけれど、何しろ豪傑と名を取った床屋の親方だから、承知するものでない。第一、人間豹の噂などにビクビクしていたら、大切な土佐犬が運動不足で病気になってしまうじゃないか。それに俺だってこの二、三日腹のぐあいがわるくって仕様がない。今夜はなんと云ったたって出掛けるんだ。というので、まるで銅像の西郷さんみたいな恰好で、太い手綱のような犬の紐を引っぱって、公園の広場へと踏み込んだのである。

「ホー、驚いたね。奴ら一人も来ちゃあいねえ」

団十郎の銅像のあたりから、池の端まで歩いてみて、親方は感心したように呟いたものだ。

平生なれば、映画館がハネてしばらくすると、浅草界隈の犬持ちどもが、朱や紫の房のついた紐を、自慢そうに肩にかけ、獰猛な和洋さまざまの犬どもを引きつれて、運動にやって来ているのだが、今夜は一匹の犬の影さえも見えぬ。

「意気地のねえ野郎どもじゃねえか。ノウ熊」

顔なじみの連中の姿が見えぬので、愛犬に話しかけでもするほかはなかった。熊と呼ばれた土佐犬は、いかにもその名にふさわしい恰幅である。

「だがこいつあ静かでいいや」

どうも少し静かすぎるのだ。映画街はと見れば、昼間の雑沓に引きかえて、まるでローマの廃墟みたいに死に絶えているし、飲食店や茶店なども、すっかり大戸を閉めて、空家のように静まり返っている。池をとりまく小山の樹木が、思い出したような夜の風にザワザワと鳴るほかには、なんの物音もない。いつもなれば、本堂の前の敷石道には、夜通し駒下駄の音が絶えないのだが、そういう信仰家たちも人間豹には恐れをなしたものと見える。

大山調髪店主は、やっぱり西郷さんの恰好で、無人の境をノッシノッシと歩いていった。通り過ぎるベンチというベンチが空っぽだ。ルンペンどもも命は惜しいのである。これがあの浅草公園だろうか。戸惑いをして飛んでもないところへ来たんじゃないかしら。それとも俺は、今わるい夢を見ているのではなかろうか。ふとそんな疑いが起こるほどであった。

池を一とまわりして、樹立のあいだの狭い道を通り抜けると、目の前に円形の広っぱが開けた。たった一つの常夜燈が、その全景を朧月夜ほどにボンヤリと照らしている。

向こう側の樹立は、闇に溶け込んでほとんど見分けがたいほどであったが、その樹立のあいだをチロチロと動く人影がある。よく見ると、その人は犬を連れている。しかもどうやら二匹らしいのだ。

「おや、感心なやつじゃねえか。熊公見ろよ。お前の友達がやって来たぜ」

親方はその方へ近づいて行こうとした。この勇敢な愛犬家の顔を確かめて、一と言口がききたかったのである。だが、どうしたことか、熊公は、しりごみをして動こうともしない。

「オイ、どうしたっていうんだ」

振り向いて見ると、彼の愛犬はまるで狼のように、背中の毛を逆立て、上唇に恐ろしい皺を寄せ、歯をむき出して、喉の奥で遠雷みたいな音を立てている。どうも不思議だ。老犬熊公がこんなそぶりをするなんて、滅多にないことであった。

親方は力の強い犬のために、だんだんうしろへ引きずられながら、樹立のあいだへ身を隠すようにして前方の人影を見つめた。

二匹の犬を連れた異様の人物は、樹蔭を出て常夜燈の薄明かりの下を右から左へと横ぎっていた。黒い詰襟の服を着た痩せたお爺さんだ。真っ白な頭髪、それに房々とした白髯が胸まで垂れている。親方はこれまで、こんな妙な爺さんをついぞ見かけたことがなかった。

老人は傍目もふらず、しずしずと歩いて行く。何かしら気違いめいた、この世の人ではないというような感じが、身辺にただよっている。不思議なことには、二匹とも犬には綱がつけてない。動物どもは老人の歩くままに、目に見えぬ糸で引かれるように、彼のあとに従っているのだ。

だが、なんて大きな犬だろう。それにあの歩きかたのしなやかさはどうだ。犬ではなくて猫みたいじゃないか。やがて、その妙なけだものの身体一面に、真っ黒な美しい斑点のあることがわかって来た。犬じゃない。といって、あんなでっかい猫なんているはずはない。するとすると、あいつはいったい……。

見つめていると、そのものの正体は一と息ごとに明らかになっていった。あざやかな斑紋、がっしりと太い四肢、生きているような長い尻尾、真っ青に光る両眼、もう見違いはない。豹だ。豹が野放しで歩いているのだ。

だが大山親方は、この余りに非常識な光景を俄かに信ずることが出来なかった。公園の中を猛獣を連れた老人がノコノコ歩いて行くなんて、俺の目がどうかしているのじゃあるまいか。それとも夢でも見ているのかしら。

ところが、ふと気がつくと、その豹のうしろからついて行くもう一匹のけだものは、更に一そう驚くべき怪物であった。実に不思議千万なことには、そいつは洋服を着ていた。真っ黒な洋服を着ていたのだ。そして、前脚よりも後脚が二倍も長くて、それが普通の動物とは反対に曲っている。しかもその脚の先には靴をはいていたではないか。大きさといい、恰好といい、どうやら人間らしいのだが、人間が豹と一緒に四つん這いになって歩いているなんて、これはまあどうしたことだ。

親方がほとんど虚脱の状態におちいって、身動きする力さえなく、汗を流してそこにたたずんでいるあいだに、恐ろしい一行は空き地を横ぎり終って、左手の茂みの中へ姿を隠していったが、その時最後の洋服を着た怪物がヒョイとこちらの方を振り向いた顔、ああ、その顔の恐ろしさを、親方は一生涯忘れることが出来なかった。

そいつはまぎれもない人間豹であった。例のポスターの似顔絵とそっくりのやつであった。まん丸い両眼は、本物の豹よりも一そう烈しく燐光に燃えていた。そして、その恐ろしい眼の下で、真っ赤な口をキューッと三日月型にして、白い牙をむき出して、何がおかしいのか、ニヤリと笑ったのである。

そのあいだ、熊公は恐ろしい形相で喉を鳴らし続けていたが、洋服を着た四足獣が茂みに隠れるか隠れないに、もう我慢が出来なくなって、烈しく咆哮しながら、いきなり親方の手を振り切って怪物のあとを追って飛び出して行った。鞠のように駈けて、一瞬間に空地を横ぎり、向こうの茂みに見えなくなってしまった。

だが、床屋の親方は愛犬のことなど構っていられなかった。彼自身の命の問題であった。無我夢中で反対の方角に駈け出した。走りに走って、本堂の前の交番へ転がり込んだ。

「豹が、豹が……」

彼は交番のドアにすがりついて、遥か池の方を指さしながら、気違いのように叫び続けた。

「豹」という言葉が警官を異様に刺戟した。急いで聞きただして見ると、果して「人間豹」の出現であった。いや「人間豹」以上の大奇怪事であった。

たちまちこの事が本署に電話された。間もあらせず一隊の警官が、ピストルをたずさえて現場に急行した。だが、いかに手早く運ばれたと云っても、そのあいだに相当の時間が経過している。ものものしい警官隊が駈けつけた頃には、広い公園内を隅から隅まで探しまわっても、もうそれらしいものの影さえ見えなかった。

しかし床屋さんの申し立てが、決して夢や幻でなかった証拠には、彼が猛獣の姿を見た現場から程遠からぬ樹立の中に、愛犬熊公の無残に食い裂かれた死骸が、真っ赤な布屑みたいになって横たわっているのが発見された。

それにしても、いくら都会のジャングルだと云って、東京の浅草公園を、熱帯動物の豹がノコノコ歩いていたなんて、余りに突拍子もない話ではないか。人間豹の方はともかくとして、本物の豹だけは、見かけによらず臆病な床屋さんの幻覚であったに違いない。警官たちをはじめ、この噂を聞き知った人々は、そんなふうに考えていた。

ところが、その翌日になると、その幻の豹が、なんと正真正銘の猛獣に相違なかったことが判明した。その朝浅草名物「花やしき」の支配人が青くなって警察署に出頭した。そして、同園秘蔵の牝豹が昨夜のうちに檻の中から姿を消してしまったと申し出でた。それも決して動物自身が檻を破ったわけではなくて、何者かが合鍵を手に入れて、檻の扉を開いた形跡があるというのだ。

檻を開いた曲者というのは、例の白髪白髯の老人、つまり「人間豹」恩田の父親に違いない。だが、いったい全体何の目的で、そんな無茶なことをしたのであろう。ただわけもなく猛獣を巷に放して、市民を恐怖せしめて快哉を叫ぶためであろうか。それとも、もっと別の深いわけがあったのではなかろうか。まさか「人間豹」がお友達を欲しがったというような、ばかばかしい動機からではないであろう。

虎男

「人間豹」だけでも充分な上に、今度は本物の猛獣までが野放しになっているとわかっては、浅草人種の恐慌は察するに余りがあった。映画も、レビューも、飲食店も、露店業者も、ほとんど店を閉めんばかりの惨状を呈した。殊に夜などは、公園じゅうが広漠たる廃墟であった。

しかし、さすがは浅草公園の魅力である。昼間だけは人足が途絶えなかった。広い東京には、この噂をまったく知らないで、公園に足を向ける人々も少ない数ではなかったし、どこからともなく集まって来る、向こう見ずの野次馬連が、おびただしい群れを為して、公園全体にわたって一種異様な「陰気な雑沓」を呈していた。その群集を縫うようにして、刺子姿の兄いたちや、団服に身をかためた青年団員たちが、右往左往しているのだ。

さて、あの深夜の怪異があった翌々日の午後のこと、そういう「陰気な雑沓」の公園の中を、明智小五郎とその新妻の文代さんとが肩を並べて歩いていた。むろん生地の顔をさらしてではない。「人間豹」の餌食と狙われている当の文代さんが、あいつの巣窟とも云うべき場所へ、素顔のままノコノコはいり込むなんて考えられないことだ。

野次馬にまじって当てもなくさまよい歩いているかと見える二人の男女、男は薄よごれた職工風の菜っぱ服に、機械油で黒く染まった鳥打帽子をまぶかにかぶり、板裏草履という扮装、大きなロイド眼鏡を掛けて、黒々として立派な口髭をたくわえているのだが、その顔じゅうが機械油で手習い小僧みたいに汚れている。

女は髪を櫛巻きにして、洗いざらした手拭の頬被り、紺飛白の半纏のようなものを着て、白い湯文字がまる出しだ。しかも足には男みたいな長靴下にゴム底足袋という、思い切ったいでたち、見たところ職工と「よいとまけ」[注13]の道連れ、といった感じである。

その薄ぎたない職工、実は名探偵明智小五郎、「よいとまけ」はすなわち文代さんであった。

文代さんを明智探偵事務所に置いては、いつ「人間豹」の襲撃を受けるか知れたものではない。どこか安全な場所へ避難させてはという意見が多かったけれど、あの魔物にかかっては、江川蘭子の場合でもわかる通り避難が避難にならないのだ。それよりもいっそ、主人明智の行く所へついて歩いてその保護を受けるのが何よりも安心だし、そうすれば探偵のお手伝いも出来るのだからと、文代さんの健気な思い立ちに、明智も賛成して、かくの次第となったわけである。

「吸血鬼」の物語を読まれた読者諸君はご存知であるが、文代さんは前身が女探偵、顔は美しく姿はやさしくとも、決して明智の足手纏いとなるような弱い人ではなかった。むしろ名探偵にはなくて叶わぬ名助手であったも知れないのだ。

この二人の変装者は、野次馬の流れにまじって歩いてはいたけれど、むろん野次馬ではない。殺人魔捜索の使命を帯びていたのだ。それに加うるに、重なる個人的怨恨がある。明智としては、死力を尽しても魔人「人間豹」の行方を突きとめないではいられぬ立場であった。

ハンチングの下から、頬被りの下から、二人の目は寸時も休まず働いていた。両側の家並は一軒一軒、道行く人々は一人余さず、鋭い探偵的凝視を受けた。二人はジャングルの中に猛獣の匂いを追う精悍な猟犬であった。どんな些細な一物も彼らの目を逃れることは出来なかった。

六区の映画街の中ほどに、コンクリートの大映画館に挟まれた、谷底のように薄暗くて狭い抜け道がある。どんな雑沓の日でも、この陰気な抜け道を利用する者はごく稀であった。薄気味わるいほど静かな谷底だ。ただ、その中途に地底のカフェがあって、そこへの客が時たま通るのと、細道にあいている映画館の裏口から係員が出たりはいったりするほかは、ほとんど人通りがないと云ってもよいほどであった。

職工と「よいとまけ」の明智夫妻は、何気なくその抜け道へはいって行った。別に意味があったわけではない。ただそこを通って裏通りへ近道をしようとしたのである。だが、一歩谷底へ踏み入ると、彼らはそこにハッとするようなものを発見した。

一匹の巨大な虎が、ノコノコと立って歩いていたではないか。

だが、そうそう本物の猛獣が現われてたまるものではない。それはむろん本物ではなかった。虎斑のシャツを着て、頭にはスッポリと、張りぼてのでっかい虎の首をかぶり、肩には赤地に白く染め抜いた広告旗、手には赤紙のビラの束、つまりそれは異様ないでたちをした(注14)チンドン屋に過ぎなかったのである。

旗の文字を読むと、「Z曲馬団」とある。どっかにサーカスがかかっていて、その広告ビラを撒いて歩くチンドン屋に違いない。それにしても、虎の扮装とは珍しい。多分はZ曲馬団に虎の見世物があって、それを呼び物としているのでもあろうか。

明智はそう考えて、一応は気を許したものの、しかし、なにかしら心の隅に、胸騒ぎのようなものをおぼえないではいられなかった。

虎男、こいつは謂わば虎男なんだ。それと「人間豹」と、偶然の類似とは云いながら、異様に意味ありげではないか。それに、あいつは、なぜあんな張りぼての虎の首なんか被っているのだ。目の部分だけくり抜いてある様子だが、そのほかは顔全体がまったく隠れてしまっているではないか。まるで顔を見られまいための巧みな工夫みたいに邪推されるではないか。あのおどけた張りぼての中に隠れているものは、若しや、若しや、探しに探している「人間豹」の不気味な顔なのではあるまいか。

先方は抜け道の向こうの出口に近い場所を、ノロノロと歩いていたのだが、明智たちがこちらの角を曲って、姿を見せた時、そいつは振り返って、じっと彼らを見つめていたように感じられる。それからというもの、なぜか一そう歩度をゆるめながら、ほとんど一と足ごとに、さもうさんらしく、こちらを盗み見ている様子である。ただのチンドン屋が職工と「よいとまけ」に、こんなに関心を持つというのは変ではないか。あの魔物のことだ。先方ではとっくにこちらの素性を見破って、張りぼての中で、燐光の目を光らせて、せせら笑っているのではあるまいか。

それを確かめないでは気がすまなかった。若しこの突飛な想像が的中して、かくも易々と怪人「人間豹」を捕えることが出来たら……と考えると、日頃冷静を誇る名探偵といえども、さすがに胸躍らないではいられなかった。

明智は足を早めて虎男のチンドン屋に近づいていった。

すると不思議なことには、相手の虎男は、何か明智をさそいでもするようなそぶりで、虎の頭で振り返り振り返り、裏通りへと曲って行く。

明智は一と飛びでその角に達した。逃げようとて逃がすものかと、勢い込んで裏通りへ踏み出すと、そこに、虎男がボンヤリと立ち止まっていた。

「オイ、ちょっと君、その虎の被りものを取って、君の顔を見せてくれないか」

明智はチンドン屋に近寄ると、いきなり呼びかけた。

虎に化けた男は、少しのあいだ、その意味がわからなかったらしく、黙っていたが、やっとして、

「エヘヘヘヘ、わたしの顔がごらんになりたいっておっしゃるので？」

と追従笑いをしながら至極お手軽に、張り子の被りものをヒョイと持ち上げて見

せた。

その下から現われた顔は、あの恐ろしい「人間豹」であったか。いやいや、そうではなかった。明智は思い違いの恥かしさに冷汗を流した。そいつの顔は恐ろしいどころか、実に突拍子もない滑稽なものであった。

黒々とした毬栗頭の下に五十年配に見える骨ばった黒い顔、西郷さんの肖像画みたいな真っ黒な太い眉、そして、鼻の下には、何々将軍とでも云いたい、実に立派やかな太い八の字髭が、両方の耳の辺まで、二た振りの大だんびらのように、物々しくはね上がっていた。

「ヤ、失敬失敬、人違いだったよ。もういいからそいつをかぶって、商売を始めてくれたまえ」

明智がお詫びをして立ち去ろうとすると、チンドン屋は又エへへへへと笑いながら、「どうか、これを一枚」と手にした曲馬団の広告ビラを差し出すのであった。

明智は何気なくそれを受け取ったが、ふと気がつくと、石版刷りの広告文の裏に、何か鉛筆でなぐり書きがしてあった。おや、変だぞ。新しいはずの広告ビラにこんなものが……と裏返して、そのいたずら書きに目をそそいだかと思うと、明智の表情は見る見る緊張していった。

明智君、文代さんは大丈夫かね。

俺は一度思い立った事は、あくまでやりとげる性分だよ。


見覚えのある筆癖、果して虎と豹とはどっかで結びついていた。例によって奇抜な「人間豹」の通信手段であった。

「オイ、君、これはまさか君が書いたんじゃあるまいね」

明智の鋭い目に睨みつけられて、虎男はオドオドしながら、又例のお追従笑いをした。

「エヘヘヘヘ、わたしじゃござんせん。つい今しがた、見知らぬ方に頼まれたんですよ。あの路地に待っていると、これこれいう風采の人が今に通りかかるから、その人に渡してくれって、鉛筆でもってビラの裏へ何か書きつけて行ったのですよ」

「そいつの風体は？」

明智は嚙みつくように聞き返した。

「立派な旦那でしたよ。洋服を着た三十くらいの……」

「顔は？　顔は見覚えているだろうね」

「エヘヘヘヘヘ、そいつはどうもハッキリしませんね。その旦那は妙でしたよ。わた

しに顔を見られたくないと見えて、面と向かう時には、必ずハンカチでもって鼻から

下を押さえてましたからね」

　チンドン屋は、いかめしい将軍髭にも似合わぬボンヤリ者らしく見えた。いくらか
摑まされて、喜んでご用を勤めたのに違いない。

「チェッ、君は人間豹の噂を知らないと見えるね」

「エッ、人間豹ですって」

　虎男はたまげた声を出した。如何にボンヤリ者でも、あの恐ろしい獣人の名を知らぬはずはないのだ。

「そうだよ。君が頼まれた男が、つまりその人間豹だったのさ」

　明智は吐き出すように云って、

「そいつはどちらへ曲って行ったのだい」

「こっちですよ」

　チンドン屋はオドオドしながら、ずっと見通しの町筋(まちすじ)を指さした。

「急いでいたんだね」

「ええ、走るようにして曲って行きましたっけ。すると、あいつが噂の人間豹だった

のですかねぇ。ブルブルブル、ああ、おっかない」

「その辺に自動車が待たせてあったのかも知れない」

「ええ、そうかも知れませんね。そんなこってすね。ですが、自動車でなくたって、もう大分時がたっていますからね。この辺にグズグズしているわけはありませんよ。エヘヘヘヘ、じゃごめんなさい」

虎男は如何にも愚鈍な調子でそんなことを呟くと、虎の首をスッポリかぶり直して、ノロノロと立ち去って行った。

明智小五郎は次にとるべき手段を、急速に考えなければならなかった。だが、それを考えながら、ふと彼は背後の空虚を感じた。ゾクゾクと背筋を襲って来る空虚の感があった。

彼はそれが何を暗示するかを悟ると、思わずギョッとして振り返った。すると、ああ、果して彼の背後にいるべき人の姿が見えなかった。「よいとまけ」姿の文代さんは、まるで蒸発でもしてしまったように、谷底の抜け道から姿をかき消していた。

「何かあったのだな」

明智はたちまちそれと直覚した。でなくて、文代さんが断わりもなく、彼の眼界から消え去るわけはなかったのだ。

赤い広告ビラの裏に、「文代さんは大丈夫かね」と揶揄してあったが、明智がそれを読んでいたその瞬間、文代さんはもう「大丈夫」ではなかったのだ。

それにしても、いったい全体どんな手段によって、白昼雑沓のただ中に、そのことが行なわれ得たのであろう。「人間豹」如何に大胆不敵の魔術師とは云え、これが果して可能のことであっただろうか。

熊

明智がチンドン屋の跡を追って谷底の抜け道から裏通りへと曲って行った時、「よいとまけ」姿の文代さんは、一と足おくれて、ちょうど抜け道の中ほどを歩いていた。道の片隅に、低い鉄の欄干があって、そこから狭くるしいコンクリートの階段が、建物の地下へと、陰気な洞穴のように下っていた。映画館の地階を区劃した地底カフェの入口である。

文代さんが今その欄干のそばを通り過ぎる時、洞穴の階段から、サッと黒いものが飛び出して来たかと思うと、いきなり彼女の背後から組みついて行った。

文代さんが両手を上げるのが見えた。だが、声を立てる暇はなかった。黒い法被を着た男と「よいとまけ」の女とが、一とかたまりになって、異様な生人形のように動かなかった。男の手はうしろから女の口へ、そこに白い布屑みたいなものが、猿ぐつわのように圧しつけられていた。

やがて、男はグッタリとなった文代さんを、軽々とあつかって背中におぶったかと思うと、傍若無人にもその異様な姿で、映画街の表通りの雑沓の中へと歩いて行った。

男はきたない法被姿の人夫のような風体であった。破れたお釜帽子の鍔が鼻の頭まで垂れ下がって、その下から五分も伸びた顔じゅうの無精鬚が黒々と覗いていた。それが女房とも見える「よいとまけ」女をおぶって、人波をかき分けながら急ぎ足に歩いて行く。しかも背中の女は気を失ってグッタリとなっているのだ。女の両手が男の胸のあたりにブランブランと揺れているのだ。これが道行く人の注意を惹かぬわけはなかった。何百という顔が一斉に彼のうしろ姿にそそがれた。

だが、男はそんなことをまるで気にもとめない様子で、ドンドン歩いて行った。目の前に六区の交番があって、色の白い美男のお巡りさんが立ち番をしている。男はずば抜けた機智をもって、そのお巡りさんの真正面に立ち止まって、声をかけた。

「女房のやつが癲癇を起こしやあがって、仕様がねえんです。どっかお医者さんをお世話願えませんでしょうか」

お巡りさんはそれを聞くと、案の定、迷惑そうな顔をした。

「医者って、かかりつけの医者はないのか。お前どこのもんだ」

「ヘエ、三河島のもんですが」

「三河島？　フン、そうか。この辺に知合いもないんだな。だが、癲癇なら心配したことはないだろう。しばらくほうっておけば治るんだろう」

「でも、なんとか手当てがしてやりたいんで。わっしの身になっちゃ、ほうっておくわけにもいきませんからね」

男はちょっと憤慨して見せた。

「そうか、それじゃ、実費診療所にでも担ぎ込むがいい。実費診療所知っているだろう。本願寺の裏手にある」

お巡りさんはそれ以上取り合ってくれなかった。そして、それが男の思う壺であったのだ。彼は女をおぶったまま、走るようにして映画街を抜け、いずこともなく姿を消してしまった。

×　×　×　×

文代さんが麻酔の夢から醒めた時、彼女はどことも知れぬ赤茶けた畳の、薄ぎたない部屋にころがっていた。

「気がついたかね。明智の奥さん、とうとう俺は君を手に入れたぜ」

法被姿の鬚もじゃの男が、顔の上にのしかかるようにして、毒々しく呼びかけている。

「ハハハハハ、まだ頭がハッキリしないと見えるね。さア、もう目を醒ますがいい」

男の一種異様な匂いを持った温かい息が、ムンムンと顔にかかって来た。

「まあ、ここはどこですの？　そして、あなたはいったい……」

文代さんはギョッとして起き上がろうとあせりながら、詰問するように叫んだ。

「俺かね？」

すると男は、相手の苦悩を玩味しながら、ゆっくりゆっくり答えた。

「俺は君のよくご存知の者だよ。ほら、この声に聞き覚えはないかね。ついこのあいだ、君の家の書斎で話し合ったばかりじゃないか」

文代さんは、青ざめて、目を大きく見開いて、黙ったまま男の顔を見つめている。

「ハハハハハ、顔が違うというのかね。それじゃ今見せてあげよう。さア、この顔だ。まさかこの顔を忘れやしまいね」

男は目を隠していたお釜帽子を叩き捨てるように脱ぐと、顔じゅうに伸びた無精鬚をモリモリと剝ぎ取って行った。

「ああ、恩田……」

文代さんは男のそばを飛びのきながら、悲鳴を上げた。

「わかったかね。その恩田だよ。もう一つの名は人間豹っていうのだそうだね。君たちはうまい名をつけてくれた。フフフフフ、おっと文代さん、逃げようたって逃がしゃしないよ。それから、君がいくら大きな声を立てたって、ここには近所というものがないんだから、なんの役にも立ちゃしないよ。……気の毒だが観念するほかはあるまいぜ」

醜悪なけだもののくせに、まるで芝居のせりふみたいな事を云いながら、人間豹は身を縮めた餌食の上にジリジリと迫って来た。

野獣のように骨ばった黒い顔、ギラギラと青く光る巨大な目、真っ赤な唇、ドキドキと研ぎすましたような鋭い歯、それが徐々に徐々に、文代さんのおびえた眼界一杯に、途方もない大写しになって接近した。

事実逃げようとて逃げる余裕はなかった。と云って、この強力無双の怪物に打ち勝つなど思いも及ばぬ事であった。多くの女性は多分泣きわめきながら獣人の餌食となるほかはなかったのであろう。だが、文代さんはそうはさせなかった。

長い無残な悪戦苦闘であった。文代さんの美しい顔は拳闘選手のように傷つき、着物はズタズタに裂け破れた。あばら骨が浮き上がるほどの息遣いに、喉は涸れ舌は黒コゲのように干からびてしまった。人間豹さえも、顔じゅうに脂汗を浮かべていたほどの戦いであった。

むろん文代さんは死ぬほどの目に遭わされた。だが、最後の一線を譲ることはなかった。それを死守する余力だけは残っていた。さすがの悪魔も余りにも頑強な女性の力にあきれ果てて、愛慕から逆転して憎悪へと、第二の手段に移るほかはなかった。

「へへへへへ」

悪魔の真っ赤に充血した口から、昂奮の余りの調子はずれな笑い声がほとばしった。

「貴様、それじゃ早く殺されたいんだな。俺の方ではそれも望むところだよ。ちゃんと計画してあるんだ。思い切り奇抜な死刑の方法が考えてあるんだ。フフフフフ、文代さん、恐ろしくはないかね。……それとも思い直して俺の大事なお客様になるか。エ、その気になれないのかね」

「………」

「へへへへへ、怖い顔をして睨みつけたね。だが、今にそいつが泣きっ面に変るんだ。その時になって後悔しないがいいぜ」

人間豹は倒れ伏した文代さんに顔を向けたまま、ニタニタ薄気味わるく笑いながら、横歩きに押入れの前に近づくと、その襖をガラリと開いた。

押入れの中に大きな木箱が見えた。機械を送る荷造り箱のように厚い板の頑丈な箱だ。恩田はその蓋を開いて、中から何かを掴み出した。

文代さんは明智の力を信じきっていた。相手が魔物なれば彼女の夫は超人である。決して殺されることはない。必ず助けてくれる。名探偵明智小五郎は意想外の手段によって、不可能を可能にするのだ。最後の最後まで力を落とすことはないと、固く信じきっていた。

だが、人間豹の怪しげな言葉を聞き、さも自信ありげなせせら笑いを耳にすると、さすがに脅えないではいられなかった。ちょうど外科患者が手術台やメスの棚をドキドキして盗み見るように、押入れの中の異様な箱に、そこから取り出された一物に、目を注がないではいられなかった。

人間豹が魔術師のようなゼスチュアで箱の中から引きずり出したものは、ひどく嵩張った黒くてグニャグニャした何かしらゾッとするようなものであった。

初めのうちは、薄暗い押入れの中で、その正体を見届けることが出来なかったけれど、やがて、それがズルズルと明るみに持ち出されるに従って、そのものに顔があることがわかって来た。尖(とが)った真っ黒な顔だ。キラキラ光る目、ガックリ開いた真っ赤な口、ニョイと覗いた大きな牙、そして、深々とした黒い毛むくじゃらの胴体、鋭い爪(つめ)のはえた四本の足。

熊だ。人間豹が熊を摑み出したのだ。しかし、あんなにグニャグニャしている様子では、生きてはいない。では熊の死骸なのか。いやいや、死骸にしてはお腹(なか)がひどくペチャンコだ。すると剝製(はくせい)の毛皮なのかしら。だが、どこやら毛皮とも違うところがある。毛皮ならあんまで生き物の感じが残っているはずはない。

「へへへへへ、怖がることはない。まだ喰いつきやしないよ」

人間豹は毛皮をムクムクもてあそびながら、文代さんに近づいて来た。彼は「まだ喰いつきやしないよ」と云った。では、いつかはこの熊が生き返って彼女を喰い殺すというのだろうか。まさかそんなばかばかしいことが起こるはずはない。そういう意味ではなかったのだけれど、あとになって考えると、この何気ない言葉の中に、実に身の毛もよだつ恐ろしい暗示が含まれていたのである。

「これは熊の衣裳だよ。人間がこの中へはいって四つん這いになって熊の真似をするんだ。俺がはいるんじゃない。むろん君がこれを着るんだよ。そして、君はたった今から、熊になるんだ。恐ろしい猛獣になりきってしまうんだ。死んでしまうまで、もう二度と人間世界には戻れないのだ」

人間豹の語調はだんだんやさしく変って行った。そしてそれと反比例して言葉の内容は恐ろしくなりまさった。

「さア、いい子だから、おとなしく着更え(きがえ)をするんだよ。先ずそのバッチイのを脱いでと……」

恩田の不気味な指先が、文代さんの身体から裂け破れた半纏などを、一枚一枚とはがしていった。最初のうちは抵抗をこころみたけれど、相手の目的が一変してしまったのだから、さいぜんのように死力を尽す必要も感じなかったし、それに第一身体じゅうの力という力が絞り尽されて、これ以上の抵抗はまったく不可能であった。彼女はほとんど夢心地のうちに着物をはぎとられ、その上から温かい熊の毛皮をスッポリとかぶせられてしまった。

毛皮の腹部を切り開いて、シャツのように隠しボタンがつけてあるので、それを着てボタンをかけてしまうと、どこにも継ぎ目のない完全な生きた熊が出来上がる。人間の足と熊の後脚とはむろん形が一致しないのだけれど、その部分に巧妙な細工がほどこしてあって、外から見たところでは、少し後脚が太い感じがするくらいで、そっくり本物の熊である。

「さア、お熊さん、あんよだよ。あんよをするんだよ」

恩田は猫撫で声で云いながら、いつの間に用意していたのか、猛獣使いの短い鞭を取り出すと、恐ろしい勢いで可哀そうな熊のお尻を叩きはじめた。しなやかな鞭が空気を切って、パン、パンと部屋じゅうに鳴りわたった。

熊の中の文代さんは、むろん這い出す気持などなかったけれど、じっとしていると、恩田が両手で腰を持ち上げて、グングン押すものだから、その惰性で二た足三足は這うことになる。それを何度も何度も繰り返しているうちに、この奇妙な人間熊は、とうとう部屋を一周してしまったことであった。

実におかしいとも恐ろしいとも名状の出来ない光景であった。空家のように道具のないガランとした部屋の中、赤茶けた畳の上で、猛獣使いが始まったのだ。大きな熊が芸当を仕込まれているのだ。

使われているのはほんとうの人間、皮一枚の下は美しい文代さんの丸裸だ。そして、猛獣使いの方はと云うと、法被を着て二本の足で立ってこそいるものの、彼自身一匹の猛獣なのだ。豹の目と豹の牙と豹の舌と、それから豹の心を持った獣人なのだ。途方もない漫画である。世にも恐ろしい残虐な漫画である。

　だが、「人間豹」はいったい全体何をしようというのであろう。ただ熊の皮を着せてもてあそぶのが最後の目的ではないらしい。文代さんの行く手にはもっともっと恐ろしい事が待ち構えているに違いない。恩田は「死刑」という言葉を使った。それは果してどのような残虐を意味するのであろうか。

「では、今日はこのくらいにしておきましょうね。さア、さア、お熊さんは檻の中でおとなしくしているんですよ」

　恩田は熊を押入れに追い込んで、例の頑丈な木箱の中へ抱き入れ、上から蓋をしてしまった。

「お熊さん、お腹がへったでしょうね。今持って来て上げますよ。お前の好物の兎の生きたやつをね。しばらく待っているんですよ」

　そしてピシャンと押入れの襖がしまった。

　文代さんはもう身動きすることも、見ることも、聞くことも出来なかった。ただ地獄の暗闇と墓場の静寂があるばかりであった。墓場と云えば、身じろぎも出来ない木箱の中は、何とやら棺桶を連想させた。しかも地底に埋められた棺桶を。

　だが、まさか文代さんをこのままにしておいて餓え死にさせるというのではあるまい。「人間豹」の死刑はそんな生やさしいものではないであろう。ああ、いったい彼奴は何を考えているのだ。熊の皮がそれにどんな関係を持っているのだ。早く知りたい。如何ほど恐ろしい事にせよ。知らないよりはましだ。想像の届かぬ恐怖には耐えられぬ。

恐ろしき借家人

お話は元に戻る。

愛妻文代さんの姿を見失った明智小五郎の狼狽は無理もないことであった。名探偵だとて人間である。時には失策もすれば、狼狽もする。ただ彼の偉さは、精神的打撃を長引かせないことであった。たとい失策をすればとて、結局においてはその失策を取り返して余りあるほどの智力と活動力を持っていることであった。かくの如き人物にあっては、失策も失策ではない。狼狽も狼狽ではない。

彼は現場附近を走りまわって何かの手掛りを掴もうと力めたが、見込みがないと悟ると直ちに最寄りの商店の電話を借りて、事の次第をK警察署の捜査本部に急報した。ちょうど警視庁の恒川警視も来合わせていたので、充分手配を依頼することが出来た。

それから少し落ちついた気分になって、彼は例の六区の交番にも立ち寄ったが、運の悪いことには、「人間豹」と応対した美男のお巡りさんは、ちょうど少し前に別の人と交替していて、癲癇女の事を聞き知るすべもなかった。若し明智があの奇妙な出来事を耳にしたならば、たちまち何事かを悟り、正確な捜査方針を立てることも出来たのであろうが、ほんの一分か二分の喰い違いのために、思いもよらぬ結果を惹き起こすこととなった。

文代さん捜索のことは、すでに恒川警視が手配してくれているのだけれど、明智ともあろうものが、愛妻の事件をお上まかせにしておくはずがなかった。彼は映画街を中心に、或いは表通り裏通りと、足にまかせて歩きまわった。それがもう日頃の冷静を失っている証拠でもあった。彼は元来「足の探偵」ではなかったのだから。

それからしばらくして、彼はとある裏通りの八百屋の店の前に、何気なくたたずんでいた。青物を並べた店先に、近所のお神さんらしいのが三、四人買物をしている。ふと気がつくと、その中の一人が妙なことを喋っていた。

「それが変なのよ、あんた。まるで顔も姿も見せないんですもの。あたしの所から三度の御飯を運んで行くでしょう。それをね、黙って台所の障子をあけて、板の間へ置いて帰るのよ。そうしてくれっていう固い約束なのさ。しばらくしてお膳を取りに行くでしょう。すると綺麗に中味がなくなって、空のお櫃とお膳とが、ちゃんと元の場所に出してあるのよ」

「まあ、いやだわねえ。そして、お前さん、その人を見たことあるのかい」

「それが見ないんだよ。最初引越して来た人は、まあ立派な紳士だったんだけれどもね。どうもその人じゃないらしいの」

「ヘエー、なんだか気味がわるいみたいな話だわね。でも、あんた、どうして人が違うってことわかって？」

「手を見たのよ。顔は見ないけど手だけを見たのよ」

「手がどうしたっていうの？」

「今朝ね、あいたお膳を取りにいって、障子をあけるとね、少しあたしの行き方が早かったのさ。ちょうど御飯が済んだところと見えて、茶の間とのあいだの障子が細目にあいて、そこから空のお膳を板の間へ出している二本の手が見えたんだよ。その手がね、あたしのあけた障子の音にびっくりして、サッと引っ込んだかと思うと、いきなりピシャッと茶の間の障子をしめて、ガタビシ二階へ逃げて行く足音がしたんだだよ」

「まあ、よっぽど人目を忍んでいるのねえ。でも、その手だけを見て人違いとわかったの？」

「ええ、わたしゃ、あんな気味のわるい手は見たことがないわ。薄黒くって毛むくじゃらで、いやに筋張っていて、指が長くって、指の先には真っ黒になった爪が三分も伸びているのさ。最初あの家を借りた紳士は、決してそんな人柄じゃなかったのよ」

「いやねえ、じゃあその人、家にとじこもってて、外へ出ないんだわね」

「ところが、時々は外へ出るらしいのよ。それもこっそり出掛けると見えて、ついぞ見かけたことはないんだけれど、でも、出掛けている証拠には、いつの間にか二人になっているんだものね。どっかから女でも引っ張り込んだらしいのよ。そして、おかしいじゃないか。おひるのお膳の上に手紙がのっかっているのさ。晩から二人分持って来て下さいって」

「あんた、それほうっておくつもり？」

聞き手のお神さんが、声をひそめて、真面目な顔になって尋ねた。

「どうしようかと思っているのさ。うかつなことをしては、あとが怖いしね」

「でも、それが若しや、あれだったら」ぐっと顔を近づけて囁き声になって「人間豹だったら大変じゃないの？」

ここまで聞けばもう充分であった。明智はいきなり話し手のお神さんに近づいていって、彼の本名を名乗った。すると、お神さんは、近頃評判の名探偵の名をよく知っていたので、スラスラと話が運んだ。

そのお神さんは附近の仕出し屋の主婦であった。お膳を運ぶ先というのは、つい四、五日前からふさがった小さな借家で、あんまりひどいあばら家なのと、裏は塀ひとえで「花やしき」の動物小屋だし、両隣はどっかの物置場になっていて、なんとなく気味のわるい場所だものだから、長いあいだ借り手がつかなかったというのである。

借り手は独身者の立派な紳士であったが、お神さんのところから三度の食事を運ぶこと、家に人がいようといまいと、必ず一定の場所へお膳を置いて帰ること、決して台所から中へはいってはならぬことなどを固く約束して、一カ月分の前金を支払った。しかし、現在住んでいるのは、今も云うとおり、決してその紳士ではないというのであった。

「僕が一度その家をしらべて上げよう。若し怪しいやつだったら直ぐ警察に引き渡すし、そうでなかったら君の家に迷惑のかからぬように、僕がうまくして上げるから。どうだね、そこへ案内してくれないだろうか」

明智が説き聞かせると、お神さんは直ぐさま承知して先に立った。そして家主にも諒解を得てもらった上、問題の借家の台所口につくと、お神さんを帰して、明智はただ一人、相手に悟られぬよう注意に注意して、ソッと屋内に忍び込んで行った。家の中はガランとして道具も人気もなかった。音を立てぬように階下を調べ終ると、次には二階であった。お神さんの話にもあったとおり、怪しい男は二階に住んでいるらしいのだ。

明智は変装などする場合には、殊さら探偵七ツ道具を忘れなかった。小型ピストルもそのうちの一つである。彼はポケットの中でそのピストルを握りしめながら、ヤワな段梯子を少しも音を立てないように、蝸牛みたいな速度で上って行った。

だが、そうして長い時間を費やして、やっと階段の上に首を突き出して見ると、案外なことには二階も同じようにガランとして、いっこう人のいる気配がしない。二た間きりの二階なのだが、開け放した襖のこちら側も向こう側も、まったく空っぽのように見えるのだ。

ひょっとしたら怪人物は外出したのかも知れない。だが二人連れのはずはない。少なくとも一人だけは、女の方だけは、ここに居残っているはずだ。いや、とじこめられているはずだ。

明智はだんだん気を許しながら、畳の上を這うようにして、奥の八畳へはいって行った。道具も何もない黴臭い部屋、赤茶けた畳、障子の向こうに狭い縁側があって、ガラス戸が閉まっている。

明智はその縁側まで行って、障子の蔭をしらべて見るつもりだった。そうすればあんなことは起こらなかったのだ。ところが、部屋の中ほどまで行った時、彼をギョッとさせた異様の物音が響いて来た。

何か大きな物体がどこかでうごめいている感じだ。決して鼠なんかではない。ふと気がつくと、右手の押入れの襖が、物音の度ごとにかすかに揺れ動いていることがわかった。

押入れの中に何かがいる。むろん人間に違いない。だが、当の怪人物でないことは確かだ。若し彼なれば、明智の侵入を察しないはずはなく、敵に悟られるような物音を立てる気づかいはないからだ。

すると、この押入れの中にとじこめられている人物こそ、あの女に違いない。人間豹が誘拐した「よいとまけ」姿の文代さんに違いない。

明智はもう躊躇していられなかった。彼はさいぜんも云う通り、愛妻を気づかう余り日頃の冷静を失っていたのだ。いきなり押入れの前に立ち寄ると、サッとその襖を開いた。

すると、案の定、そこには手足を縛られ、猿ぐつわをはめられた一人の人間が転がっていた。だが、明智にとっても、恐らくは読者諸君にとっても、実に意外なことには、それは文代さんではなかった。女ではなくて男であった。しかも明智がよく知っている人物、そもそも彼をこの怪事件の渦中に引き入れる最初のきっかけとなった人物、読者はむろん記憶されているであろう。それはかつての犠牲者レビュー・ガール江川蘭子の恋人、神谷青年のみじめな姿であったのだ。

さすがの明智も、まったく予期しなかった人物との、突拍子もない再会に、愕然としないではいられなかった。

「アッ、君は」

神谷君じゃないかと云おうとしたのだ。だが、皆まで云う隙はなかった。

その時、縁側の障子の蔭に身を潜めていた男が、小豆色のジャケツにカーキ・ズボンの拳闘選手みたいな大男が、すばやく明智の背後に忍び寄って、手にした棍棒を勢いこめて振りおろした。

明智は不覚にも不意を突かれて、身をかわす隙もなく、脳天に烈しい一撃を受けた。グラグラと天地が揺れるような感じ、たちまち眼界が闇に包まれて、地の底へ地の底へと落ちて行く。彼は気を失って、その場に倒れてしまったのだ。

「ウフフフフ、ざまあ見ろ、名探偵さん、意気地がねえじゃねえか」

大男は足先で、明智の身体を突っつきながら毒口をきいた。

「お二人さんお知合いと見えるね。ちょうどいいや、仲よくここで寝んねをしているんだね」

彼は用意の細引を取り出すと、死人のような探偵の身体を、グルグル巻きに縛り上げ、手拭を丸めて厳重な猿ぐつわをほどこした。

「こうしてね、明日の晩方まで我慢するんだ。明日の晩には万事O・Kってわけだからね」

男は二人の捕虜を見おろしながら、さも得意らしく呟くのであった。

何が万事O・Kなのだ。明日の晩にはこの二人が処分されるというのであろうか。それとも、もっと別な、一そう恐ろしい事柄を意味するのであろうか。

この大男はいったい何者であろう。むろん「人間豹」の手下には相違ないのだが、大敵明智小五郎をこんな男に任せておくところを見ると、人間豹自身には、何かのっぴきならぬ仕事があるのかも知れない。いや、知れないではない。読者諸君はよくご存知だ。彼は熊娘の番人を勤めている。どこかしら別の場所で熊の檻を見張っている。そして、今にも恐ろしい死刑に着手しようと、あの赤い唇をなめずりながら北叟笑(え)んでいるに違いないのだ。

ああ、文代さんの運命は如何になりゆくことであろう。可哀そうな彼女は、明智がこのような目に遭っているとも知らず、檻の中で、闇(くら)い熊の毛皮の中で、一刻千秋(いっこくせんしゅう)の思いをして、名探偵の奇蹟的の出現を待ち望んでいるのだ。

それにもかかわらず、当の名探偵は、いつ醒めるともなく、昏々(こんこん)と眠っている。眠った上にご丁寧にも身動きも出来ず縛られている。ああ彼は果してこの愛妻の期待を満たしてやることが出来るのであろうか。いかな明智の精神力をもってしても、機智(きち)をもってしても、この難局を切り抜けるのは、ほとんど絶望なのではあるまいか。

明智小五郎よ、今こそ君の力をためす絶好の機会なのだ。そうして、うちのめされて、縛られて、君の魂(たましい)がこの世のほかの暗闇をさまよっている今こそ、君の超人的精神力、魔術的機智を、根こそぎ動員しなければならないのだ。

喰うか喰われるか

明智は、真っ黒な重い水の中をもがき廻っていた。もがけばもがくほど、泥沼の底へ底へと落ちて行く。助けなければならない。文代さんが裸にされて、身体じゅうに血を流して泣き叫んでいるのが、黒い水をとおしてハッキリと見える。早く助ければ、早く、早く。だが、あせればあせるほど、グングンと水底深く落ちて行くばかりだ。

実に長い長い時間、死にもの狂いの悪戦苦闘であった。烈しい意志と眠れる脳細胞（のうさいぼう）との汗みどろの戦いであった。そして、ついに彼は真っ黒な水の中から、軽やかな水面へと浮かび上がることが出来た。ふと現実の物音がよみがえった。何か非常に大きな物音であった。だが、間もなく、それは彼自身の耳鳴りであることがわかった。耳鳴りは徐々にその音を低めていって、やがて、耳鳴りのほかにはなんの物音もない静寂の中にいることがわかった。音ばかりではない。目を開くと、まだ悪夢の続きのように、あたりは黒暗々（こくあんあん）の闇であった。

次に彼は身体じゅうに異様な圧迫感をおぼえた。闇の中に横たわったまま、手も足も動かなかった。いや、身動きばかりではない。口をきくことさえも出来なかった。妙な錯覚（さっかく）が起こった。俺は死んでしまったんじゃないか。そして、重い墓石の下に埋（うず）められているんじゃないか。

だが、そのうちに、だんだん意識がハッキリして来るにつれて、事の次第が判明した。余りにもみじめな現在の立場が明らかとなった。

明智小五郎ともあろうものが、身体じゅうをグルグル巻きに縛られて、その上固い猿ぐつわをはめられて、燈火(あかり)もない暗黒の部屋の中に転がされているのだということが、ハッキリとわかった。

目をこらしてじっと見つめていると、やがて闇の中にも少しずつ濃淡が出来て来て、ボンヤリと物の形が見分けられるようになった。たぶん昼間彼が昏倒(こんとう)した部屋であろう。家具も何もない六畳ほどの畳敷きだ。ズーッと見て行くと、隣の部屋との境に、何か生きものの気配がした。呼吸をしている。かすかにうごめくのが感じられる。

突如として、そのものが、押さえつけられたような声で、かすかにうめくのが聞こえた……人間だ。誰かが自由を失って倒れているに違いない。

だが、たちまち事の次第がわかった、ああそうだった。ここには神谷青年が縛られて監禁されていたのだ。昼間、思いもかけぬ神谷の姿に、ふと気を取られていた隙に、あの一撃をくらって、そのまま昏倒してしまったのに違いない。そして、知らぬ間に彼も神谷と同じ縄目にかかって、こうしてころがされていたのに違いない。

「神谷君」

うっかり声をかけたが、それはみじめな唸り声でしかなかった。猿ぐつわだ。口一杯の猿ぐつわだ。

では、せめて神谷のそばまでころがって行って、縄を解く工夫をしようと身をもがいたが、縄の端が柱にくくりつけてあると見えて、もがけばもがくほど、縄目が喰い入るばかりだ。

玄人(くろうと)の縛りかただ。玄人の手にかかっては、一本の縄が如何に偉大な力を発揮するかを、明智はよく知っていた。これを解くのは智恵の問題ではない。腕力も玄人の縄目にかかってはせんすべがないのだ。

彼はもう無駄にもがくことをやめて、なるべく楽な姿勢で仰臥(ぎょうが)したまま、目をつむってしまった。

長い長い一夜であった。

そのあいだに二度ほど、梯子段をギシギシ云わせて、階下(した)から見知らぬ大男が、監禁者を見廻りにやって来た。

その都度天井からぶら下がっている電燈が点ぜられた。

そいつは、派手な色のアンダー・シャツを着た、六尺もあろうかと思われる大男であった。顔じゅうに無精髭がモジャモジャした熊みたいなやつであった。むろん「人間豹」に頼まれた無頼漢(ぶらいかん)に違いない。

「気がついたかい」

男は明智の顔を見おろして、ニヤニヤ笑いながら云った。

「フフン、探偵さん命拾いをしたね。じゃあ、まあ、おやすみ」

彼は無慈悲にそんな事をいって、パチンと電燈を消した。

やがて、夜が明けて、雨戸の隙間から明るい光がさしはじめた。部屋の中が夕暮ほどの明るさになった。それから又長い時間がたっていった。見張りの男は夜が明けてからも二、三度上がって来たが、ジロジロと二人の監禁者を眺めるだけで、無言のまま降りていった。彼の右手には思わせぶりなピストルが、スワと云えばぶッ放すぞと、威嚇（いかく）するように光っていた。

先にも記した通り、その空家は浅草公園には接してはいるものの、不思議と淋しい場所にあった。うしろは煉瓦塀を隔てて動物園だし、両隣は人も住めないほど荒れ果てた小屋同然の建物だし、前の往来も、片側は大きな料理店の裏手になっていて、遊覧客の通るような道ではない。少しくらい大きな声を立てたとて、雨戸とガラス戸を越えて、うまく通りがかりの人の耳にはいるかどうかも疑わしい。しかも監禁者は二人とも厳重な猿ぐつわをはめられている。そのすき間から叫んで見たところで、瀕死（ひんし）の病人の唸り声ほどにしか響きはしないだろう。

やがて、正午近くとおぼしき頃、例の猛獣みたいな大男が、一方の手にはピストル、一方の手には二本の牛乳の瓶を持って、ギシギシと上がって来た。
「探偵さん、それから、そっちの兄ちゃん、君たちにちょっと相談があるんだよ」

男は部屋のまん中にしゃがんで、二人の顔をジロジロ見おろしながら、しわがれ声で始めた。

「俺は何も君たちを干し殺す積りはないんだよ。さぞ腹がへっただろうね。君たちが案外おとなしくしていたのに免じて、ご馳走をしようと思うんだ。ところで、云っておくがね。猿ぐつわを取ったからと云って無闇に大きな声を立てたりするんじゃないぜ。もっとも君たちがそんなことをすりゃ、こいつがズドンとお見舞い申すんだから、いっこうに構わないようなもんだが、俺だってなるべくなら人殺しはしたくねえ。円満にやりたいからね。どうだい、声なんか立てないと誓うかね。そうすりゃ、このミルクを飲ませてやるんだが」

明智も神谷も、残念ながらお腹がペコペコだった。男の慈悲を受けるほかはない。それに、明智としては、猿ぐつわをはずした機会に、この男に尋ねて見たいことがあったのだ。

「フン、二人とも声を立てないと云うんだね。ヨシ、それじゃ今猿ぐつわをとってやるぜ」

男は二人を抱き起こして、それぞれ彼らの括られている柱に上半身をよりかからせ、猿ぐつわをはずしてくれた。

「ハハハハ、そんなに心配しなくってもいい。僕は大声なんか出しやしないよ。僕はこんなみじめなざまを人に見せたくはないんだからね。助けになんか来られちゃ、僕の方こそ困るんだよ。安心したまえ」

明智は相手の男が油断なくピストルを構えているのを見て、ニコニコしながら云った。

「ウン、そうか。なるほど、そう云やそんなもんだな。明智ともあろうものが、このざまじゃあね」

男は憎々しく云って、ピストルを下げた。

「僕は君に二ツ三ツ尋ねたいことがあるんだが、その前に先ずそいつを飲ませてくれたまえ。なにしろ喉が乾いて仕方がないんだ」

明智と神谷とは、次々に、男の手から一本ずつの牛乳を、うまそうにゴクゴクと飲み終った。神谷青年は、グッタリとして、物を云う気力もない。口をきくのは明智ばかりであった。

「やア、ありがとう。うまかったよ。ところで先ず第一に尋ねたいんだが、昨日僕をここへ案内した飯屋のお神さんとかいう女は、たぶん君たちの仲間だったんだろうね。君たちというのは、つまり『人間豹』の一味のことなんだが」

それを聞くと大男は唇の隅で嘲笑った。

「フフン、それを今気づいたのかね。遅かったねえ。するとお前さんは昨夜じゅう助けが来るのを心待ちにしていたんだね。フフン、そいつは虫がよすぎらあ」

事実、明智はそれを不思議に思っていた。彼がこの空家にはいったまま、いつまでも出て行かないのを知ったら、あのお神さんはこの事を警察へ訴え出るに相違ないと思っていた。だが、いつまで待っても救いの来ないところを見ると、あのお神さんそのものが賊の一味であって、明智をこの空家へ誘い込むために、巧みなお芝居をうったとしか考えられぬ。あの時家主に断わって来たというのも、出鱈目だったに違いない。

「ホウ、なかなかやるねえ。あの女は名優だよ」

明智は感に堪えて云った。

「すると、この家の借主というのは君だったのかい。僕は恩田自身がここにいるんだと思ったが」

「そう見せかけたのよ。でなくっちゃ、獣物は罠にかからないからね。俺がこの家の主だよ。俺のほかには猫の子一匹いないのさ」

「ホウ、君一人か。それで怖くないのかい。いくら縛られていたって、僕は明智小五郎だよ」

「アハハハハ、おどかすない。……おらア一人じゃねえよ。ここにもう一人、ちっちゃいけれど、恐ろしく強い味方がいらあね。いくら名探偵だって、身動き一つさせるこっちゃあない。……おらア命知らずの権てえもんだよ」

男は小型のピストルを、手の平の上で、ピョイピョイと踊らせながら、ふてぶてしく答えた。

「ところで、君は僕たちをいったいどうしようっていうのだい。恩田は君に何を命令したんだい。二人とも殺してしまえとでも云いつけられたのかい」

明智がからかうように尋ねた。

「ウン、いずれはそういう事になるらしいんだ。だが、今じゃない。まあ、夕方までは大丈夫らしいよ」

男は歯をむき出して、憎々しく宣告した。

「ホウ、夕方まで？」

「ウン、それまでは『人間豹』の方で手の離せないことがあるんでね。喰うか喰われるかってやつだよ」

「喰うか喰われるかだって？」

明智が妙な顔をして、鋭く尋ねた。「喰うか喰われるか」その言葉に何かしら記憶があったのだ。

「アババババ、こいつは云うんじゃなかったっけ。なあにネ、ともかく夕方まではお前たちの命に別状はないっていう話さ。それだけのことさ」

急いでごまかそうとしたが、この重大な言葉を迂闊に聞き流す明智ではなかった。彼はその奇妙な文句が、若しかしたら愛妻文代さんの運命を暗示しているのではないかと考えた。どうもそうとしか思えない。だが、いったいどんな運命を？

彼はじっと空間を見つめたまま、頭の芯へ錐をもみ込むようにして、何かを思い出そうとあせった。長い沈黙が続いた。今にも思い出せそうでいて、すぐにも手が届きそうでいて、なかなか浮かび上がって来ない一物を、必死になって考えた。

金口の巻煙草

だが、やがて、青ざめていた明智の顔にサッと血が上った。何かしら悟るところがあったのに違いない。そして次の瞬間には、彼の目に恐ろしい焦慮の色が浮かんだ。

こうしてはいられない。文代さんが危ういのだ。しかし、この厳重な監禁をどうして脱出することが出来るだろう。

「ところがね、君、僕は夕方までここにはいないつもりだよ」

突然、明智はニコニコした表情になって云い放った。

「オイオイ、空威張り(からいばり)はよせよ。いないつもりだって、俺の方でいさせておくんだから仕様がないじゃないか」

「この縄かね?」

「ウン、それもあらあ。どんな縄抜けの名人だって、その縄だけは、ちょいと抜けられめえよ」

「それから、そのピストルかね」

「ウン、そうよ、そうよ。この小っちゃい仲間は、まことに気持のいいやつでね。貴様たち二人くらいの命を取るのはなんの造作もありゃしないのさ」

「ブルブルブル、おお怖い怖い。それじゃあまあおとなしく転がっているとしようかね」

明智はおかしそうに笑い出して、ゴロリと横になった。

「なんだか薄気味のわるいやつだなあ。……だが、そうしておとなしくしていりゃ、こっちも別に文句はねえ。じゃあ又窮屈だろうが、こいつをはめさせてもらうかね」

男は固く丸めた手拭を取って、再び猿ぐつわをはめる用意をした。

「オイ、君そいつをはめる前に、一つ頼みがあるんだがねえ」

明智がやっぱりニコニコして、云い出した。

「なんだ」

「君は煙草を持っていないかい。腹がくちくなると、今度は一服吸いたくってねえ。面倒ついでに、一つ煙草もくわえさせてくれないか」

「ウン、煙草か。感心だよ。さすがに度胸(どきょう)が据わっているねえ。お安いご用だ。だが、お生憎(あいにく)と、切らしたよ。俺もさいぜんから一服やりたくって仕様がねえんだが、君たちをほうっておいて買いに出るわけにもいかずねえ。気の毒だが我慢してくんな」

「やれやれ、そいつは残念だなあ。……待てよ。オイ、君、あるよあるよ。僕の内ポケットにシガレット・ケースがはいっているんだ。その中にまだ二、三本残っているはずだよ。君、すまんがこのポケットへ手を入れて、そいつを出してくれないか。むろん君にも一本進呈するよ。M・C・C(注15)だぜ」

「ウン、M・C・Cとは、聞き捨てならねえな。久しくお目にかからねえよ。よしよし、今出してやるよ」

男はよほどの煙草好きと見えて、相好をくずしながら、明智の職工服の内ポケットへ手を入れた。きたない職工服から銀のシガレット・ケースだ。それからもう一と品、大型の万能ナイフがカチカチ音を立てて一緒に引っ張り出された。

「おや、こんなものを持っていやあがる。危ない危ない。こいつはこっちへ取っておいてと」

男は万能ナイフを傍に置いて、それからシガレット・ケースをパチンと開いた。

「あれ、金口だぜ。今時流行らねえじゃねえか。それに、二本ぽっちだぜ」

「二本でもいいじゃないか。僕が一本、君が一本」

「ウン、まあ我慢して仲よく一本ずつ分けるか。二本とも没収しちゃってもいいんだが」

さいぜんからの話しぶりでもわかる通り、この拳闘選手みたいな大男は、悪人に似合わぬお人よしと見える。

彼は寝転んでいる明智の口へ、一本の金口の巻煙草をくわえさせて、マッチをすってやった。

「いや、ご苦労ご苦労、実にうまいよ。さア、君も遠慮なくやりたまえ」

明智は青い煙をフーッと天井へ吹きつけながら、くわえ煙草で、ほがらかに勧める。

男はなかなかの煙草好きと見えて、薫りのよい煙を感じると、もう我慢出来ないといった調子で、自分も一本の金口を取って、火をつけ、いきなりスパスパとやり出した。

「ところでねえ、君、君はZ曲馬団というのを知らないかね」

明智が何気ない世間話のように始めた。

見ていると、妙なことに、彼はM・C・Cの煙を、惜しげもなくフーフーと吐き出すばかりで、深く吸い込む様子がない。ほんとうに煙草がほしかった人とも思われぬ仕草だ。

Z曲馬団と聞くと、男はなぜかドギマギして、余りうまくない答え方をした。

「知らないよ、そんな曲馬団なんて」

「そうかい。たぶん知っているだろうと思ったがねえ」

明智は目を細くして、睫毛のあいだからじっと男の様子を見つめていた。

男は黙り込んで、無闇矢鱈に煙草を吸っている。余りにのんびりとしたテンポののろい会話、敵味方とも思われぬほがらかな情景、何かしら物憂い生暖かい空気が部屋を包んでいた。眠気をもよおすような一時が経過した。

「ハハハハハ、さて大将、いよいよお別れの時が来たようだね」

突然、明智が煙草の吸いさしを吐き出して、低く笑いながら云った。

だが、相手の男はこの暴言に何の答えをする力もなかった。

彼は煙草を持った手をダランと垂れて、ポカンと口をあいて、物憂い春霞の中に、さも心地よく舟を漕いでいた。コクリコクリと、居眠りの最中であった。

「神谷君、ご挨拶はあとです。僕らは助かりましたよ。こいつは眠ってしまったのです」

明智が今までとはうって変った緊張した声で、かたわらの青年を呼びかけた。

疲労のために意気地なくグッタリしていた神谷青年は、この明智の声にハッと身を起こした。

「では、今の煙草に何か……」

「そうですよ。僕はいざという時の用意をおこたったことはありません。僕の内ポケットには、どんな時でも必ず二本のウエストミンスターかM・C・Cが、強い麻酔剤を仕込んだ巻煙草が、ちゃんとはいっているのですよ。僕はそれをちっとも吸い込みはしなかった。ところが、先生は煙草に餓えていて矢鱈に吸い込んだのですからね。たちまちこの有様です。もう踏んでも蹴っても目を覚ますことじゃありませんよ」

「ああ、そうでしたか」

神谷は名探偵の用意に感嘆して、

「ですが、この縄をどうして」

と、まだ不審顔。

明智は「あれ」と目で教えておいて、いきなり腹這いになると、さいぜん男が彼のポケットから摑み出して畳の上に置いた万能ナイフの方へにじり寄って行き、やっとのことで、それを口にくわえた。

それから、ナイフの柄を柱の角に当てて、器用にその刃を開くと、柄の方を奥歯でしっかりと支えて、われとわが胸の縄をゴシゴシこすり始めた。

恐ろしき猛獣団長

たちまちにして主客顚倒であった。明智は苦心して彼自身の縛め(いまし)を解くと、神谷青年を自由にしてやり、次には、そこにうずくまって寝込んでいる大男を、あべこべにグルグル巻きに縛り上げ、猿ぐつわさえかませてしまった。

それがすむと、明智はさいぜんから、一と目見たくてウズウズしていた一物を、ポケットからつまみ出した。ほかではない。昨日文代さんを見失う直前、将軍髭いかめしいチンドン屋から受け取った、赤い広告ビラをクチャクチャに丸めたものであった。その広告ビラの裏面に例の「人間豹」の挑戦状が鉛筆で書きなぐってあったのだ。

彼は「人間豹」の手下の大男が「喰うか喰われるか」という妙な言葉を口走った時、どこかで読んだ文句だがと、薄れた記憶を辿りに辿って、やっとそこへ思い当たった。その文句は、一と目見て何気なく丸めてしまった赤い広告ビラの表面に、初号活字でデカデカに印刷してあった文句なのだ。明智はクチャクチャになった広告ビラを、丁寧にひろげてそれを確かめた。そこには下手な文句で次のような文章が印刷してあるのだ。

喰うか喰われるか!!
印度の猛虎と北海の大熊の大血闘!!
我がZ曲馬団は愈々数日中に東京都民諸君に訣別致すこととなりましたが、
訣別にのぞみ御愛顧御礼として、来たる×月×日午後一時より、特別番外猛獣団長大山ヘンリー氏の出演を乞い、印度産猛虎と北海の大熊との、喰うか喰われるか、血を見ざればやまぬ、猛獣大格闘を御覧に供します。何を申すも猛獣同士の闘いの事なれば、何れか傷つき斃れますは必定、この一回を御見逃しあっては二度と見られぬ凄絶惨絶の大場面、当日は全都民各位の御来観御声援を切望致す次第で御座います。

とあって、紙面の上欄に、一個怪奇の人物の写真が、大きく印刷され、その下に「世界的猛獣団長大山ヘンリー氏の肖像」と記してある。その左下の隅に、虎と熊との大格闘の挿絵まではいっているのだ。

明智は昨日、裏の挑戦文ばかりに気を取られ、広告の方はよくも見なかったし、猛獣団長の写真などいっこう注意もしなかったが、今見ると、これは不思議、そこに大山ヘンリー氏として掲げられている人物は、ほかでもない、昨日の将軍髭のチンドン屋その人ではないか。世界的団長自ら広告幟を担いでビラを配って浅草界隈を歩いているなんて、なんとまあインチキ至極、人を喰った所業であろう。

明智はじっと穴のあくほど、その奇妙な写真を見つめていたが、やがて、何を悟ったのか、いきなり神谷青年の目の前に、広告ビラをさし出して、あわただしく尋ねた。

「神谷君、これ、この写真をよく見て下さい。君はこの写真から何か感じませんか。この人物に見覚えはありませんか」

神谷は明智の権幕にびっくりして、広告ビラを手に取ると、その写真をしばらく見つめていた。

「そう云えば、なんだか見たような顔ですね。しかし……」

「思い出せませんか。それじゃね、そのピンとはねた黒い将軍髭を取って、その代わりに白い口髭と、それから、房々した白い顎髯を想像してごらんなさい。そういう爺さんを見たことはありませんか」

「白い口髭、白い顎髯、……おや、そうだ。あいつとそっくりだ」

神谷は愕然として色を変えた。

「恩田の父親ですか」

「そうです、そうです。あいつに違いありません。だが、どうして……」

「たぶん、そんなことだろうと思ったのです。僕は恩田の父親というものにはまだ対面した事がないので、君に尋ねて見たのですが、やっぱりそうだ。神谷君、こいつは、昨日、チンドン屋に化けて浅草の映画館の横で僕たちを待ち受けていたのですよ。そして、こいつが僕を裏通りへ誘って、こんな挑戦状みたいなものを渡して暇取っているあいだに、息子の「人間豹」のやつが、僕の家内を引っさらって行ったのです」

「ああ、そんな事があったのですか。とうとう先生の奥さんまで……それじゃ早く救い出さなければ」

「僕もそれを考えているのです」

「どこへ連れて行ったのか、お心当たりは？」

「このZ曲馬団の中だと思うのです」

明智が青い顔をして答えた。

「エ、曲馬団の中ですって？」

「しかも、僕は今、ふと恐ろしい事を考えたのです。ハハハハハ、なあに、僕は少し神経衰弱になっているのかも知れません。だが、ひょっとしたら。ああ恐ろしい……」

明智ともあろうものが、この恐怖、この戦慄は何事であろう。

「なんです。どうなすったのです」

神谷青年が心配して、探偵の顔を覗き込む。

「いや今は聞かないで下さい。お話しするのさえ恐ろしいのです。しかし、僕は急がなければならない。だが、間に合うかしら」

明智は腕時計を見た。幸い破損もせず動き続けていた。

「一時五分前だ。こうしてはいられない。神谷君、訳はあとで話します。僕と一緒に来て下さい」

云うなり、彼はもう梯子段を駈け降りていた。神谷青年もあとに続く。表に出ると浅草公園へと急いで、そこの入口にある公衆電話へ、呼び出した先はむろんK署の捜査本部。折よく恒川警視が居合わせて電話口に出た。明智はそこで文代さんの行方について、「人間豹」の本拠について、それを攻撃する手段について、手短に打ち合わせをすませると、公衆電話を飛び出し、大通りに駈けつけて、一台のタクシーを呼び止めた。

Z曲馬団

東京都民生活の触手が、田園農民生活の中へ突入し、市民と農民とそれから小工場労働者とが渦を巻いて入れまじっているような、大東京西南の一隅M町の、ほこりっぽい古道具市で有名な広場に、一カ月ほどもうち続けている大サーカスがあった。その名はZ曲馬団。

その曲馬団の大テントの正面に、昨日から、突如として不気味な絵看板が掲げられた。三間四方もある大看板一杯に、黄色に黒く斑紋美しい猛虎と、真っ黒な大熊とが、双方後肢で立ち上がって、お互いの肉に鋭い爪をうち込みながら、真っ赤な口、真っ白な牙を咬み合わせ、血みどろになって格闘している凄惨の場面が、毒々しい泥絵具で描いてある。

「虎と熊とがどっちか死ぬまで戦うんだって」

「喰うか喰われるかだよ」

絵看板の前の人だかりは、恐ろしい見世物の刻限午後一時が近づくにつれて、刻一刻その数を増していった。

「さア、お早くお早く、虎と熊の格闘がいよいよ始まる。これを見落としたら二度と再び見られぬ。孫子の末までの語り草だ」

木戸口に半纏姿の男が、顔を真っ赤にして怒鳴っている。

その木戸口には、ゾロゾロと数珠つなぎの入場者だ。そこをはいると、平常の見物席のほかに、曲馬の馬場の中まで一面に蓆を敷いた臨時見物席、見渡す限り頭、頭、頭、ギッシリのお客さんだ。それが、シーンと鳴りを静めて、やがて始まろうとする異常の見世物に、期待の胸をとどろかせている。

正面の一段高い舞台には、古びたビロードの緞帳(どんちょう)が、そのうしろにいるに違いない激情的な生きものを隠して、何気なく下がっていた。赤茶けた色の緞帳には、金モールでZという巨大な文字が浮き出している。

「ゴン、ゴン、ゴン……」

突如として耳を聾する銅鑼(どら)の響き。

一(ひ)としきり、稲穂(いなほ)の波打つような客席のざわめき。あちこちに起こる咳払(せきばら)いの音。

やがてそれもピッタリと静まって水をうったような広い天幕(テント)の下。

スルスルと緞帳が上がった。

舞台中央に立った一人の異様な人物、金モールの飾りいかめしい黒ビロードの上衣(うわぎ)、ズボン、同じくピカピカ光るビロード帽子、スペインの闘牛師(とうぎゅうし)そのままの扮装(いでたち)である。しかもその人物の顔のまん中には、これはこれはと驚くばかり立派やかな、ピンと耳の外まではねかえった、真っ黒な将軍髭が、物を云う度ごとに、ピョコピョコと動いていた。これぞ猛獣団長大山ヘンリー氏その人である。

彼は猛獣用の鞭を両手にもてあそびながら、将軍髭にふさわしい勿体ぶった口調で、しきりと前口上を述べ立てている。

「……さて、いよいよあれなる二つの檻を、ピッタリと密接致し、あいだの扉を開きまして、虎と熊とを一つに致しまする」

彼が鞭で指さす舞台後方には、車のついた二つの檻が、奥深く、薄暗く見えて、その一方の檻には、さも精悍な一匹の虎が、狭い鉄棒のあいだを、ノソリノソリ、往ったり来たりしながら、時々「ウオー」とすさまじい咆哮を発している。もう一つの檻の中には、虎に比べて二倍もあるような黒い大熊が、これはまあなんと意気地のないことか、さもさも相手が怖くてたまらないという恰好で、隅っこの方に身をすくめ、すっかりおびえきっている様子だ。

「……熊は臆病者にござりまする。だが、観客諸君、決してご心配には及びません。ああ見えましても、いざ敵の襲撃を受けますると、彼はたちまちその本性をあらわし、猛然と立ち上がるのでござります。熊は恐らく最初まず張りの一と手を用いるでありましょう。しかして虎は低く喰い下がって、その鋭い牙と爪を存分に揮うでありましょう。さてしばらく揉み合いまするうちに、猛獣のいずれかが傷つくは必定、さア、一たん血を見まするると、肉に餓えたる彼らは、俄然としてその兇暴性を増し来り、遂には敵の喉笛を、バリバリと喰い裂かずしてはやまぬのでござりまする」

将軍髭の猛獣使いは、そこでちょっと言葉を切って、彼の弁舌の効果を確かめるように、静かに場内を見まわした。

「観客諸君、皆さんは実に果報者でいらせられますぞ。一頭百万円以上もしまする猛獣が、傷つき、斃れ、皮を破られ、肉を食い裂かれ、骨となるまでの、身の毛もよだつ光景を、今まざまざと御覧なさるのでござります。いやいや観客各位、そればかりではありませんぞ。猛獣は泣き叫ぶのです。狂乱して逃げまどうのです。ああ、まるで、それは人間のように、か弱い美しい女のように、助けを求めて泣きわめくのです。皆さんの前に、どんな美しくむごたらしい光景が展開致しますことやら。凄絶、惨絶、奇絶、怪絶、恐らくは観客諸君の夢にも想像されぬところでござりましょう」

髭の猛獣使いは、何かしら訳のわからぬ事を口走った。ただ観客を怖がらせるための誇張に過ぎないのであろうか。それとも、彼のこの異様な言葉の裏には、真実何か恐ろしい意味が隠されていたのではあるまいか。

「さて、長口上はこれに止め、いよいよ、喰うか喰われるか。猛獣血闘の実演を御覧に供するでござりましょう」

鞭を斜に構えて、気取ったお辞儀をすると、金ピカ猛獣使いは、舞台の隅に退いて、道具方に合図をした。

「ゴン、ゴン、ゴン……」

またしても鳴り響く銅鑼の音。

舞台に走り出た八人の男は二つの檻に四人ずつ、ゴロゴロとそれを滑らせて、舞台前方に引き出し、檻と檻とをピッタリ合わせて、厳重な金具をはめた。

大山ヘンリー氏が、またしても一歩前に進んで、丁寧な御挨拶。すると、男どもの手で、檻と檻とのあいだの二枚の扉が、ガラガラと引き上げられた。たちまちにして、二つの檻は一つとなった。

×　　×　　×　　×

明智小五郎と神谷青年とが、浅草公園の大通りで、タクシーを呼び止めたのが、ちょうどその時分であった。

「M町の三ツ股だ。料金はいくらでも出す。五分間に飛ばしてくれたまえ」

明智が車上の人となるや、運転手に怒鳴った。

「五分間ですって！　いやー、そいつあ無理ですよ。どんなに飛ばしたって、十分はかかりまさあ」

だが、運転手はまだ若いすばしっこそうな男だった。

「速力の規定なんか無視しても構わん。僕は警察関係のものだ。決して面倒はかけない」

「だって、市内ではいくら飛ばそうたって、先がつかえてまさあ」

運転手はもうスピードを出しながら、怒鳴り返す。

「よし、それじゃ、懸賞つきだ。前の自動車を一台抜くたびに百円だ」

「百円？ 心得たッ。だが、旦那、何十台抜くかわかりませんぜ。あとで冗談だなんて云いっこなしだぜ」

たちまち車は矢のように飛んだ。

道行く人々が急流のように後方に流れ去る。ああ、一台又一台、電車も、自動車も、トラックも、すれ違ってはあとに残されて行く。十字路の信号燈を無視したことも一度や二度ではなかった。

「コラ、待てッ！」

大手をひろげて怒鳴っているお巡りさんの真っ赤な顔がしかし、見る見る小さく小さく遠ざかって行く。

×　×　×　×

舞台では一つになった檻の中で、二匹の猛獣の睨み合いが続いていた。睨み合いと云っても、熊の方はさいぜんの姿勢のまま、首を垂れてじっとうずくまったまま、死んだように動かない。それに反して精悍な猛虎は、長い尾をクルックルッと表情たっぷりに廻転させながら、首を低く、身を縮めて、襲撃の前奏曲、低い唸り声をゴロゴロと鳴らしている。

「熊ア、熊ア、しっかりしろッ！」

変てこれんなかけ声が客席の一隅に起こった。

「虎公、やっつけろ。ほらッ、飛びかかれッ」

又別の声援が、突拍子もない声で響きわたった。

だが、猛獣は、なかなかおだてに乗らず、睨み合いを続けたまま動かない。ただ、徐々に徐々に、猛虎の唸り声が高まって行くのが感じられた。

たまりかねた観客席から、ついに怒濤のような喊声が湧き起こった。

「やれやれえ……」

「やっつけろい……」

「ワッショイ、ワッショイ、ワッショイ……」

猛獣よりも先に、見物が昂奮してしまった。大テントの下は、今や汗みどろの激情の坩堝であった。

満を持して動かなかった猛虎も、この騒擾に刺戟されないではいられなかった。彼は一刹那、弓のように身を縮めたかと思うと、たちまち一発の巨大な弾丸となって、熊を目がけて飛びかかっていった。

「ワーッ……」

と上がる喊声、見物席は総立ちとなった。だが、なんというあっけなさ。大熊はまったく無抵抗であった。虎の一撃にゴロリと倒されるとそのまま、四肢を上にして仰臥してしまった。

「熊ア、しっかりしろッ」

虎は相手の無抵抗に、かえっておびえたように、又元の位置に退いて、第二の襲撃の姿勢を取り、じっと敵の動静を窺っている。

すると、その時まで、まるで眠っているか死んでいるとしか思えなかった大熊が、仰臥のまま、モガモガと、四肢を動かしはじめた。そして、やっとの事でまともに起き直ると、じっと虎の方を見つめていたが、ああ、これはどうしたというのだ。熊はまるで気でも違ったように檻の隙間から外へ逃げ出そうと、みじめにもがきはじめるのであった。それと同時に、どこからか、かすかにかすかに身の毛もよだつ女の悲鳴が、客席にひろがっていった。

だが激情の見物たちは、まだその悲鳴に気づかなかった。騒擾の中で聞き取るには、余りにもかすかな声であったから。

熊は檻の外へ出られぬ事がわかると、いきなり後足で立ち上がり、飛んだり跳ねたり、気違い踊りを始めた。踊りながら、広くもあらぬ檻の中を、縦横無尽に駈けまわった。

そのあいだ、いぶかしい女の悲鳴は切れては続いていた。一と声は一と声とその悲しさを増して続いていた。

「オイ、どっかで女が泣いてるじゃねえか」

「ウン、そうよなあ、俺もさっきから不思議に思っていたんだよ」

見物席の騒擾の中に、あちらでもこちらでも、ボソボソと、そんな囁きが取りかわされた。

しばらくは熊の狂態にあっけに取られて、攻撃を忘れていたかに見える猛虎も、そうそうはじっとしていなかった。それればかりか、敵の狂態が烈しい昂奮剤となって彼の闘志を刺戟した。

「ウオーッ……」

ただ一と声、凄惨な咆哮が響いたかと思うと、虎は矢のように第二の突撃をこころみた。

黄色と黒とが、一瞬にして一団となり、クルクルと檻の中を転がりまわった。

「ワーッ、ワーッ」

と上がる喊声、だが、その喊声を縫うようにして、さっきからの哀れな女の叫び声が、甲高く、細く細く、見物たちの耳の底に突き通った。

ああ、いったいどんな女が、どこで泣き叫んでいるのであろう。ともすれば、それは可哀そうな大熊が、救いを求めて、悲鳴を上げているのではないかとさえ幻覚された。でも、まさか、あの図体(ずうたい)の猛獣が人間の若い女みたいな泣き声を立てるはずもないのだが。

× × × ×

「キーッ」

と悲鳴のようなブレーキの音を立てて、明智たちの乗っている自動車が急停車した。

「チェッ、ご丁寧に貨物列車と来てやがらあ」

運転手が憎々しげに舌うちしたのも尤もであった。彼らの前には、白黒だんだら染めの交通遮断器が長々と横たわり、その向こうを、真っ黒な機関車が、ゼイゼイ息を切らしながら、何十台という長い長い貨物車を引っぱって、ゴットンゴットン、さも呑気らしく通過していたのである。

「ああ、しまった。神谷君、運の尽きだ。見たまえ、もう一時を一五分も廻っている。ひょっとしたら間に合わないかも知れん」

明智が真っ青な顔をして、目を血走らせて、うめくように云った。

だが、神谷青年にはその意味がよくわからなかった。

「さっきから聞こう聞こうと思っていたのですが、いったい僕たちはどこへ行くんですか。間に合わないというのは何に間に合わないのですか」

「僕の家内の命の瀬戸ぎわです。殺されかけているんです。探偵のくせに女房一人救えないなんて……畜生、どんなことがあっても、救って見せるぞ」

彼は燃えるような敵意をこめて云い放ったが、次の瞬間には、又しても不安と焦慮にくずおれていた。

「ああ、しかし、駄目かも知れない。……この長い長い貨物列車が、僕の悪運を象徴していているのかも知れない」

美しき半人半獣

サーカスの舞台では、ピシーン、ピシーンと鞭が鳴る。檻の横手にピカピカ光る金色の一物。それは名にしおう猛獣団長大山ヘンリー氏の闘牛師そっくりの扮装であった。彼の右手がサッと空を切るごとに、血に餓えた猛獣たちをいやが上にも狂乱せしめる鞭の音が、檻の上空に鳴りはためくのだ。

「虎公! 虎公! なにをグズグズしてるんだよう。くっちまえ! やっつけちめえ」

酔っぱらっているような胴間声が響きわたった。

「のしちまえ……」「しっかりしろ……」

などの甲高い声々が、コーラスのように湧き起こった。

だが、不思議に堪えぬのは、その怒号を縫って、まるでその場の情景にそぐわない女の悲鳴が絶え絶えに、今にも死にそうな不吉感をもって、どこからともなく聞こえて来る事であった。

黄色と黒の一団の玉となって檻の中を転げまわっていた二匹の猛獣は、やがてサッと離れた。と云って、大熊の方は、まるで失神でもしたように、不恰好に倒れたまま動かなかった。ただ虎の方で勝手に飛びかかり、勝手に飛び退(の)いているように見えた。猛虎を一匹の猫とすれば、図体はその二倍もある熊の方が、一匹の鼠に過ぎなかった。彼は身をすくめてしまって、相手の思うがままにもてあそばれているのだ。虎は青く光る眼で、さも楽しげに大きな敗北者を眺めながら、グルグルとそのまわりを歩いていた。歩きながら、真っ赤な口をギャッと開いて、嵐のように咆哮した。猛獣団長のしなやかな鞭が何かの意味をこめて、続けさまに鳴り響いた。その、今までとはまったく違った、まるで奇妙な笛のように聞こえる空気切断の音響が、見物席を昂奮の絶頂に導いた。物狂おしい喊声が、津波のように舞台の檻を目がけて押しよせた。

　虎の眼が刻一刻兇暴の輝きをましていった。口辺の醜い皺が更に醜く醜くゆがんでいった。そして、血に餓えた白い牙が、徐々にその長さと鋭さをまして行くかとさえ思われた。

　アッと云う、目にも止まらぬす早さであった。仰向きに倒れてもがいている熊の喉笛に、虎の牙が突き刺さっていた。強靱(きょうじん)な肩の筋肉がムクムクと盛りあがって、太い首が鋼鉄の機械のように左右に振り動かされた。

「ワッ、やられたッ！」

という感じで、見物席は又しても総立ちとなった。敗北者熊への声援が、一としきり大天幕をゆるがした。

だが熊は、不甲斐なくも、あくまで無抵抗であった。なんて弱虫な猛獣だろう。今にこいつが本気に怒り出したらと、そればかりを待ち構えていた見物たちは、余りのことに失望しないではいられなかった。

「オイ君、変だぜ。あの熊はあんなにひどく喉を喰い破られているのにちっとも血が出ないじゃないか」

最前列の見物の中に、そんなつぶやきが聞こえた。いかにも、熊の喉からは一滴の血も流れてはいなかった。虎の牙は月の輪のあたりに食い込んで、首を振る度ごとに、そこの皮がメリメリと裂けてゆくのがハッキリ見えているのに、血の流れ出す気配さえないのは、実に不思議というほかはなかった。あれは剥製の熊だったのかしら、いやいやそんなはずはない。剥製の動物があんなにもがいたり、逃げまわったり出来るものか。

だが不思議はそれに止まらなかった。やがて、前列の見物たちのあいだに異様などよめきが起こった。大熊の喉のあたりに集中された百千の目が、物狂おしいギラギラした光を放ちはじめた。誰も彼も気が狂いそうであった。恐ろしい悪夢にうなされているような、なんとも形容の出来ない戦慄に襲われた。

「なんでしょう？　エ？　あれはいったいなんでしょう？」

最前列の商人体（てい）の男が隣の青年にしがみつくようにしてワナワナ震えながら口走った。そこにも、ここにも、ゾッとする呟きが湧き起こった。

見よ、熊の喉のあたり、鋭い牙に引き裂かれた表皮は虎の顎の後退につれて、メリメリとめくれ上がって行ったではないか。しかも、一滴の血が流れるでもなく、赤い肉が現われるでもなく、その下からは意外ともなんとも、真っ白な、いやむしろ蒼白（そうはく）な、何かスベスベしたものが、一寸一寸と、見物の目に暴露されて来たではないか。

虎は案外造作もなく熊の皮がめくれてゆくので、無邪気に面白がって、グングンあとじさりを続けた。すると、その力につれて、まるであらかじめ裂け目がこしらえてでもあったように、熊の皮は喉から胸、胸から腹へと、一文字に引き裂かれていった。引き裂かれるに従って、皮の中の白いなめらかなものが、見る見る大きく現われていく。

総立ちになった見物たちは、もう咳払いするものさえなく、化石したかの如く動かなかった。さいぜんからの喧騒に引きかえて、大テントの下は、失神したように静まり返ってしまった。ただ彼らの百千の掌(てのひら)に、ネットリとした脂汗が、ジワジワにじみ出すばかりであった。

× × × ×

明智小五郎と神谷青年の同乗した自動車の前を、長い長い貨物列車がやっとのことで通過した。踏切りのだんだら染めの遮断機がスーッと空に上がったかと思うと、待ちかねていた自動車、自転車の一群が、先を争って動きはじめた。

「チェッ、かっきり三分も待たせやがったぜ」

運転手は舌打ちをして、スターターを押した。ガリガリという やけな音と一緒に、ガソリンの煙が車内に逆流した。そして、車は邪魔ッけな自転車どもを押しのけるようにして、でこぼこの鉄道線路を乗り越えて行った。

明智は青ざめた顔で前方を凝視したまま、もう物を云わなかった。全身がワナワナ震えているのは自動車の震動のせいばかりではないように見えた。ポケットに突っ込んでいた右手が、ほとんど無意識に膝の上に飛び出して来た。その手は、一挺(いっちょう)のコルト拳銃を汗ばむほど握りしめていた。

神谷青年は横目遣いに、この不気味な飛び道具をジロジロと眺めたが、何も云わなかった。彼は、さいぜん明智が「人間豹」の部下の大男を縛り上げた時、そのポケットからこのピストルを抜き取って明智自身のポケットへすべり込ませたのを記憶していた。

車は又しても恐ろしい速度を出して、前方の自動車どもを一台一台と追い越して行った。目の届く限り、坦々たる一直線の大道路、その遥か彼方の空に、大気の中の水母（くらげ）のように、ポッカリと浮き上がった広告風船（アド・バルーン）が、小さく眺められた。

丸い気球の下に、何か赤い点々のようなものが、ヒラヒラしている。広告文字に違いない。だが、自動車は疾風の早さである。見る見る、その赤い点々が振仮名（ルビ）活字ほどの小ささに、それから七ポイント活字、八ポイント、九ポイントと徐々に大きくなって、やがて動揺する車からも、はっきり読み取れるほどに拡大した。

「猛獣大格闘……Z曲馬団」

ああそれは目ざすZ曲馬団の広告風船であった。あの風船の下にテント張りの見世物が興行しているのに違いない。

×　　×　　×　　×

舞台の檻の中では、熊の皮がほとんど剝げるだけ剝げてしまっていた。まるで蜜柑の皮でも剝ぐように、なんの造作もなく……これはまあいったい何事が始まったのだ。鳴りを静めた大群集は、彼ら自身の目を疑わないではいられなかった。俺は今ほんとうに起きているのかしら。それとも、何か飛んでもない幻覚を見ているのではあるまいか。こんなベラ棒な椿事が、果して現実世界に起こり得るのであろうか。

檻の中では、そういう椿事を惹き起こした当の虎さえも、あっけにとられて、むしろ恐れをなして、一方の隅へ逃げ込んだまま、身をすくめてしまった。

ただ見る、檻の中央には、上半身が真っ白で、下半身が真っ黒な、お化けのような一物が、スックと立ち上がっていた。だが、それはなんと艶めかしくも美しいお化けであったか。熊の皮の中から現われた白くてなめらかなものは、人間の皮膚であったのだ。しかも若くて美しい女の皮膚であったのだ。

乱れた髪の毛、泣き濡れた顔、胸も腕も、上半身は余すところなく露出されていた。ただ、幸いにも下半身には厚ぼったい熊の毛皮がまといついたまま離れぬので、女はその上の恥をさらすまでには至らなかった。やっぱり熊は剝製も同様であったのだ。その中に生身の美女を包んだ拵えものに過ぎなかったのだ。

しかし、見物たちは、この白昼のあやかしに魂を奪われて、急にはそれと気づくことも出来なかった。陸の人魚というものがあるならば、それは文字どおり陸の人魚であった。美女と野獣との混血児、怪しくも美しき半人半獣の妖怪としか感じられなかった。

美しき妖怪は、艶やかに笑っていた。いや、笑うような口つきで泣き叫んでいた。彼女は最初立ち上がるまでは、麻酔剤によって意識を失っていたのだが、突如として目醒めた時、熊の冠り物の二つのガラス玉に写ったものは、彼女に向かって襲いかかる一匹の猛虎であった。彼女は半狂乱となって逃げまどった。逃げまどいながら助けを求めて泣き叫んだ。その冠り物の中での泣き声が、ズッと遠方からのように感じられ、先刻以来、見物たちに一種異様の不安を与えていたのであった。

群集はそれを悟ったものもあり、悟らないものもあった。だが、一様に思い出したのは、さいぜんの大山ヘンリー氏の不思議な口上であった。

「猛獣は泣き叫ぶのです。狂乱して逃げまどうのです。ああ、まるで、それは人間のように、か弱い美しい女のように、助けを求めて泣きわめくのです。皆さんの前に、どんな美しくむごたらしい光景が展開致しますことやら。凄絶、惨絶、奇絶、怪絶、恐らくは観客諸君の夢にも想像されぬところでござりましょう」

何かそんなふうな意味のとれない奇怪至極の文句があったのを思い出した。あれだ。あれはつまりこの事を意味していたのだ。すると、熊の皮が剝がれたのも、中から美人が飛び出したのも、すべてあらかじめ計画されていた事柄に違いない。「喰うか喰われるか」などと、こけおどしの広告をして、その実は、こういう艶めかしいお茶番を見せるのが、この呼び物の思いつきであったのかも知れない。

だが、この半人半獣に扮している女猛獣使いは、なんてすばらしい女優であろう。あの真に迫った恐怖の表情はどうだ。あのソプラノの泣き声の美しさはどうだ。

見物はもう夢中であった。ものを云うことも出来なかった。手を叩くことさえ忘れていた。生唾を吞み込み吞み込み、目をみはって、口をあけて、名女優の命がけの演技に見とれていた。

かようにして、艶めかしき半人半獣の驚くべき恐怖舞踊が始まった。彼女の足はよろめき、胸は烈しい呼吸に波打ち、声はすでに嗄れ嗄れであった。

「助けて……助けて……」

引きつけるような悲鳴のあいだあいだに、恐れに飛び出した両眼と調子を合わせて、真底から救いを求める叫び声がほとばしった。

猛虎はいつまでも身を縮めてはいなかった。彼はやっと隅っこから立ち上がると、何かいぶかしげに、この美しい人獣のまわりを、グルグルと歩きはじめた。裸女は防ぐように両手を前へ突き出し、虎の歩く方へと顔を向けて、よろめきながら身体を廻している。もう泣き叫ぶ力もなかった。ただ、恐ろしい獣物から目を放すことが出来ないのだ。猫に魅入られた鼠のように、相手の恐ろしい形相を見つめたまま、視線をそらす力がないのだ。

虎の描く円周は、だんだん狭められていった。そして、時々立ち止まると、ちょっかいを出すように、その前脚を上げて、女人の身体にさわろうとする。その度ごとに身の毛もよだつ叫び声が見物の肝にこたえて響きわたるのだ。

何度もそれを繰り返しているうちに、とうとう、虎の鋭い爪が美人の肩に触れた。たちまちにじみ出す鮮血が青白い肌をツルツルとすべり下った。そして、その長い毛糸のような真紅が半人半獣の肌の白さを、目も醒めるばかり際立たせた。

大空の爆笑

見物たちはまだおし黙っていた。大テントの下はまるで墓場のように静まり返っていた。だが、その沈黙の中には何かしらお化けみたいな烈しい疑惑がただよい始めているように見えた。

「これがお芝居なのかしら。お芝居にあれほど真に迫った恐怖の表情が出来るものだろうか。第一いくら商売と云っても、美しい肌に、あんなひどい傷をつけられて、平気でいるなんて、常識では考えられないことだ」

「ひょっとしたら、あの女は猛獣使いでもなんでもない、素人娘（しろうとむすめ）かも知れないぞ。すると、これはまあなんて恐ろしいことが始まったものだろう。大群集の面前での人殺しじゃないか。しかも、猛獣の牙にかけて、一寸だめし五分だめしの無残この上もない人殺しじゃないか」

見物たちの頭の中に、そんな判断力が、ぼんやりとよみがえりかけていた時、突如として、どこかしら高い所から男の笑い声が降って来た。カラカラという乾（ひ）からびたような、しかし、ひどく傍若無人な高笑いであった。

千百の顔が、一斉に天井を見上げた。

天井には、曇り日の空のような白っぽいテントがあった。テントのすぐ下には、荒縄でくくった丸太棒（まるたんぼう）が縦横無尽に交錯していた。その丸太棒の一本に、ポッツリと雀のようにとまっている人の姿があった。そいつが、舞台の惨劇を見おろして、さもおかしくて堪（たま）らないというふうに、ゲラゲラと笑っているのだ。その男の顔立ちは、遠くてはっきりしなかったけれど、見物たちは、彼のつぶらな両眼が、まるでけだもののように、青く燃え立っているのを見逃さなかった。燐のように光る眼だ。とうとう、あいつが姿を現わしたのだ。

群集はそれを見ると、一そう気違いじみた昏迷(こんめい)におちいらないではいられなかった。気の弱い人々は、一目散にテントの外へ逃げ出したい衝動を感じた。

舞台の檻の中では、美しい半人半獣が、今は気力も尽きはてて、グッタリと倒れたまま動かなかった。気を失ったのであろう。虎の鼻面(はなづら)がすぐ目の前に迫っても、声も立てなければ、身動きさえもしなかった。その白蠟のように美しい肌の上に、一条の血汐(ちしお)が、赤い蛇となってからみついていた。

檻の横手にたたずむ猛獣団長の顔はドス黒く昂奮して、その偉大なる将軍髭は激情にうち震え、つぶらな両眼はまっかに充血していた。彼は手にせる鞭を、物狂おしく空中に振りつづけた。

ヒューッ、ヒューッという嵐のような音響が、血に餓えた虎を、いやが上にもいらだたせた。彼は見物席に向かって一(ひ)と声高(こえ)く咆哮したかと思うと、いきなり二本の前脚を倒れている美女の胸にかけて、その喉笛に、今度こそは生きた人間の喉笛に、牙を突き立てようとした。

ガブリ、ただ頸と顎の筋肉が一(ひ)と縮(ちぢ)みすれば事は終わるのだ。一個の人命が断たれるのだ。

見物たちのうちに、これをしもお芝居と考えるものは、一人もいなかった。百千の顔が、一刹那ハッと色を失って思わず舞台の上から目をそらした。次に起こるべき余りにもむごたらしい光景を、正視するに忍びなかったのだ。婦人客は両手で目を覆った。幾人かは軽い叫び声さえ発した。

読者諸君、われらのヒロイン明智文代さんの一命は、かくして猛虎の筋肉の一と縮みにかかっているのだ。諸君もすでに推察された如く、人間豹親子は、美しい明智夫人を誘拐して、熊の毛皮をかぶせ、大胆不敵にも、公衆の面前で、見るもむごたらしい悪魔のリンチを行なおうとしているのだ。

天井の丸太棒につかまった「人間豹」恩田と、猛獣使い大山ヘンリーになりすまして、鞭をうち振るその父親とは、数丈の上と下とで、ひそかに顔を見合わせて、わが事成れりと肯き合った。そして、父親の鞭は、いよいよその音を高め、「人間豹」の笑い声はますます傍若無人になりまさるのであった。

その時である。

観客たちは、何かしら頭の芯を貫くような、一瞬の衝動を感じた。おやッ、どうしたんだ。ああ多分やられたのに違いない。彼らは鮮血にまみれた虎の顎を想像しながら、でも怖いもの見たさに、そらしていた目を、一斉に舞台に向けた。

すると、これはいったい何事が起こったのだ。殺されていたのは、人間ではなくて虎の方であった。彼は脳天から一と筋の血を滴らせて、グッタリと横たわっていた。もう身をもがく力もない。恐らく一瞬にして息絶えたものであろう。

美しい半人半獣の方は、やっぱり失神したままであったけれど、肩の掻き傷のほかにはなんの別状もなく、危うくも虎の顎をのがれたのである。

丸太棒の上の笑い声がパッタリとやんだ。大山ヘンリー氏の鞭が動かなくなった。

彼は何がなんだか分からず、キョトンとして見物席を眺めていた。

すると、彼の視線の中を、見物席をかき分けながら前に進んでくる人物があった。職工姿の明智小五郎だ。神谷青年だ。それから制服私服の一団の警察官だ。云うまでもなく、危機一髪の境に猛虎を射殺した名射撃手は明智であった。彼の右手に握られたコルト拳銃から、名残りの白煙がかすかに立ち昇っていた。

彼のあとに続く警官は、明智の電話によって恒川警視が手配してくれた、K警察署からの先発隊であった、明智がZ曲馬団の木戸口に着いた時には、彼らはもう自動車を降りて明智の到着を待ち構えていた。

「明智さんだ。明智さんだ」

変装はしていたけれども、さすが大衆の目早さで、見物席のどこからともなく、名探偵讃美の声が起こった。彼らは新聞記事によって、明智小五郎と「人間豹」との対立をよく知っていた。明智夫人誘拐事件についても、今朝の新聞を読んだばかりだ。その明智探偵が、物々しい警官隊と共に乗り込んで来たからには、怪人「人間豹」がこの小屋の中に潜んでいることは十に一つも間違いはない。いや、それどころか、あの檻の中で虎の餌食になろうとした美しい人は、きっと明智夫人文代さんにきまっている。ああ、なんという恐ろしい場面に出会(でつくわ)したものだろう。敏感な人々は、たちまち事の真相を悟って身震いを禁じ得なかった。

大山ヘンリーに変装した「人間豹」の父親は、明智の姿を認めると、サッと顔色を変えて逃げ出そうと身構えたが、すばやい警官隊は、むろんその余裕を与えず、ドカドカと舞台に駈け上がって、彼のまわりを取り囲んでしまった。

するとさすがの老怪物、逃げ腰になっているのをシャンと立て直して、将軍髭を震わせながら、声のない笑いを笑った。そして、ゆっくりゆっくりズボンのポケットに手を入れると、一挺の小型ピストルを取り出して、警官たちの鼻の先につきつけるのであった。

その頃、場内は津波のような混乱におちいっていた。木戸口に殺到する群集のわめき声、将棋倒しの下敷きになって悲鳴をあげる老人、泣き叫ぶ女子供、その騒然たる物音の中に一ときわ高い怒号の声が、彼方此方に響きわたっていた。

「人間豹だ」

「人間豹があすこにいる」

「ああ、逃げ出した。人間豹は屋根の上に逃げ出したぞ」

見上げると、天井に交錯した丸太棒の上を、さいぜんの笑い声の主が、一匹の黒猫のように、目にも見えぬ早さで走っていた。或いは縦によじ登り、或いは斜めにすべり、或いは横に綱渡りをして、丸太棒から丸太棒へと、伝い伝って、彼はついに、テントの裂け目から屋根の上に出てしまった。

透き通って見える白い帆布の上を、動物とも人間とも見分けのつかぬ奇怪な黒影が、丸くなって、飛ぶが如く跳ねるが如く走って行く。

今や場内に居残った大群集は残らず「人間豹」の敵であった。彼らは声を揃えて、逃げ行く悪魔を囃し立てた。気の早い兄いたちは、二人三人と、勇敢にも丸太棒をよじ登って、「人間豹」を追い駈けはじめた。Z曲馬団の人たちもおくれはしない。道具方の青年、空中曲芸の軽業師などが四人五人と、明智小五郎の指図を受けて、猿のように天井へと駈け上がって行った。

Ｚ曲馬団と「人間豹」親子とは、別に深い関係があるわけではなかった。ただ二匹の猛獣をつれた親子のものが、西洋帰りと称して、Ｚ曲馬団にとっては非常に有利な条件で、臨時加入を申し込んだものだから、殺人犯人とは夢にも知らず、その申し込みに応じて、宣伝などをしたまでであった。したがって、Ｚ曲馬団の全員も、今は決して「人間豹」の味方ではなかった。

「外へ廻れ、外へ廻れ、人間豹は屋根から飛び降りて逃げる気だぞ」

群集の叫び声に教えられるまでもなく、明智はすでにその手配をしていた。警官隊の一部と曲馬団の男たちが、テントの外へ飛び出して、小屋の周囲に散兵線を敷いた。明智自身も彼らのあとに続いて外に出ようとした。外の広場に立って、屋根の上の捕物を監視したいと思ったのだ。だが、彼がそうして木戸口へ急いでいる時、うしろの舞台で突如として一発の銃声が聞こえたかと思うと、人々の烈しい罵り声が爆発した。

ハッとして振り向く目の前に、一つの悲劇が終わっていた。将軍髭いかめしい闘牛師は、金モールの胸から血を流して不恰好にくずおれていた。彼は包囲の警官たちを威嚇していたピストルで、われとわが胸を射貫いたのだ。運の尽きを悟ってか、悪魔に似合わぬいさぎよい最期であった。

ちょうどその時、又しても一隊の警察官が、木戸口からなだれ込んで来た。

「おお、明智君、奥さんは大丈夫か」

先頭に立った恒川警視が、先ずそれを尋ねた。

「ウン、やっと間に合った」

明智は舞台の一方を顎でしゃくって見せた。そこには、曲馬団の人たちの手で、檻から助け出された文代夫人が、まだ意識を失ったまま、座蒲団を積みかさねた上にグッタリとなっていた。

「だが、残念なことに、犯人の一人が自殺してしまった」

「ああ、そこに倒れている、……するとあれが恩田の親爺だね」

「そうだよ、猛獣使いに化けていたんだ」

「で、息子の方は？」

「屋根の上へ逃げ出した。あれを見たまえ」

明智が指さす大テントの天井には、右往左往する捕物の人々が、異様な影絵となって入り乱れていた。

「外へ出て見よう」

明智と恒川警視と新来の警官たちとは、大急ぎで木戸口を出ると、見世物小屋の後ろの広場へ駈けつけた。そこは、先に配置された警官や曲馬団員や帰りそびれた見物たちで、黒山の人だかりであった。

明智たちは、それらの群集のうしろの小高い場所に立って、テントの屋根の斜面上での、烈しい捕物を監視した。

真っ黒な背広を着た「人間豹」は、彼の本性の四つん這いになって、広いテントの白地の上を、縦横無尽に跳ねまわっていた。だが、追手の中には、野獣にも負けぬ軽業の名手が、二人も三人もまじっている。その上、逃げるのは一人、追っ駈けるのは十人に近い人数だ。さすがの「人間豹」も徐々に徐々に、屋根の隅へと追いつめられていった。

「いよいよ彼奴も運の尽きだね。飛び降りるか、でなきゃあ……」

恒川警視がそんなことを呟いた時、まるで云い当てでもしたように、空の黒豹は、屋根の端からすばらしい跳躍をしたのである。

四つん這いの黒い身体が、尺蠖虫のように縮んだかと思うと、やにわにサッと延びて、空中に見事な孤を描いた。

それを見ると、地上の群集は「ワーッ」と叫んで、逃げ足立ったが、不思議なことに、いつまでたっても、黒豹は墜落して来なかった。

「アッ、風船だ。風船へ逃げた」

誰かの怒鳴り声に、人々は又一斉に空を見上げた。すると、これはどうだ。逃げる場所もあろうに、「人間豹」はアド・バルーンの綱にすがりついて、屋根のそとの空中にぶら下がっていたのである。

広告風船は、風にゆらめきながら、銀色の巨体を、遥かの空に浮かべていた。風船の下には「猛獣大格闘……Z曲馬団」の紅文字が、ヒラヒラとひらめいて、ここからスーッと流れた一条の綱が、ちょうど明智たちの立っている広場の片隅、風船昇降用のろくろで続いていた。

「ろくろを捲け、ろくろを捲け」

人々は叫びながら、ろくろに駈け寄って、三人四人五人と力を合わせ、ヨイトマケ、ヨイトマケ、広告風船の綱を捲き取りはじめた。

あわれ稀代の殺人魔「人間豹」も、もはや逃れるすべはなかった。ろくろの廻転につれて風船の綱は見る見る縮まって行く。そして結局風船が地上におろされた時、「人間豹」も逮捕の運命をまぬがれることは出来ないのだ。この大捕物の大団円も、もはや五分、三分の後に迫っていた。

だが、綱につかまった「人間豹」は、諦めわるく上へ上へと昇って行く。ろくろが一尺捲きとれば、彼も一尺昇るのだ。そして、巨大な風船が、テントの屋根とすれすれまで引きおろされた時にも、黒豹は依然として元の空中にただよっていた。すでに「Z曲馬団」の四文字を昇りつくし「大格闘」の大の字あたりにしがみついていた。

「オーイ、無駄な骨折りをさせるな、早く降りて来い」

地上の警官たちが業（ごう）をにやして、空中の犯人に呼びかけた。

「ワハハハハ、諸君、君たちこそ無駄骨折りはよしたまえ」

空中からの応答が、風に吹き飛ばされながら、かすかに聞こえて来た。

「ああ、明智君、恒川君もそこにいるんだね。ご苦労さま。だが、君たちは又無駄骨折りをするばかりだぜ」

「人間豹」は赤い「大」の字の前にぶら下がって、傍若無人の憎まれ口を叩いた。

「馬鹿野郎、文句はあとでゆっくり聞いてやる。早く降りてこーい。往生（おうじょう）ぎわがわるいぞウ」

警官が負けずに応酬した。

「アハハハハ、君たち俺をつかまえた気でいるのかい。ハハハハハ、こいつはお笑い草だ。なぜといってね、俺は決してつかまらないからな」

叫ぶかと思うと、空中の恩田の右手にキラリと光るものがあった。大型ナイフだ。

そのナイフが彼の腰のあたりの綱の上を烈しく左右に動くかと見る間に、たちまち綱はプッツリと切断された。切断されるが早いか、今までろくろと数人の力とで地上に引きつけられていた風船は、まるで鉄砲玉のように恐ろしい早さで天空に舞い上がって行った。

「ワハハハハハ明智君、あばよ。恒川君、あばよ。ワハハハハハ」

飛び上がる風船と共に、悪魔の哄笑は、スーッと、尾を引くように、遥かの天空へと消えて行った。しばらくのあいだは、銀色の風船の下に、片手と両足でつかまった、小さな黒い人の姿が、地上の群集に向かってしきりと手を振っているのが眺められたが、やがてそれも見えなくなって、ただゴム毬ほどの銀色のものが、風のまにまに白い雲のあいだを縫って、東京湾の方角へ流れ流れて行くのを見るばかりであった。

×　×　×　×

その翌日、相模半島（さがみはんとう）の漁船が、沖合（おきあい）遥かの海上に、銀色の大章魚（おおだこ）のような怪物がただよっているのを発見した。調べて見ると、それはZ曲馬団のアド・バルーンに相違ないことがわかったが、「人間豹」恩田の死体は、ついにどこの海岸に打ち上げられたという報告にも接しなかった。彼は風船と運命を共にして海底の藻屑（もくず）と消えたのであろうか。それとも、悪運強く通りがかりの船などに救われ、まだこの世のどこかの隅に、あの燐光の目を光らせて、再度の悪事を計画しているのでもあろうか。

だが、それから一年以上のあいだ、われわれは彼の消息をまったく耳にしないのである。たとい生き永らえているにせよ、人間獣の害悪は一と先ずこの世から除き去られたと云わねばならなかった。

かくして、私立探偵明智小五郎の名声は独り高く、彼の美貌の妻文代さんの奇しき運命の物語は到る処の話題に上り、長く人々を感動せしめたのである。

ただここに一つ、永遠に解きがたき謎が残されていた。その目は不気味な燐光を放ち、その牙は野獣の如く鋭く、その舌は猫属のささくれをもつ怪物「人間豹」が、如何にしてこの世に生を享けたかという疑問である。事件の後、世間には人獣混血の説が喧伝された。恩田は生まるべからざるに生まれた地獄の子であったというのだ。彼らの論拠は、恩田の父親がなぜあれほど豹を愛したか、その豹を射殺しなければならなかった時、なぜあれほどまでに悲しんだか、そして、寵愛の豹を失った彼が、一年の後、浅草の動物園から、又しても同じ動物を盗み出さなければならなかった理由がなんであるか。というような漠然とした事柄に過ぎなかった。云うまでもなく単なる憶測である。科学の肯じない憶測である。

そこには、恩田の父親だけが握っている、恐ろしい秘密があったのかも知れない。だが、その父恩田はもはやこの世の人ではなかった。彼の自殺と共に、「人間豹」の奇怪事は、千古に解きがたき謎として残されたのである。

では、あの浅草の動物園から盗み出した豹は、いったいどうなったのか。読者諸君は、それをいぶかしく思われるに違いない。だが、あの豹は父恩田と運命を共にして、サーカスの舞台で最期をとげたのだ。檻の中の虎と見えたのは、実はお化粧をした豹であった。犯人たちは盗み出した豹の始末に困じ果てたに相違ない。あのような目立ちやすい生きものを連れて、人目をくらましていることはまったく不可能であった。豹を隠さなければならない。だがどうして？　魔術師はそれについて実に奇想天外な手段を思いついたのであった。

彼らは人間の白髪染め薬を用いて、豹の斑紋を巧みに染めつなぎ、動物の身体一面に虎斑を描きあげたのだ。人々は豹を探している。虎を探しているのではない。それ故、虎を連れた猛獣使いが突如として東京に現われたとしても直ちにそれと疑われる気遣いはなかったのだ。

彼らはその虎と、文代さんを包んだ贋物の熊とを連れて、伝手を求めてZ曲馬団に加入した。むろん彼らの虎にも、熊にも、曲馬団の人たちを決して近寄らせなかった。かくして二重三重の目的が達せられた。恩田父子と豹とが安全に身を隠し得た上に、誘拐した文代さんまでも、まったく人目のとどかぬ熊の檻の中に監禁しておくことが出来たのだ。いや、それればかりではない。猛獣格闘の見世物と称して、はれがましい大群集の面前で、その文代さんを豹の餌食にして見せるという、無残きわまる大芝居さえ演じることが出来たのである。彼らはこの悪魔の虚栄心(きょえいしん)に、殺人演技の魅力に、半ば狂せるが如く、ついにはわが身の危険をさえ忘れ果てたかのように見えた。

「人間豹」事件は、明智小五郎が取りあつかった多くの犯罪事件の中でも、最も奇怪な色彩のものであった。当の被害者が、愛妻の文代さんであったという意味だけでも、彼には長く忘れがたい印象となって残った。

「僕はね、あの風船に乗った恩田のやつが、空の上から僕たちをあざ笑った、気味のわるい笑い声がいつまでも、耳に残って離れないのだよ。夢に見るのだよ。恐らく一生涯あの声は忘れないだろうね」

明智はそののち恒川警視に会うごとに、きまったようにそれを云い出すのであった。

(『講談倶楽部』昭和九年五月号より翌年五月号まで)

注1　カフェ
　もとはコーヒーの店だったが、大正から昭和にかけて、女給が接待し酒を出すカフェが流行していく。

注2　嫁おどし
　息子夫婦が信心深いことをよく思わなかった姑が、鬼の面をつけておどかすことでやめさせようとするが、面が顔から離れなくなってしまう。蓮如（れんにょ）上人の言葉で悔い改めると、鬼面は外れる。「肉付きの面」として知られる福井県の民話。

注3　江川蘭子
　昭和五年から六年にかけ、探偵作家たちの合作小説『江川蘭子』が雑誌『新青年』に連載された。乱歩は第一回を担当。ただし、この小説の江川蘭子とここでの蘭子は別人。

注4　頭被
　公家や武家の女性が顔を隠すためにかぶるひとえの衣。被衣。

注5　三十万円
　昭和九年の初出では千円。物により価格変動は異なるので単純計算はできないが、現在だと数十万円。桃源社版では「数万円」で、その場合は現在の数百万円となる。

注6　待合
　芸者などを呼び遊興するための場所。

注7　天勝
　松旭斎天勝（しょうきょくさいてんかつ）。明治後半から昭和初期に人気を博した女性奇術師。

注8　三万円
　昭和九年の初出では五十円。物により価格変動は異なるので単純計算はできないが、現在の二十万円前後か。

注9　括り猿
　四角い布に綿を縫い込み、四隅をひとつにくくって頭をつけ、猿の形にしたもの。玩具やお守りなどにする。

注10　クレオソート
　ブナの木から作られる油状の液体。鎮痛剤や防腐剤として用いられる。

注11　面桶
　薄板を曲げて作った容器。一人前の飯を盛る。乞食の持物としても知られる。

注12　天眼鏡
　人相見や手相見が使う、柄のついた凸レンズ。

注13　よいとまけ
　滑車を使い数人で重い槌をあげおろしして、建築などの地固めをする。その労働に従事する人。女性が多かった。

注14　チンドン屋
　奇抜な衣装を着て、太鼓等の楽器を鳴らすなどして、街頭で店の宣伝を行う人たち。

注15　M・C・C
　エジプト（のちギリシア）のカラサナシス社の輸入煙草。

『人間豹』解説

落合教幸

大正の末に多くの作品を送り出した江戸川乱歩だったが、自らの作風に嫌気がさし、昭和二年から翌三年にかけて、小説の執筆を中止する。

この一度目の休筆から中編「陰獣」で復帰した乱歩は、その後、多くの読者へ向けた長編小説をいくつも書いていった。そこにはある種の妥協もあったと乱歩は韜晦するが、その一方で多くの読者を獲得し、名声は高まっていった。

昭和四・五・六年の多作期に生まれたのが、「芋虫」「押絵と旅する男」などの短篇と、「孤島の鬼」「蜘蛛男」「黄金仮面」といった長編作品であった。

探偵小説の愛好家たちが読む『新青年』とは違って、大衆向けの読物雑誌に連載される長篇は、それまでの乱歩作品とは異なる意識で書かれたものであった。その嚆矢となる「孤島の鬼」が掲載された『朝日』は、『新青年』を刊行している博文館の雑誌であり、しかも『新青年』編集長として乱歩を世に出した森下雨村（もりしたうそん）からの依頼でもあったので、乱歩にもまだ探偵小説を意識した気負いは残っていたようである。昭和三年は「陰獣」以外の作品は発表せず、この年の後半は翌四年一月号からの「孤島の鬼」を準備する期間ともなった。こうして出来上がった「孤島の鬼」は、同性愛的な恋愛感情と、探偵小説の筋立て、旅した三重県の風景などが盛り込まれた、特異な作品となっている。

しかし、その次に書かれた「蜘蛛男」からの連載長篇は、完全に娯楽的な読み物として消費されることを前提として書かれることになる。

「蜘蛛男」では、最初、明智小五郎は登場せず、探偵役をつとめるのは、犯罪学者畔柳博士であった。当初からの構想であったかは不明だが、中盤から帰国した明智が登場し、二人の探偵の対決が描かれていく。結果として明智小五郎が勝利し、その後の乱歩作品での名探偵の地位も確立したのだと言ってよいだろう。

乱歩が明智だけを名探偵として使い続けていこうと考えてはいなかったかもしれないことは、たとえば「パノラマ島奇談」で登場するのは北見小五郎という探偵であり、「孤島の鬼」では深山木幸吉という探偵が活躍していることから推測できなくもない。「D坂の殺人事件」や「心理試験」といった短篇では複数回登場していたものの、この時点ではまだ明智の長篇は「一寸法師」しかなかった。「一寸法師」は休筆のきっかけとなった作品でもあり、乱歩としては必ずしも納得のいく作品とは言えないものであっただろう。だが、「蜘蛛男」で明智の活躍を描いて成功し、以後の多くの作品でこの名探偵が主役をつとめることになるのである。

「蜘蛛男」に続いて『講談倶楽部』で連載されたのは「魔術師」である。この物語は「蜘蛛男」事件を終えた明智が、保養のためにホテルに逗留するところから始まる。そこで知り合った女性の親類に脅迫状のようなものが届き、明智は捜査に乗り出していく。魔術師と呼ばれる犯人とその一味によって、明智は捕らえられてしまうのだが、この事件で文代という助手を得てもいる。

さらに「黄金仮面」で明智は貴重な美術品を守って怪盗と対決した。そして「吸血鬼」では犯人によって助手の文代が誘拐されてしまうといった危機もあるのだが、のちに明智と文代が結婚することも記されている。また、小林少年はこの小説で初登場となった。

昭和六年には、乱歩にとって初めての全集が平凡社から刊行されている。乱歩自身も企画に加わり、大々的に宣伝を行ったこの全集は、経営に行き詰まっていた平凡社を救うほどの成果となった。乱歩自身にもそれなりの収入となり、これによって、意に添わぬ小説を書かなくてもしばらく暮らしていけるだけの見通しがつく。

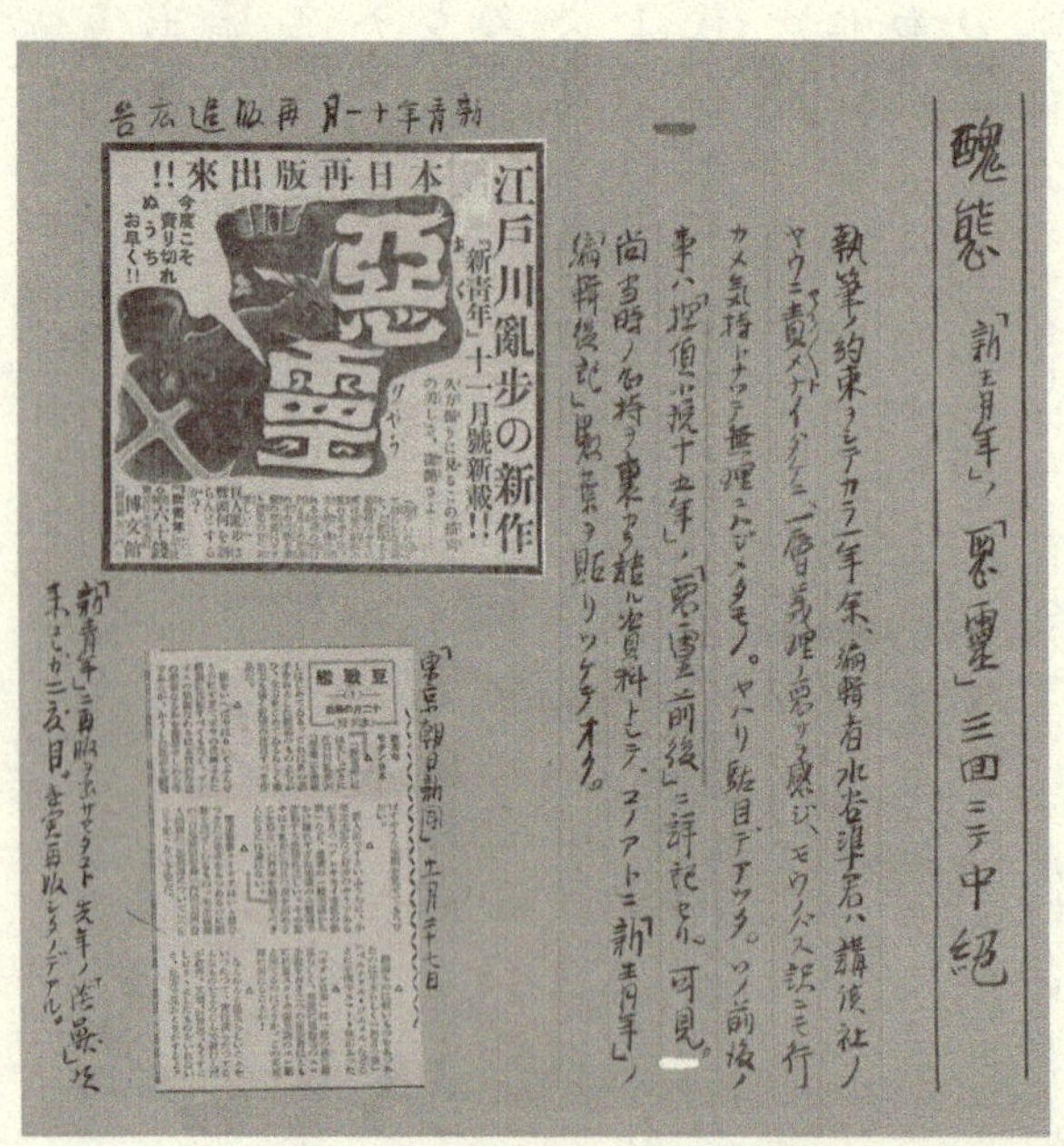

休筆からの復帰作「悪霊」は中絶してしまう（『貼雑年譜』より）

そして昭和七年三月、乱歩は再度の休筆宣言をする。二年弱におよぶこの期間に、乱歩はまたも放浪の旅をしたり、持病の鼻茸の手術を受けたりもしている。だが世間では乱歩が発狂したのではないかとの噂が立ったり、当時発生した「玉の井八つ切り事件」との関連を指摘する投書があったということが新聞記事にもなったりもした。

昭和八年の十一月号に乱歩は「悪霊」の連載を開始する。前回の復帰と同様、『新青年』での連載であった。しかしこの「悪霊」は「陰獣」とは異なり、乱歩の復帰を飾る傑作となることはできなかった。乱歩は休載を重ね、この作品を完結させられなかったのである。

その一方で、同時期に再開していた娯楽的な長編は、「悪霊」の影響もあって何度か休筆することはあったものの、続けて書き進められていった。乱歩は講談社の『キング』で昭和八年十二月号から「妖虫」の連載を始め、昭和九年一月号から『日の出』に「黒蜥蜴」の連載も開始している。そしてさらに『講談倶楽部』で「人間豹」の連載も始まった。

「妖虫」に登場するのは三笠竜介という老探偵だが、「黒蜥蜴」は明智の登場する作品となっている。「黒蜥蜴」は、その名で呼ばれる女賊、緑川夫人と明智小五郎が対決する物語である。のちに三島由紀夫によって戯曲化され、舞台や映画で知られることになる。

「人間豹」で描かれるのは、「吸血鬼」の後に明智が手掛けた事件である。「吸血鬼」では明智はお茶の水にある開化アパートで暮らし、恋人の文代に加えて小林少年が登場する。

そして「人間豹」では開化アパートを引き払い、麻布区龍土町（文中では竜土町）に文代と新居を構えているとされる。「吸血鬼」の結びでは、明智と文代の結婚が新聞記事で触れられ、新聞読者が「新婚の明智小五郎が、恐らく当分の間は、血なまぐさい探偵事件に手を染めないであろうことを、遺憾に思わないではいられなかった」と書かれている。

乱歩の休筆をはさんだこともあり、結果としてその言葉の通りとなったのだが、しばらくの休息を経て、明智は再び「血なまぐさい探偵事件」へと乗り出すことになる。

この小説の発想について、「人間が人間に化ける話はいろいろ書いてしまったので、今度は人間がけだものに化ける怪異談を書こうとしたのであろう」と乱歩は後に振り返っている。

この作品に登場する人間豹、恩田の造形には、村山槐多（むらやまかいた）の小説「悪魔の舌」が影響している。そのことは乱歩の『幻影城』の「怪談入門」で書かれている。「怪談入門」は、

昭和九年度

四十一才

本年度ノ小説ト随筆

小説

悪霊（[illegible]） 新青年 [illegible]
妖虫（[illegible]） キング [illegible]
黒蜥蜴（長篇） 日の出 [illegible]
人間豹（長篇） 講談倶楽部 [illegible]
石榴 中央公論 九月号
黒い虹 婦人公論 一月号

随筆

野口男三郎と吹上佐太郎 ぷろふいる 一月号
春宵[illegible] 新青年 [illegible]
[illegible] 新青年 [illegible]
苦楽と南京虫 日の出 [illegible]
[illegible] 文[illegible] [illegible]
マッケンのこと ぷろふいる [illegible]
瞬きする首 [illegible] 十二月
[illegible] 新青年 [illegible]
探偵小説界の[illegible] 文芸[illegible] 十二月号
「エジプト十字架」[illegible] [illegible] 八月

著書

黒蜥蜴・妖虫 新潮社 十二月
[illegible]
明智小五郎 [illegible] 二月号
江戸川乱歩全集 [illegible]
陰獣 ぷろふいる 八月号
江戸川乱歩[illegible] [illegible]
乱歩[illegible] [illegible]

「文芸時評」ノ[illegible] [illegible] 八月
[illegible] [illegible]
乱歩の[illegible] [illegible] 八月
雑誌の[illegible] [illegible] 八月
闇汁
只中間物ニ[illegible] [illegible] 八月
「文芸時評」ノ[illegible] 文芸春秋 十月号
江戸川乱歩の[illegible] ぷろふいる 十二月号
[illegible]
乱歩[illegible] [illegible]

本年度ノ主ナル出来事

一月 車町ノ家ノ騒音（[illegible]）[illegible]
四月 大阪[illegible]
四月 柳本「[illegible]物語」入手。
二月 [illegible]
三月 [illegible]
七月 車町ノ家ノ騒音[illegible] 池袋三丁目ノ家[illegible]
八月 中央公論九月号ニ「石榴」ヲ発表ス。
九月 [illegible]

「悪霊」失敗中絶ス。
[illegible]

昭和９年度の乱歩の活動（『貼雑年譜』より）

戦後に乱歩が洋書でホラーのアンソロジーを何冊も読み、それらをまとめつつ、自作を含めた日本の作品にも言及していく評論である。

乱歩はこの評論のなかで、怪談を九つの項目に分けて紹介している。「透明怪談」「絵画、彫刻（人形）の怪談」「二重人格、分身の怪談」などである。そのうちの「動物怪談」で、レ・ファニュ「緑茶」、エーヴェルス「蜘蛛」などが紹介される。ほかにもストーカーの「ドラキュラ」は「動物憑き」の系統として、上田秋成「蛇性の淫」などとともにここで触れられている。

「悪魔の舌」は「針を植えたようなささくれのある肉食獣の舌を持つ怪人物が登場する」と紹介され「私の通俗長編「人間豹」は（黒岩）涙香の「怪の物」と槐多の「悪魔の舌」の着想を借りている」と述べられている。

夭折した洋画家の村山槐多を、乱歩は非常に気に入っていた。乱歩は後に槐多の作品「二少年図」を手に入れ、応接間に飾るほどであった。槐多は詩や小説も書き、「悪魔の舌」は槐多の書いた小説のうち最も知られたものだといえる。

友人から電報を受け取り、その家に赴くと、彼は自殺していた。そして発見した文書から彼の恐ろしい正体が明らかになる。異様な容貌をしていたのはこの自殺した友人で、長い舌には猫のような針が生えていた。友人の遺書といえるその文書には、あ

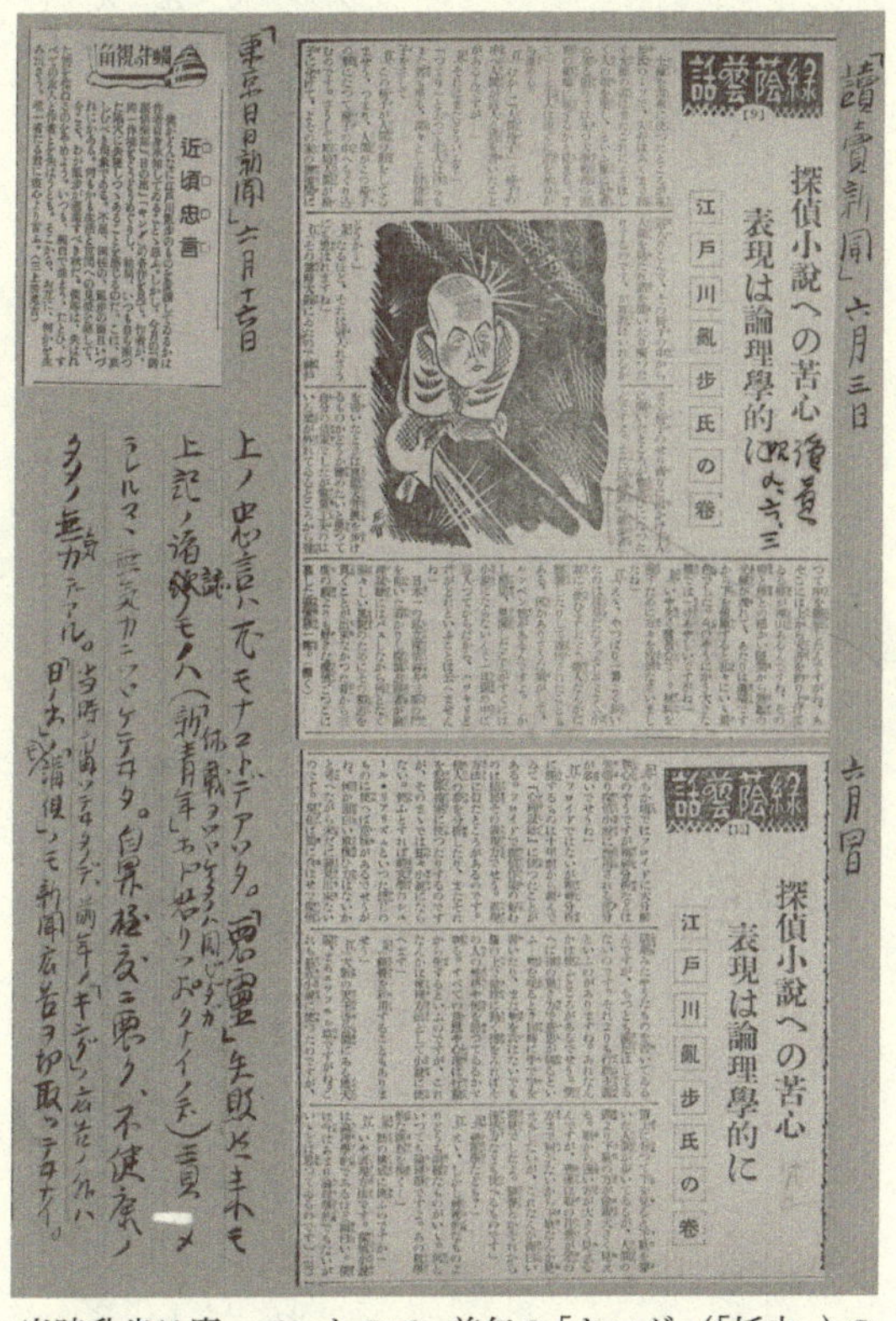
「讀賣新聞」六月三日

緑蔭藝話 [9]

探偵小説への苦心 表現は論理學的に

江戸川亂歩氏の巻

六月四日

緑蔭藝話 [10]

探偵小説への苦心 表現は論理學的に

江戸川亂歩氏の巻

「東京日日新聞」六月十二日

蝸牛視角

近頃忠言

上ノ忠言ハ尤モナコトデアッタ。

当時乱歩は腐っていたので、前年の「キング」(「妖虫」)の広告の外は、「日の出」(「黒蜥蜴」)も「講倶」(「人間豹」)も新聞広告を切り取っていない(『貼雑年譜』より)

る時から変化したその舌を満足させるために、異様な食物を口にしていく過程が書かれているのだった。

「人間豹」には、冒頭からこれと同様の獣の舌を持った男が登場する。槐多に劣らず、乱歩も執拗にこの人物の容貌を記述していく。乱歩はさらに、この恩田という人間豹の父親を作り出し、重要な役割を担わせている。乱歩の長篇には、父と子が描かれることが非常に多いのだが、この恩田親子はその中でも特に強く印象づけられる人物となっている。

監修／落合教幸
協力／平井憲太郎
立教大学江戸川乱歩記念大衆文化研究センター

本書は、『江戸川乱歩全集』（春陽堂版　昭和29年～昭和30年刊）収録作品を底本としました。旧仮名づかいで書かれたものは、なるべく新仮名づかいに改め、筆者の筆癖はそのままにしました。漢字は変更すると作品の雰囲気を損ねる字は正字体を採用しました。難読と思われる語句には、編集部が適宜、振り仮名を付けました。

本文中には、今日の観点からみると差別的、不適切な表現がありますが、作品発表当時の時代的背景、作品自体のもつ文学性、また筆者がすでに故人であるという事情を鑑み、おおむね底本のとおりとしました。

説明が必要と思われる語句には、各作品の最終頁に注釈を付しました。

（編集部）

江戸川乱歩文庫
人間豹（にんげんひょう）
著　者　江戸川乱歩（えどがわらんぽ）

2018年7月31日　初版第1刷　発行

発行所　株式会社　春陽堂書店
103-0027　東京都中央区日本橋3-4-16
編集部　電話03-3271-0051

発行者　伊藤良則

印刷・製本　株式会社マツモト

乱丁・落丁本は、ご面倒ですが小社営業部宛ご返送ください。
送料小社負担にてお取替えいたします。

ISBN978-4-394-30160-8 C0193